大美时光

彭卫锋 —— 著

北方文艺出版社

图书在版编目(CIP)数据

大美时光 / 彭卫锋著. -- 哈尔滨：北方文艺出版社，2021.3
ISBN 978-7-5317-5009-3

Ⅰ.①大… Ⅱ.①彭… Ⅲ.①散文集-中国-当代 Ⅳ.①I267

中国版本图书馆 CIP 数据核字(2021)第 021791 号

大美时光
DAMEI SHIGUANG

作　者 / 彭卫锋

责任编辑 / 李正刚　　　　　　装帧设计 / 力扬

出版发行 / 北方文艺出版社　　网　址 / www.bfwy.com
邮　编 / 150008　　　　　　　经　销 / 新华书店
地　址 / 哈尔滨市南岗区宣庆小区 1 号楼
发行电话 / (0451) 86825533

印　刷 / 成都兴怡包装装潢有限公司　　开　本 / 880×1230　1/32
字　数 / 250 千　　　　　　　　　　　印　张 / 10.25
版　次 / 2021 年 3 月第 1 版　　　　　印　次 / 2021 年 3 月第 1 次印刷

书　号 / ISBN 978-7-5317-5009-3　　　定　价 / 58.00 元

彭卫锋的文本情致

蒋　蓝

坐在门墩上的孩子，揉着眼睛，头点了一下又一下。

鸟悄悄飞来，又悄悄飞走。

一只狗的汪汪声，被另外一只狗接住，很快，整个彭家湾到处都是汪汪声。

把彭家湾连成了一串的，除了狗叫声，还有炊烟。

炊烟从各家的烟囱里冒出来，飘散中，在空中相遇，相融，最后笼罩了整个彭家湾。

一个男子，扛着一把锄头，嘴里吹着口哨，走在田间小路上。远处，一个男人扬着鞭子，使牛耕地的吆喝声清晰传来。

听到狗叫声，男人停下手里的活，抬头望了望炊烟，听了听狗叫声，又继续着手里的活……

写出以上段落的人，叫彭卫锋，中年，女性。

记得我与彭卫锋第一次交谈，是五六年前在我们共同的家乡自贡市。在那里举行了一个文学研讨会，我们在会场外聊了半个小时，聊到了这个"厚黑大师"李宗吾的城市，聊到了才子们攀缘影子跻身而上，以为写作就是探囊取物……物以类聚，人以群分，自此我们的联系逐渐多了起来。大凡我在成都举行新书发布会、讲座，彭卫锋总会早早到来，最晚离开。

其实早在认识我之前，彭卫锋一直与川内的散文界保持联系。她不是那种写"我的喝酒""我的喝茶"之类且每日均有出产的人，更不属于"散文广场舞"的一员。她偶尔会把文章发给我寓目。她写乡村、写往事的能力，要强于她对当下城市的领悟；她对自然风物的细微观察、捕捉之力，要强于她对面具下欲望的判断；她对那些高标的、回荡的、丰满的情致与风神的神往，要大大高于她对那些暧昧的、狐疑的、首鼠两端的情愫敏感。

在她编定《大美时光》之前，我对这一标题提出过我的看法，认为太大，有蹈空之嫌。与以往不同，这一次她坚持自己的看法。她的说法是："人生，不如意十之八九，但总有一些美好的时光，留在记忆的深处。这些美好时光，也许只是微光，人生却因为有了这些微光而变得美好。有了这些美好，我们才有了继续前行的动力和勇气，并为此获得力量。放大这些美好，是一种必要的生活态度。本书中的每一篇文章，不管是沉重还是轻松，都有那么一小段的时光很美好，值得在心底珍藏，所以书名为'大美时光'……我情商智商都不高，但崇尚一个字：真。真人，真事，真感情。"

彭卫锋没有食言。在《大美时光》当中，我们的确感受到了她眼里的生活，她以当事人的真切、以匍匐大地的真挚、以旁观者的热望，着力完成现实遭际与纸上建筑的转换，她逐渐建立起既不同于川南家乡的文风,又有别于成都女性腔调的叙事,体现出节制、丰沛的散文情致。

《大美时光》的叙事,围绕五个部分而展开:旧时光、情感屋、尘世中、偶记、行走。我更喜欢"旧时光""情感屋"与"偶记"这三辑当中的篇章。十几篇文章构成的"旧时光",即是对自己生养之地彭家湾的细密回忆。彭卫锋抛开了往事里的荆棘与饥馑,她只把让自己铭记至今的美好时光,逐一在家乡的亲人、河流、草木、建筑、炊烟之间予以赋形与赋性。彭卫锋写道:

彭家湾的岁月,是早上妈妈拿铁扫把(一种植物扎成的扫帚)大刀阔斧地清扫门前晒坝里的落叶、尘土、鸟粪,还有鸡狗昨天踩过的脚印;是我看黄蚂蚁搬家,蜘蛛排八卦阵;是赤脚奔跑在竹林间逮笋子虫;是太阳透过屋顶的亮瓦,照在水盆里,墙上有了彩虹般闪动的艳丽;是低头,弯腰,塞柴,擦火柴,那烟熏的咳嗽,伴着泪水,响个不停。这是彭家湾一天里最值得记录的叠拼光阴。

我在其中读到了乡村的静美、牧歌与夕阳,读到了一个小女孩睁大眼睛看到的从露珠里升起的晨曦,读到了从蝴蝶翅膀上打开的花香,读到了从粼粼波光间跃升起的明月,还读到了一种永远无法再回到故乡明月的那种深重怅惘……

彭卫锋克制、干净、诗意的叙事,完成了她对故土的纸上安放。

也可以说,这一辑,既是一部彭家湾的生活风俗史,也是四川中部丘陵地区的村落史、情感史。在我看来，如果有那么一天，她感受到了命定的大力召唤，她就应该去全力书写一部"彭家湾传"。

在我眼里，对于植物的叙事当中，唯有灌木是最难以把握的。日光之下，乔木的影子像酋长，花卉儿像小孩子，旁逸斜出的树则像女人，而竹林类似于群魔乱舞。而那些灌木的影子，类似于心知肚明、远离尘嚣的先锋。

所以彭卫锋不会去写灌木。她写母亲园子里的梨树；她写橘子树，写柳树，写李子树，写白水桃树……

"谁说清风不识字，翠竹吟诗自点头"，出自诗人冉长春的《农家》一诗。这多半是诗人用力过猛，希望大自然与自己的情感相俯仰。一张破报纸被村头的风抬起来，贴地而飞，发布过往的消息。它的唯一受众是自己的影子。因为风并不受力，也不接受字的委派。但彭卫锋并不以为然，她在落叶上可以读到乡情，她在故乡山坡上一团滚动的飞蓬身上，发现记忆中的乡音。

彭卫锋的散文，不仅仅是充满对具体事物的"实写"，她同样具备"虚写"的不俗能力。比如我读到的这一段：

夜色里，有花的芬芳路过。

花儿，在该开花时开花，该凋谢时凋谢，不问春夏，不问秋冬，不问出处。

当跳起的高度越来越低，字开始在眼中模糊，长出第一根白发，一些人和事，叠起来又悄悄消失……渐渐矮下去的生活里，体检表里的不正常值开始攀升。夜，笼罩了整个大地。

我以为，彭卫锋在日后的写作里，应该更重视这种"虚"与"实"的转化，只有在闪展腾挪的叙事里，去抵达、去靠近自己心目中的大美时光。

好的散文需要彭卫锋这种"翻手为云，覆手为雨"的技能，甚至是"翻手不见云雨"的文学炼金术。这样的散文，方为情致满满——

把可见的变为不可见。将不可见的变为可见。将清晰的变为模糊。将邪恶的通过反讽，定格为极端邪恶。

将影子叠化为长篇。将长篇粹化为短篇叙事。将短篇零化为碎片记录。将碎片纯化为断片。将断片冰化为思想录。

将影子孵化为空间。将空间裂化为一景。将一景与瞬间聚为恒常。将长河涓化为珠泪。将珠泪串化为历史的切片。

2020 年 8 月 8 日于成都

(蒋蓝，中国作协散文委员会委员，四川省作协散文委员会主任)

在薄情的世界里深情地抒写
——从川南荣县乡村走出的卫锋和她的散文

周 云

卫锋的散文集即将付梓,传来文集并嘱我为卷首写点文字。兴之所至,卒读篇什,一幅幅清新鲜活的画面跳跃眼前。

卫锋是近年较为活跃的川籍散文作家。多文先后获得中国散文年会二等奖等全国性奖项,多文在《散文选刊》《四川作家》等全国性报刊上发表,并有文入选《2018年四川散文精选》《第三届中国当代散文精选》等文本。

二十世纪七十年代出生的卫锋中学毕业后,高考未中。九十年代末开始到蓉打工。二十载寒暑,风雨兼程:办公室文员、业务员、售货员、办公室主任、业务经理……世态炎凉,体味尽矣。

卫锋在艰苦劳作的工作生活间,不忘初心,取得本科学历。工作之余,她笔耕不辍,写了不少抒发真情实感的文字。

2016年初夏的一个周末,未曾谋面的卫锋在一个文学群里和我谈到,她十分喜欢我发表的一篇写荣县籍军旅散文家凌世江的文字,由此开始了我们之间文学的对话和交流。

第一次见到卫锋，我感觉到她从里到外透露出一股朴素的气质。

这以后我和卫锋有过几次交谈。细读她的散文，我清晰地看到了她身上善良、真挚的个性。

卫锋说："写作，对我而言，就是一种记录生活的态度和方式。"

每个人都有自己的童年时代和生长环境。记忆的血液里长期流淌着那个地方的因子，就一辈子与那个生你养你的地方有着割舍不开的情愫。

《我家的园子》《等待飞天的女孩》《彭家湾的小月亮》《屋子外的秋天》等篇章情感真挚，韵味无穷。

故土的山山水水似乎是卫锋散文写作不竭的源泉。在《彭家湾的旧时光》《彭家湾的小河》《彭家湾的春天》《彭家湾的麦田》等篇章中，她以家乡的山川风情为主线，目光所及，层层铺展，从田地到家园，从近郭到远山，把每一种物象都看成一种有生命的东西，甚至是当成人物来抒写，赋予自然景观以人格的魅力。

文学是人学，是个人主观世界的自由抒发。这种抒发需要真诚，需要自由自在的流淌，需要个性的张扬。

《缺缺的红楼一梦》《北京的太阳和月亮》《三道堰的慢生活》《辞职》等篇章中，她遣词那么贴切，那么朴素，用情又是那么深邃，看似是对描写客体的感叹，其实是对人生的喟叹，这感叹和喟叹里寄托着她对命运遭际的许多无奈和情思！

《有一种温暖叫缅怀》《我的漂亮三姐》《我相信她是真的》《母亲戒烟记》以及《下跪的女孩》《马克》《大雪纷飞》等篇什

里，她将有记忆以来的点点滴滴变为最温暖的文字，将自己的人生经历和体味写下来，将一个女性的悲悯济世情怀，化成细腻深刻的文字，既有春风化雨般的温暖，又能让你对人生、生命有更深度的理解。

这些文字集结在一起，平实而又跌宕，简洁而又灵动，沉静而又深邃，情感饱满而不铺张，爱恋深刻而不诡异，或是自我心灵的独白，或是与你推心置腹的诉说。

古人有"言为心声，书为心画"之说。在卫锋新近创作的《回乡见闻记》《跳楼以后》《被病毒"隔离"的日子里》等非虚构散文随笔中，她用最朴实的语言、最真挚的笔法表达出对故乡的怀念，对社会现象的思考，对生命价值的定位和对散文艺术的融入。

品读卫锋的散文随笔，让人有一种愉悦的感觉。她思维清晰缜密，对于生活和艺术中的是非、善恶、美丑，有一种发自内心的，几乎是直觉的分辨力，很少含糊混淆。

她近年书写的散文随笔内容广阔，篇幅精粹，行文睿智，情感凝重，思考深邃，给了我很多的感触。

卫锋出生于乡村，几十年里像野草、野花一样活着。她勤奋好学，能吃苦，担得起风雨，这是一个人的精神强度与内核，是岁月对她的馈赠。

受过伤的果树会结出更甜蜜的果实，而人心饱经挫折则更贪恋人世间的美好，对真情格外珍惜与珍重。在卫锋的笔下，她似乎淡去了人生苦短的感伤，将凄美的泪水化作喜降人间的春雨，哪怕一点微光，也把它看成大美时光，并从中获得幸福和力量。由此可见，她的人生观、价值观、生死观，是何等透悟与豁达！

时间的掸子，会渐渐扫去女人的容颜，但也会给女人一种永恒的化妆品——气质。

卫锋身上透露出一种英气。女子一旦有了英气，便会显现出格外与众不同的格局，那格局便是胸怀、情义、气场。

她蕴思含毫，游心内运，放言落纸，不拘格套，写出自我的个性与情感，展现自我的神韵和气度，正是卫锋散文的性灵之美。

她也把自己活成一种方式，活得没有时间和年龄，这是最美的修为。与光阴化干戈为玉帛，把光阴的荒凉和苍老做成一朵花别在衣襟上。

尽管卫锋已经找到了一条属于自己的生活和创作之路，作为喜欢她作品的读者，我期待她的创作进入一个新的境界和高度，开创出一个属于她自己的创作园地。

缘于文学，我坚信，她定会让自己的生命焕发出绚丽的色彩。

因为她一定会坚持在这薄情的世界里深情地抒写。

（周云，四川省作协会员，文艺评论家。出版《静谧的秋日》等多部散文集，《灿烂星空》等多部文艺评集。）

目录

CONTENTS

第一辑 / 旧时光

就像在海水里找不到江河,在江河里找不到故乡的小河一样,在居住的这座城市里,我常找不到彭家湾的我。

认识彭家湾 / 002

彭家湾的旧时光 / 006

彭家湾的春天 / 010

我家的园子 / 014

我家的两棵桃树 / 018

彭家湾的小月亮 / 022

屋子外的秋天 / 025

彭家湾的小河 / 032

新麦的味道 / 036

忙碌的麦地 / 040

煮豆燃豆萁　/　045

远去的灯火　/　049

年味　/　053

"坝坝"电影　/　057

炊烟袅袅　/　061

等待飞天的女孩　/　064

割草的少女　/　071

彭家湾的麦田　/　075

回乡见闻记　/　083

第二辑／情感屋

吹拂桃花的风，吹开了我们的脸颊，妈妈的声音穿行在岁月的风里，在一粒微尘上雕刻着属于自己的幸福。

妈妈，我回来了　/　100

有一种温暖叫缅怀　/　103

母亲戒烟记　/　110

我的漂亮三姐　/　115

青春还没有完全来　/　127

那年的青春叫"朱丽纹"　/　132

自行车后座上的情缘　/　138

天使来早了　/　142

辞职　/　145

我在"5·12"汶川特大地震中　/　152

梨花飘雪　/　160

桃花依旧笑春风 / 168

大雪纷飞 / 174

跳楼以后 / 187

被病毒"隔离"的日子里 / 201

第三辑 / 尘世中

🖋 在这个吹着风,飘着雨的九月黄昏里,在一棵梧桐树下的长椅上,一个年轻的女人,在她的身上,同时流着泪水和乳汁两条河流。

我相信她是真的 / 214

下跪的女孩 / 217

掏垃圾的小男孩 / 221

叫卖声声 / 225

碰瓷之后 / 229

卖艺的老人 / 233

马克 / 235

缺缺的红楼一梦 / 240

第四辑 / 偶记

🖋 "明天"这个词,天天挂在嘴边,累!为这个词,我开始瘦身。

书非"偷"不能读也 / 248

爱情的样子 / 252

当暮色开始降临 / 256

异地恋　/　258

如此安静　/　263

退休以后　/　265

下雨的时候　/　268

一下午的时光　/　270

春天里的那些遇见　/　272

活着就好　/　275

我心中的理想房子　/　277

第五辑　/　行走

就在这时，身着旗袍的女子从远处款款而来。当高跟鞋叩响老街的路面，那曼妙的身姿，如弱柳扶风，一路摇曳着昔日的风情，让人一下有了穿越的错觉。

三道堰的慢生活　/　282

洱海上的小伙子　/　285

北京的太阳和月亮　/　288

散落在青山绿水中的藏寨　/　296

七月，行走在达古冰山　/　300

后记　/　306

第一辑 旧时光

> 就像在海水里找不到江河，在江河里找不到故乡的小河一样，在居住的这座城市里，我常找不到劉家湾的我。

认识彭家湾

彭家湾是川南的一个普通小村庄。草房和瓦房,高高低低,错落有致地散落在彭家湾的山峦间,沟沟坎坎里。

早上,当第一缕阳光照耀着彭家湾时,路上已印满了深深浅浅人畜的脚印。

鸡睁开蒙眬的眼睛,定了定神,开始在田间草地上寻找一切可以吃的东西。牛羊在山坡上啃着露水草。鸭子摇摇摆摆,嘎嘎叫着,朝外走去。

坐在门墩上的孩子,揉着眼睛,头点了一下又一下。

鸟悄悄飞来,又悄悄飞走。

一只狗的汪汪声,被另外一只狗接住,很快,整个彭家湾到处都是汪汪声。

把彭家湾连成了一串的,除了狗叫声,还有炊烟。

炊烟从各家的烟囱里冒出来,飘散中,在空中相遇、相融,最后笼罩了整个彭家湾。

一位男子,扛着一把锄头,嘴里吹着口哨,走在田间小路上。远处,一个男人扬着鞭子,使牛耕地的吆喝声清晰传来。

听到狗叫声,男人停下手里的活,抬头望了望炊烟,听了听狗叫声,又继续着手里的活。

彭家湾，地处偏僻，一辈子也没有几个陌生人找来。

家里的一切不用担心，有老人或者女人在家做早饭。即使家里没有任何人，彭家湾人也很放心把一个家，一个村庄扔给白天的原野。

牛有时候偷懒，就能听到男人训斥：畜生，你爷爷在我手里都比你勤快多了。

男人说完这话，忽然意识到，陪伴他耕地的牲口、农具，都已经换了几茬了。

彭家湾的牲口，虽然不说话，但其实有时候比人更清楚村庄发生的一切，也更看得清彭家湾的是是非非。我想牲口如果可以说话，一定会给彭家湾的人讲出许多事情的真相。

彭家湾人叫它们畜生，不知道在牲口的世界里，把人叫作什么，会叫人的名字吗？

在彭家湾，所有的草都叫草，所有的猪都叫猪，所有的鸡都叫鸡，但所有的人并不叫人，而是有一个固定的名字。

有了名字的人，也都是名人。

在这样一个村庄里，谁不认识谁呢？谁与谁不发生点关联呢？

彭家湾的人不会因为有了名字就洋洋得意，更不会因为有了一个好听的名字就觉得与众不同，高人一等。

只是有的名字，一辈子也没有被几个人叫过，就在户口簿上消失了。

消失前，彭家湾人得给自己的去处找个窝。

如果你看到一位老人常背着手，在村庄里转来转去，你不要以为他仅仅是为了看庄稼，他极有可能是在为自己寻找一块合适的墓地。

炊烟通天，墓地通地，上天入地，入土为安，就是彭家湾人最理想的完美结束。

所以，寻得一块让后人发达的风水宝地，对彭家湾的人来说，是一生都很重要的事。

在彭家湾，有的人一辈子都没有走出村庄。村庄就是他们的全部世界。

所以，平时生活中，牛羊啃了哪家的庄稼，鸡吃了哪家的菜地，干旱季节哪个先抢了水，甚至哪家丢失一个鸡蛋，损失了一锄头土，都不是小事情。

因为在彭家湾的人看来，这些都是活下去的口粮。活下去，活着，比任何事都重要。

一个人活下去的理由也许只有一根绣花针那么大，但也要为绣花针努力活着。

活，有很多种活法。树挪死人挪活，这样的问题，对彭家湾的人来说，只能是可以偶尔想一想的问题。

多年以来，他们住在同一座房子里，推开同一扇门，关上同一扇窗，睡同一张床。

家具也很简单，以结实耐用为主。一张结实的雕花木床，几个装粮食的柜子和一个放衣服的红色油漆木箱，就完成了卧室大件家具的摆设。

铁环，弹弓，弹珠，纸烟盒，糖纸，是小孩子们的玩具。

当晚霞落下最后的余晖，煤油灯亮了起来。人的影子开始在土墙壁上晃来晃去。人们在灯下，做饭，读书，抽烟，缝补。

缝补的女人和做手工的女孩子，"清水出芙蓉，天然去雕饰"。她们不化妆，也没有任何的首饰，只有日光浴，烟火味。

彭家湾人把这样的地方，叫家。家，不仅仅是那一座房子，更是在房子里生活的每一个人，每一天发生的点点滴滴。这些点点滴滴，只有同一个屋檐下生活的家人，才知道，也才能共享。

家是这世界上最小的团体单位,村庄是中国地图上最小的地域单位。在彭家湾这个小村庄里,村头有人使劲咳嗽,村尾都知道。

就是这样一个彭家湾,春天一来,桃花、李花开过后,也就有了桃子和李子吃。麦子收割完,还有麦粑和面条吃。

夏天,下河洗澡,捞鱼捞虾,粘知了,捉竹笋虫,抓蜻蜓,逮萤火虫,是小孩子的主要娱乐活动。山洪暴发,电闪雷鸣,七色彩虹,是常见的风景。

秋天,大地辽阔,天高云淡。粮食堆成小山,在屋子的一个角落。瓜果,花生,在屋子的另外一个角落。秋雨一下,人们就开始睡懒觉。

冬天,雪花飘落,世界一片雪白。

一只灰色的野兔,长着桃红色的眼睛,从雪下面的洞里钻了出来,在雪地里一起一落地奔跑,银白色的原野也随之起伏着。

孩子们忙着捕鸟,玩过家家的游戏。大人们忙手工,忙婚丧嫁娶。老人们抱着火笼,咳嗽着,期待立春的到来。

那时的彭家湾,没有电影院,只有偶尔的"坝坝"电影;没有音乐会,只有收音机、广播里的革命歌曲;没有保险和养老金,以养儿防老的传统方式颐养天年;也少有离婚,只有相守到老。

一个孩子降生在冬天,全家的脸上笑成了花。谁承想,这孩子的母亲,还没坐完月子,就香消玉殒。

孩子的奶奶,是专门给村人消灾除难的"仙婆",也只能眼睁睁看着儿媳死去。

"仙婆"请来风水先生,看了一块宝地,埋葬了儿媳,还搬离了原来的地方,重新修建了房子。

搬进新房不久,一场高烧后,孩子再也不能开口说一句话。

哑巴孩子疯掉后的呜呜声,撕开了彭家湾旧时光的一个口子。一些新的事物,开始源源不断从这个口子涌入。

彭家湾的旧时光

　　我的家乡有一条小河湾，叫彭家湾。

　　有一年，一个姓彭的男子因为躲避灾难，偶然路过这里，他被天边成群的白鹤，地上的肥美水草，久久吸引。于是，就在这里搭棚，垦荒，播种。后来，娶妻生子，子孙后代越来越多，一条湾全是彭氏人家，"彭家湾"就响亮地被人叫了起来。

　　有了名字的彭家湾，因为有了人，也就有了岁月，有了岁月里的烟火气息，柴米油盐和家长里短。

　　我出生的时候，彭家湾还是茅草土墙房子居多。打上木头桩子的围栏上，爬满了牵牛花。围绕着屋子的竹林在风中簌簌作响。桃和李，丝瓜和南瓜，在围栏院子里，该开花时开花，该结果时结果。

　　柴扉木门，老老少少，男男女女，进进出出。吃饭时，常见女人端着碗，站在自家门口大声喊别人家女人的名字。很快，女人们端着饭碗的身影纷纷从各自家门口冒了出来。吃饭时间就成了互道家长里短的好时机，而少有的可口美食在一个个碗中被传递、分享。

　　彭家湾的人一多，自然就需要立一些规矩。逢年过节，敬神祭祖，婚丧嫁娶，迎来送往，父慈子孝，与邻和睦……彭家湾就遵照定下的规矩办。

彭家湾的时光，是用井水泡茶，河水洗衣。茶叶是自家坡上茶树上摘来的，或是山坡上的野菊花，摘一把，放铁锅里一熬，盛在粗碗中。微苦带甜的味道就在咕咚声中顿时溢满口腔，再用手抹抹嘴，疲惫和口渴都消融在无边的日子里了。

衣裳在高高举起的棒槌里，在宽宽的石板上，在清冽的河水中，随手沉浮。纯棉的布料在水中慢慢地软，慢慢地艳。洗好的衣物有的铺在黄荆枝丫上，有的挂在竹竿上、尼龙绳上。干透，收好，叠放在木头箱子里。晚上，洗去一身的疲惫，穿上还带着阳光味儿的衣服，瞬间有了贴心的暖。

彭家湾的岁月，是早上妈妈拿铁扫把（一种植物扎成的扫帚）大刀阔斧地清扫门前晒坝里的落叶，尘土，鸟粪，还有鸡狗昨天踩过的脚印；是看黄蚂蚁搬家，蜘蛛排八卦阵；是赤脚奔跑在竹林间逮笋子虫；是太阳透过屋顶的亮瓦，照在水盆里，墙上有了彩虹般闪动的艳丽；是低头，弯腰，塞柴，擦火柴，那烟熏的咳嗽，伴着泪水，响个不停。

这是彭家湾一天里最值得记录的叠拼光阴。

当第一声春雷滚过，树叶沙沙，屋檐滴答，彭家湾的人们就笑了。种子，在风和雨的作用下，发芽，出苗，抽枝，一天一个样地变化着，它们比风中的孩子长得更快。

春播秋收。红苕堆成小山，在屋子的一个角落；玉米堆成小山，在屋子的另外一个角落；一把把红辣椒秆，豆子秆从中分开，卡在高高的横竹竿上，一根根，一把把，一排排，如一队队整齐的士兵。

收割一完，彭家湾的冬天就到了。下雪的天，大人们都不出工。母亲熬上一大碗黏稠的糨糊，找出一些不能再穿的旧衣服，翻出往年做新衣时剩下的碎布，还有捡来的一些竹笋壳，一股脑儿地全摆出来，过年的新布鞋就在那个下雪天有了盼头。

小孩子们把扁豆、豌豆放在取暖的火笼里烤。噼里啪啦的声音爆过后，就用小手在火笼里掏。刚出火笼的豆子，烫，在两个手心里颠来倒去，几个回合后，被准确无误地丢到了嘴里。欢呼声，撕开了雪天的一个口子。

一转眼，祖祖辈辈的日子就过成了回忆。当草房变成瓦房，砖房，楼房，当低矮变成高大，狭小变成宽敞，老人们在阳光下绽开笑容，年轻人却开始了遐想联翩：城市冒着尾气的汽车，耸入云霄的高楼，豪华的电影院，化着妆的俏姑娘，还有霓虹灯下的热闹……无不是他们喜欢的。每回转一次彭家湾，总说彭家湾的路太窄、山太高、位置太偏，又抱怨彭家湾太散、太静、太慢，散得无所归依，静得没有人气，慢得消磨心智。

年轻人在蠢蠢欲动中，忽地热血上涌，不管三七二十一，先冲进大城市再说。打各种工，做各种生意，目的是拼命赚钱，赚够了买房的钱，就把家搬到城里去，让孩子到城里读书，老人到城里带娃、做家务，并美其名曰：有了出息。

老人去了，很快又想方设法要回到彭家湾来。

与城里人相比，他们的衣服不合时宜，他们的语言不合时宜。菜市，转一圈，啥都贵，到处听说这不敢吃，那也不能吃，也就啥都不敢买……在拥挤的人流中，满眼陌生，更找不到一个可以掏心掏肺的人。

在老人们眼中，城市是一座座孤岛，人情更如生铁般冰冷。

岁月里，有的老人开始与城市妥协，慢慢习惯了独来独往。村庄的曾经，渐渐淡出了他们的视线和话题。

有的老人在和儿女们争吵后，又回到了彭家湾。孩子们也许忙，也许恼，还有怨。倔强的他们回家的周期越来越长，而老人们过年过节时，总是倚着门框，眼巴巴地望。

春节，儿子回乡。年夜饭后，看着一天天衰老的父母：你们为啥非要在这穷乡僻壤里过苦日子，城里哪点不好？

有孩子陪伴，老人高兴，喝醉了酒：大城市里，感觉我比蚂蚁还小，比尘埃还低，而在这里，我的影子威风八面，声音八面威风，你们好像拥有了一切，却独独不见你们自己。

人呀！一辈子做这做那，争来争去，偏偏做不了自己，偏偏丢失了自己。

儿子听了，没再说话，只是一个劲地喝酒。头昏眼花时，就跑到屋子外吹风。吹着吹着，忽然号啕大哭起来，哭声响彻彭家湾的沟沟坎坎，融进了无边的夜色里。

彭家湾的岁月，一下就有了沧桑。

彭家湾的春天

立春一过,一天比一天暖和。向阳的山坡上,一小块一小块的麦苗正滋滋地拔节。

"五九六九沿河看柳。""七九六十三,路上行人把衣担;九九八十一,庄稼汉都要下田去。"在村人的念叨中,大地换上了新衣。

新衣还没穿多久,"倒春寒"却在一夜之间席卷了整个彭家湾。

"小叫花子你别夸,还有三月桐子花。"

这场倒春寒来得猛,时间久。那些最先冒出头的新芽,在这场寒流中死去了。

"枪打出头鸟,冒得快,死得快,季节没到,着急就该遭。"

而那些还没在睡觉的草籽和虫子,却侥幸存活下来,给彭家湾带来了生机。

太阳持续升高,不知是谁惊动了春姑娘,春姑娘手一挥,小草呼啦啦都冒出头,挤满了山坡和田间的小路。

人走在这样的小路上,裤腿总是会被早上的露水打湿。

春天里的水牛、山羊经过小路时,刚发出嫩芽的草,就被牛羊啃掉了。

在彭家湾,这样的小路到处都是,草这样的命运也常见。

一个农人，扛着锄头，走在田间的小路上。春耕还没有开始，他扛着锄头干什么呢？

可更多的人，也都扛着锄头，走向田间。孩子们则在田野间自由地奔跑。

妈妈说，他们不为忙什么，只为漫长的冬天过去了，他们想到自己的土地上走走，看看。

除了庄稼，野草、野花、鸣叫的鸟儿，田间有什么可看的呢？

年年岁岁花相似，岁岁年年花不同。彭家湾的人们，很少去想这些。他们只想，花开了，就该败了；草黄了，又该绿了。

在彭家湾，当然也有一些春天也不出门的人。这些人，大部分是老人，老得走不动路的人。

春天，各种动植物都在疯长，细菌也随之苏醒过来。苏醒过来的细菌首先找到了老年人。

湾东头的咳嗽声，湾西头都能听见。

何一诚，就是在这个春天，咳着咳着，有东西堵住了他的喉咙。

去年冬天，长在山崖边的一棵老树，叶子掉光了，树干也干枯了。

枯枝发新芽。对一棵看上去已经彻底死掉的老树来说，会不会发生奇迹呢？

春天，我割草经过时，老树依然是冬天的样子，没有冒出一丁点新芽的迹象。

枯木又逢春。第二年春天，我又去看，老树还是没有动静。我想，这棵老树，不是在春天忘记了抽枝发芽，而是已经彻底地死去了。

第三个春天，当大家都认为这棵老树已经死去的时候，它却又长出了新芽。

看似不可能的东西，在春天，在彭家湾，都有可能性。

春天的阳光，席卷了彭家湾的每个角落，也洒在彭家湾的每一朵花，每一株草，每一个小动物，每一寸土地，每一粒尘埃上。

当阳光落在我脸上，肩膀上，一股暖流一点一点渗入身体，再蔓延至每一条经络。春天，我的身体里也有一棵树，悄悄地生长着。

彭家湾的猫，狗，牛，甚至一只昆虫，和彭家湾的人一样，在太阳下晒着自己的肌肉和骨头。

一只瓢虫，仰面躺在地上，手脚并用，一阵乱蹬。我以为它是不小心摔翻在地。我看了许久，看它用了各种方法，依然没有翻过身来。

瓢虫有翅膀，为什么不飞呢？难道忘记了飞翔？

我用一根草棍给它翻了身。它似乎很惊喜，立刻爬走，但爬得很慢，没有爬几步，身子一歪，又仰面躺在地上了。

原来它只是想让太阳晒晒它的肚子，整个冬天，它的肚子太寒冷了。

一只黑蝴蝶，不知道为何一下栽倒在草丛中。

我拿给父亲看时，父亲告诉我，那饱满的腹部里，都是蝴蝶的孩子。

带着这么多孩子的蝴蝶是怎么死去的，谁也不知道。就像那些春天里，走着走着，就倒下的人一样。

彭攀京的老婆，就是在春天里刚生下孩子，死去了。不幸中的幸运是，孩子活了下来。

一只蜻蜓,一只竹笋虫,被孩子抓在手里。它们的命运,被意外击中。被意外击中的还有彭家的一个闺女,她刚和喜欢的青年定了亲,就被人贩子拐走了。

一个生命的消失有偶然也有必然。

在彭家湾,一只蚊子的死,太微小;一个人的离去,却巨大。但对个体生命而言,没有哪一件事情比一个生命的消亡更重要。生命的珍贵,在于它的不可复制和不可替代性。

春天里,等待生命的狂欢,也迎接生命的消亡。

我家的园子

二十世纪七十年代末,彭家湾住着我的一家:父亲,母亲,两个哥哥,一个姐姐,还有我,共六口人。

土屋坎下,约有半亩长满杂草的地空着。母亲用一些木棒和竹片交叉合围,并用锄头翻了地,陪伴我童年的园子就产生了。

父亲身体不好,老咳嗽。听说冰糖和梨子一起蒸,止咳效果不错,母亲就在园子里种了梨树。又听说橘子对父亲的身体有帮助,母亲就又种了橘树。孩子们羡慕别人家有桃和李子吃,母亲于是又种了李子树,还把一棵野生的白水桃树移栽到园子里来。

园子的边上,有一棵几人才能合围的老梨树。父亲和母亲也说不清梨树是什么时候就有的,只知道父亲的父亲的小时候,树就是今天这个样子了。

我把花的种子撒在姐姐专门为我开垦的一小片园中园里,又去邻居家要来喇叭花的种子,撒在了围栏的四周。

立春过后,风一吹,雨一下,似乎只是一夜之间,园子就穿上了嫩绿的新衣。等到太阳的红脸一闪出,所有的叶子全都闪着光了。

园子一下鲜亮起来。

蜜蜂，蝴蝶，蜻蜓，鸟儿，赶趟儿似的冒出来，在花朵间飞过来又飞过去。

带着眼睛的一片黄叶子，挂在梨树枝上，在一堆绿叶中，很是惹眼。我走过去正要看个究竟，黄叶子却忽然一分为二，瞬间就从我眼前飘走了。

长大后，从书上才知，那带着眼睛的黄叶子就是珍贵的枯叶蝶。

一只华丽的蓝蝴蝶，不知道为何栽倒在花丛下，再也没有飞走。我捏住蝴蝶的翅膀，拿给父亲看。父亲告诉我，那特别饱满的腹部，是蝴蝶的卵，也就是蝴蝶的孩子。

我把这只带着卵的蓝蝴蝶埋在了花丛下的泥土里，以为来年的春天，蓝蝴蝶就会与它的孩子们相见。

在河边割草时，我搬回来一棵柳树苗，栽种在园子的边上。我希望小柳树快点长大，如父亲母亲希望我快快长大那样。

小柳树长得很快，但是我还是希望能更快一点。

我知道鸡蛋有营养。因为教书的父亲每个周六回来，母亲就会给父亲煮上两个鸡蛋。而我们几兄妹却只能在过生日的那天，吃上一个白水煮鸡蛋。父亲有时趁母亲不注意，向我眨眼，我的小手心里就多一个鸡蛋了。

我想小柳树快快长大，除了浇水外，是不是也该给它施肥呢？

我从家里偷偷拿出一个鸡蛋，飞快跑到小柳树下，敲碎，蛋清蛋黄就一起流了出来，流到了小柳树的根部。有了这鸡蛋，我想，小柳树一定长得更快。

母亲偶尔也到园子中来。"咯咯"的声音刚响起，树下，花丛中一下就冒出了好多鸡脑袋，以百米冲刺的速度朝母亲的方向狂奔去。我也学着母亲的样子，"咯咯"地唤。母亲浇水，我也浇水；母亲翻地，我就在土里抓蚯蚓，放在瓶子里。父亲周末回来，就用蚯蚓做诱饵去钓鱼。

几岁的孩子，哪里闲得住。一只绿眼睛，大脑袋，长身子的蜻蜓飞过来，停在不远的梨树枝丫上。我迈着猫步，屏住呼吸，拇指与食指成夹子形，慢慢靠近。一米，半米，蜻蜓四处转动的眼睛似乎都没有察觉。我快如闪电般抓过去，蜻蜓却从手底下逃走了。

累了，就在老梨树上坐着。看云中的"动物"怎样一个个出现，又一个个消失；看鸡拍打着翅膀，试图飞过高高的围栏；看一只狗悄悄地走过，偶尔轻吠几声。看着看着，眼皮就重了，天也就黑了。

桃子成熟的季节，我天天在桃树下转悠。桃树上的桃子哪个大，颜色又好，我心里都记着。父亲回来时，我就拉他到园子中，让他帮我摘高处的桃子。又脆又甜的白水桃，一掰就开，只在衣服上擦擦，就迫不及待地啃起来，边啃边嘟哝着："爸爸，你身体不好，可以吃桃不？待会给哥哥姐姐还有妈妈带几个回去，大家吃大家香。"父亲抚摸着我的头，笑了。我也偏着脑袋，望着父亲傻傻地笑。

父亲有时边给我摘桃子，边给我讲桃子的知识，还教我背诗。可我哪有心思学什么诗呀，一门心思全在吃上。但我喜欢小柳树，很快就背会了《咏柳》；我喜欢春天，很快就背会了《春晓》。

"人面不知何处去，桃花依旧笑春风"，我喜欢，因为桃花开了，就有桃子吃了。只是为什么桃花要笑话春风呢？父亲说，那是桃花对着春风笑的意思。

有阳光的地方，一切都是鲜活的，自由自在的。

喇叭花在围栏上想朝哪里爬就朝哪里爬，月季想开几层花就开几层花，美人蕉想长多快就长多快。各种鸟儿叫着，飞过来又穿过去，从哪里来又要飞到哪里去，问谁，也回答不上来。

我喜欢春天，喜欢春天的园子，我希望一直都是春天，而没有夏天，秋天和冬天。

我把这个愿望告诉了父亲。父亲就给我讲"常恐秋节至，焜黄华叶衰""百川东到海，何时复西归"的道理。

我还来不及去懂这些道理，炎热的夏天就过了，叶子开始变黄，花不断枯萎，园子渐渐凋零。秋风一起，树叶飘落下来，打在我的脸上，肩膀上。

秋天快过去，冬天就要来了。

我五岁那年的春天，母亲忽然发了怒，把园里正怒放的花铲除掉了，一棵都没有剩下。我哭得昏天黑地，还在地上打着滚，父亲过来想把我抱开，几乎都抱不住我。

园子里的花，再也没有了。围栏上的喇叭花，也被连根拔除。

我长大一些，到外地读书，就少回家了。

我十六岁那年，父亲去世，我就更少回老家，也几乎忘记了园子的存在。

再后来，母亲把房子卖了，搬到了县城里，我就再没有回去过了。

如今，不知那些果树还在挂果没有，我的小柳树，是不是像我一样，经历风雨后，变了另外一番模样呢？

我家的两棵桃树

在彭家湾，桃树是很常见的树。种树的人不是为了赏花，主要是为了吃桃。

孩子们喜欢吃白水桃，母亲就在园子的竹林边移栽了一棵白水桃树苗。后门屋檐下，水沟的缝隙里，不知什么时候也悄悄挤出了一棵毛桃树苗。这棵毛桃树苗长得瘦瘦的、黄黄的，斜抱着身子，似乎只要谁一伸手，就会碰断它一样。

父亲说，也许是孩子们吃了桃，把桃核随手一扔，桃核恰好就落在水沟里了，桃核也有可能是从鸟儿的嘴巴里掉落下来的。

不管怎样，毛桃果小，酸涩，不好吃。

我天天给白水桃树浇水，希望它快快长大，我好早点吃到又脆又甜的白水桃（白水桃和水蜜桃味道差不多，但更脆，只要轻轻一掰，桃子瞬间一分为二）。而毛桃树，因为品种不好，长得也不是地方，自然也没谁去搭理它。

母亲说种树不像种蔬菜和庄稼，树和人一样，得自己扎根，自己找水喝，否则，根扎不进泥土，风雨一来，树就会枯萎，甚至还会被连根拔起。

我并没有把母亲的话放在心上。

几年过去，白水桃树长高长大分枝了，一枝向着南边，一枝向着北边，还有一枝向着东边。

竹外桃花三两枝，春江水暖鸭先知。

春天的时候，彭家湾的桃花一开，可不是三两枝，而是千朵万朵压枝低。

彭家的，余家的，刘家的桃花，都是亲戚。竹林边，屋檐下，篱笆墙，水田边，也都有桃花的影子。朴素的乡村，花一开，风一吹，阳光一照，一下就成了一幅飘动的五彩图画。

那年，《射雕英雄传》正在热播。桃花岛，与世隔绝，桃花开遍了山崖，是人人向往的地方。而彭家湾也是村前村后有桃花，舍南舍北皆春色。

女人们在桃花树下纳鞋底，姑娘们绣鞋垫，小孩子们则绕着桃树跑来跑去。风来，桃花纷纷扬扬，飘落到大人们的头上，肩膀上，小孩子的脸上，公鸡的背上，泥土上，春水上。

从白水桃树暴出第一个花苞那天，我就天天去看桃树。我想探索桃花从开花到凋谢的过程。所以，我家的桃花在什么时间开花，开了几朵，在哪棵枝丫上，我心里都有数。

父亲周末回来，我就拉父亲到桃树下看桃花。父亲就在桃树下教我背"去年今日此门中，人面桃花相映红。人面不知何处去，桃花依旧笑春风"。

"桃花为什么要笑话春风呢？"

"是桃花对着春风笑的意思。"

"我的脸怎么不是红的呢？"

"等你长大了，你的脸就变成桃花的颜色了。"

站在桃树下，我似乎能听到阳光正在桃树体内吱吱地游走，打通了桃树的经脉。桃树心在阳光中不断裂变，裂变成花瓣的样子，开在桃树枝头，还从树皮的裂缝中挤出一团团黄色的软油脂。

不经意从后门屋檐下经过，看到毛桃树，也羞羞答答，孤孤单单地开花了，开得淡淡的。

春天，也有大风大雨。白水桃树在风雨里，枝条惊慌地摇来晃去，花瓣一片一片往下掉，树身也东倒西歪了。

如果桃花都掉光了，也就没有桃子吃了。

可我没有任何办法，母亲也没有。

风雨过后，杂草上，台阶上，矮墙浅屋上，到处是零落的桃花。树身也被母亲重新扶正，再用木棍固定好。

而屋檐下的毛桃树，风雨中虽也乱了方寸，但树身还是回到了风雨前的样子。

桃子成熟了，母亲摘下了所有熟透的桃。

"桃子熟了，要及时摘下来，否则会烂在树上或者被鸟儿吃了，人爱吃桃，鸟也爱吃，这和姑娘大了就该出嫁是一个道理。"

很少有人特意去关注毛桃什么时候成熟。实在馋得慌了，就跑到毛桃树下，甭管熟没熟，摘几个毛桃下来，在衣服上擦几下，咬一口，如果还是涩的，直接就扔掉了。

我吃了那个季节的白水桃后，就开始离家在外读书，也很少想到我家的桃树，甚至梦里也很少有桃树的影子了。

我的脸还没有长成桃花的颜色，父亲去世的消息就突然传来。我急急忙忙赶回家，看到白水桃树在，还长高不少。父亲的灵台前，想到父亲在桃树下教我背诗，给我摘桃子，我禁不住大哭起来。大家都说我会哭灵，其实哪是什么会哭灵，我是真的伤心。

在这个世界上,父亲是最疼爱我的人,也是给了我诗和远方的人。父亲走了,诗和远方也没了。从此以后,我得独自扎根,找水喝了。

多年过去,老家的房子早已转卖给他人,母亲的身体是一日不如一日,而我也一直在风雨中飘摇。

前年清明,我特意回了趟老家,房子在,房子前面的白水桃树却已枯萎,而屋后那棵毛桃树,依旧枝繁叶茂。

母亲说,自从父亲去世后,我就慢慢成了那棵毛桃树。

彭家湾的小月亮

今天是中秋节,天气出奇好,月亮也就出奇清晰、明亮。

每个人的心底都装着个故乡,故乡里自然少不了月亮,人人都爱有月亮的故乡,情况一般都是这样的。

记忆中的故乡如果只有一轮月亮,未免就单调了些。因此就有了陪伴月亮的山、水,生活在月亮下的人们。

我的故乡在川南的一个小山村里。整个村庄只有一条小河从山脚下蜿蜒流过。什么烟波浩渺的气势,八月湖水平的气派,春江花月夜的美景,海上生明月的盛况,在我小时候是无法想象的。记忆中,皎洁的月光之下,只有小河里的月亮随着波纹轻轻晃动,虽没有千万里,但也有潋滟随波的景致。

山,在我记忆中就清晰多了。我家住在半山腰上,周围竹林环绕,树木林立。"明月出天山,苍茫云海间",故乡的山虽然没有那么高,但那样的气势依存。更多的是"月出惊山鸟",是"明月松间照",是"月照花林皆似霰",是"山中夜来月,到晓不曾看"。苏东坡的"月出于东山之上,徘徊于斗牛之间",长大后也是非常容易就能理解的。

屋后的山嘴上,有一块大而平的石头。我常坐在大石头上,看夕阳缓缓落下去,半个月亮悄悄爬上来。听"明月别枝惊鹊,清风半月鸣蝉",等"晨兴理荒秽,带月荷锄归"的母亲。如果遇到天狗吃月亮的夜晚,还会害怕,似乎月亮真的会被天狗吃掉一样。

"田家少闲月,五月人倍忙",到了收割玉米时节,一轮明月下,微微风中,燃起一堆烟火,驱散嗡嗡叫的蚊子。一家人围坐在晒坝里,就着如水的月光,哗哗地脱着玉米粒。大人们东家长,西家短地唠叨着家常。

为了鼓励我们几个孩子多掰玉米粒,父母亲就会把知道的故事、传说,逐一开讲。听着听着,一不小心就到了深夜,小手在装玉米粒的箩筐里就不动了,闭着眼的头不断往下沉,身体一歪,差点摔倒,惊觉醒来,睁眼,抬头,正身,哗哗,又开始掰玉米粒。当这一动作不断重复时,父亲就会说:四妹,瞌睡来了,就去睡吧。立时起身,也顾不上梳洗,倒头一躺,一觉到天明。

为改善一家人的生活,父亲有空就去很远的水库钓鱼。天黑下来,我们就会到山嘴上去望父亲。月光之下,戴着草帽,一手拿长长渔竿,一手提渔篓的父亲身影一从山脚拐角处模糊冒出来,我们就会立刻飞跑下山去迎接。月光下泛着白光的草路,记载着我们奔跑着的小小身影。

中秋之夜,没有月饼。父亲从学校带回来的一块芝麻饼,被分切成六瓣,盛在洁白的瓷盘中。每人一小瓣,先舔,芳香四溢,再小口咬,唇齿留香。

我在故乡待了十二年,以后就开始背井离乡,四处漂泊,三十年的光阴就这么唰唰流过。其间,我去过一些地方,看过许许多多的月亮。在上海高高的电视塔上,苏州豪华的游船上,深圳松软的海滩上,重庆巍峨的山顶上,我都抬头望过月亮。这些月亮拿现代话说就是"高大上"的月亮，我很喜欢。

我读过李太白的月下独酌，李后主的明月如钩，苏东坡的月下把酒，还有柳三变的晓风残月……可不管是在那里看到月亮，还是读到月亮的诗句，我眼前立刻就有了故乡那轮从山坡上爬上来的小月亮，晒坝上的圆月亮，那月色下带锄归来的母亲，月光下拿着渔竿的父亲。

月依旧，而人呢？父亲在我十六岁那年到了另外一个世界，那个冬天的夜晚，那个高悬天际的月亮，让我第一次感到了它的凄冷。

母亲今年八十一岁了，在老家县城，中秋之夜，不断催问着我的归期。

已到不惑之年的我，住在省城的市中心，周围高楼林立，霓虹闪烁。前几日，偶遇儿时的伙伴，她感叹着说：你现在完全是城里人的样子了，出行有车，城里有房，好幸福，而我还住在那个山沟沟里，出来只是打工，最终还是要回去的。

回去，已经成为游子一贯的选择。

"今夜月明人尽望，不知秋思落谁家。""同是望月人何处，风景依稀似去年。"

中秋节，走在月光下，我想到的仍然是故乡那个平凡的小月亮。

第一辑／旧时光

屋子外的秋天

1

早上醒来，低烧，身上还有了好些红点。大人们说，怕是出麻疹。

出麻疹，有许多禁忌，吹不得风，淋不得雨，也晒不得太阳，最好是躺在床上睡大觉。

那天，有亲戚请吃过生酒。爸爸领着哥姐去了亲戚家，妈妈则留下来照顾我。

那是二十世纪八十年代初，九月的一个早上。那年，我十岁，还住在彭家湾的乡下土屋里。

彭家湾是川南农村的一个小山村。因三面环山，一面临水，又因整个湾的十几户全是彭氏人家，彭家湾慢慢就响亮地被人叫了起来。

有了名字的彭家湾，在八十年代初，还是土墙房子居多。草是肥美的，树也是茂盛的。土墙木门，老老少少，男男女女，进进出出，日出而作，日落而归。人们能从烟囱里知道哪户人家动了烟火，从夕阳下的脚步快慢里判断他一天的辛苦程度，从衣服的补丁个数来衡量这家人的经济状况。

不管日子怎样，觉是安稳和踏实的。吃饱穿暖就是那时彭家湾人的最大梦想。

屋外，妈妈开始摆放各种做手工的家什。屋内，我时而眯眼，时而睁眼，躺在床上发呆。

立秋不见秋，处暑还有暑。九月的太阳，还是早早就照在了彭家湾。

阳光，从房顶的凉瓦片透进来，从土墙的裂缝里挤进来，落在墙上的九大元帅图片上，弯着尖角的黄蜂窝上，白色罗纹帐上，我的棉布衣服上，以及我的脸上。

我尖起耳朵，生怕漏掉任何的声响，唯恐失去得知外面发生一丁点事情的机会。

2

叽叽喳喳，是小麻雀的声音。九月，该归仓的都归仓了，地里可供麻雀吃的东西慢慢就少了。

今年，收割完的稻田里，稻草堆上也都能寻到零星的谷子，晒坝边洒落的粮食也没有像往年一样颗粒归仓了。

想到稻谷，我眼前就有了八月的金黄，沙沙的镰刀声，弯着的背脊，第一顿新米饭，还有那些干透的新谷草，带着太阳的余温、草的香味，松松的，软软的，躺在家里的每张席子底下。

今年，终于能吃饱穿暖的村民脸上总带着笑，鸟儿们的脸上是不是也笑着呢？

有笑就有哭。

我脑中闪出前几年前冬天下雪"安"鸟的情景，似乎有几只鸟儿已在竹筐里左冲右突，惊慌地试图挣脱竹筐飞去。

一切都是徒劳，妈妈常说世上没有后悔药卖。

去吃竹筐里谷子的小麻雀，心里知不知道，危险是时时存在着的呢。

前几年，小伙伴梅明知偷生产队的梨子，一旦被抓住，就有挨毒打的可能，还是时不时去果园里偷摘果子。梅老喊肚子饿。

鸟儿也许和梅一样，为了肚子不饿，明知道是有危险的，也不得不冒险。

冒险去做一件明知道有危险的事情，不是非得去做，就是诱惑太大，不管是哪种，都需要很大的勇气。我是个胆小鬼，只能给梅儿望风。

3

咯咯的鸡叫声和汪汪的狗吠声直往我耳朵里钻。邻家那只小黄狗，又在院子里追鸡玩了。

彭家湾地处偏僻，很少有陌生人的身影。通常，狗无聊时，就无聊地逗院子里的鸡玩。

狗追鸡的游戏时有发生，但鸡狗相残的事，在彭家湾却从没有发生过。八九月，到处是丰收的景象，本是鸡狗最爱的时节。今年，以前那些抢食的记忆，随着肚胀腰圆，都一并抹了去。两只公鸡斗架时，小黄狗还一会儿咬着这只鸡屁股上的鸡毛往外拉，一会儿咬着那只鸡的翅膀或者细腿使劲拽，无数次后，两只斗红眼的公鸡就各自走开了。

相克的两个事物一定不能和睦相处的规律，在没有根本利益的冲突下，也就有了例外。

4

屋檐下,妈妈纳鞋底的声音清晰传来。纳鞋底时,妈妈会用锥子先在头发里划几下,再在鞋底上锥出一个孔来,最后用戴着顶针的手把穿了麻绳的针穿过锥出的孔,这一针脚才算完成。

我总担心,锥子的尖头会划破母亲的头皮。但是新布鞋一双双做好了,母亲的头皮却好端端的。

一个看起来很危险的动作,掌握好了分寸,也是安全的。

母亲纳鞋底的声音,让我想起了过年就能穿上的新布鞋,同伴羡慕的眼光,大人们啧啧的称赞声,心里一下欢喜起来。

5

"妈妈,我想喝水。"我想要屋内有点动静。

窸窸窣窣的声音后,妈妈端着土碗,闪身进来。

妈妈身上泥土、果实和风的味道,真好闻。

喝完水,妈妈叮嘱我躺好,把脚边的薄被单又掖了掖,才掩门走了出去。

白露后,脚板心会有点发凉。

我继续闭上眼睛,又怕睡得太沉,会错过一些美好事情的发生,只好把耳朵,从窗户,从门框的缝隙里,用力地向屋外伸去。

6

簌簌,是风吹树叶的声音。有一片树叶带着水分和几分绿,在风中重重地栽倒在地上,发出咔咔的声响。如昨天,那只黑花蝴蝶,飞着飞着,就一头倒在园子里的青草丛中。

秋分过后,树在风中开始瘦身,树叶从边缘开始变黄,枝条也在风中少了柔软。

好些鸟儿都在老梨树上安了家,老梨树在风雨中也总是摇头晃脑,似要护着鸟儿们。

爸爸说,每个人都该有梦想,又说,我们几兄妹都是有梦想的人。

我们的梦想就是走出彭家湾,走出山沟,到镇上去,到城里去工作和生活。

那老梨树的梦想呢?是不是就是远方?鸟儿是远方的使者,所以老梨树就使出吃奶的力气,长出尽可能多的叶子,开出尽可能多的花,结出尽可能多的果实来吸引鸟儿歇息,以从鸟儿口中得知关于远方的那些新消息。

是树给了鸟儿歇息的地方,还是鸟儿给树带来了梦想呢。

寒露后,风吹过草地,草就变了颜色,吹过树林,黄叶子就都往下坠了,偶尔还会打在我跑过树下的脸上,肩膀上。

要是树叶都掉光了,小鸟到哪里去安家呢?

也许,一年一年,树只是该绿时绿,该落时落。

也许,鸟儿知道,中秋的月,天晴下雨都是圆的。

可村民为了一根田埂,一寸泥土,都要争。人,可以是一棵树吗?

7

迷糊中,有蟋蟀的声音,叫得很响亮。霜降过后,就是清霜、白头霜的天下了，这世界不再属于它们，所以卖力地歌唱。

吱吱声，是老鼠的声音。这声音一会儿在东，一会儿在西，一会儿在墙头，一会儿又似乎就在墙角。

九月，屋外的母亲开始为过冬做准备，屋内的老鼠也要为过冬做准备。

"好香，苹果的香味。"我似乎听到老鼠的说话声。

我床头确实有一个苹果，那是几天前和爸爸一起去县城的二娘家，二娘悄悄塞在我手心里的。因为舍不得吃，就一直放在床头的枕头下。

我所在的彭家湾，没有苹果树。好些一辈子都没有到过县城的人，和我一样，并不知道苹果为何物。难不成我们家里来了县城的老鼠？可城里的老鼠怎么会和乡下的老鼠在一起呢，难道在老鼠的世界里，没有城乡差别？

"苹果，没见过呢，味道真香，我们去拿来尝尝。"

"小心，这么好的东西，城市都不多，小主人宝贝似的，我们怎么可能拿得到呢，也许这是一个陷阱，我们还是去别处看看，反正，今年，过冬的食物还是好找。"

经验，给了老鼠警惕。

8

屋里又安静下来。

可我想听到声音，任何声音都可以。因为，一切活着的才会有生命存在的声音。经历过饥饿的妈妈常对我们几兄妹说：不管在什么情况下，都要争取活着。

我当然想活着，还想活得更精彩。爸爸妈妈说：努力读书，考上大学或者中专,就有铁饭碗可端,商品粮可吃,活得就精彩了。

想到读书,我一骨碌从床上爬起来,抓过枕头边的课本,却发起了愣。

考大学,吃商品粮,对农村的孩子来说,那可是百里挑一,我是那块料吗?

"妈妈,我不想睡了,我要起床,我身上的红疹没有了。"

妈妈拉着我的小手,撩开我的衣服,仔细查看,又用粗糙的手背贴了贴我的额头,松了口气:"看来不是麻疹,没事就起来吧,也快中午了。今天,我给四妹编四股辫子,再取半边烟熏猪脑壳下来煮起。"

平时都是我自己编三股辫,也要过年过节才能吃上腊肉,看来生病也不全是坏事。

9

有风的阳光下,我坐在母亲为我准备好的竹方凳上,等着母亲为我编辫子。

园子里,有一朵小野菊从骨朵群中跃了出来,柑橘树上的橘子开始泛黄。天,比前些日子远了些;云,也淡了,薄了,浅了些。层层叠叠的山峦,空旷的田野,安静的稻草垛,随意摆放的粮食、农具,母亲眼里的九月一定比我的好看。

彭家湾的小河

小时候居住的土屋在彭家湾的半山腰上，山脚下有一条河蜿蜒流过。其实那算不上一条河，因为它既没有名字，也没有故事，普通到随处可见。

即便如此，这河却已经存在了很多年。彭家湾的一座座山，就是被这条像溪流一样的河流一点一点划分开的。也许，这河最早的时候水量很大，河边是一望无际的平原，草木丰盛，荒无人烟，河的两岸，说不好还有野狼出没或者芦苇飘飞。

"关关雎鸠，在河之洲。窈窕淑女，君子好逑。"《诗经》中的这话告诉我们，祖先的美好生活，就是从河边开始的。

河流是大地的脉络，如同人身上的血管。

有河的地方必然就有桥。彭家湾的河虽没有名字，但用长约两米、宽约三十厘米的两块石板搭成的石桥，却有个响亮的名字——蟒神桥。

相传很多年前的一个夜晚，电闪雷鸣，暴雨如注。一夜归之人，借着电闪的亮光，看到桥上有一条箩筐粗的蟒蛇，闪着金光，在漫过石桥的河水里快速游动、翻腾。那张开的大口，长长的血红信子在空中不停地甩动。忽然，蟒蛇直射天空，渐渐幻化成一白发长须的老人。只见老人把手中的拂尘轻轻一挥，顷刻，暴雨停，河水退，电闪雷鸣消，老人也很快碎化在云雾里。

此后，普通的石桥就有了传奇的故事和名字。

有了名字的蟒神桥就成了彭家湾人的乐园。小伙伴们常在河边玩耍，打水仗，扳螃蟹，逮泥鳅，在河壁的石缝里找鲶鱼⋯⋯有太阳的天，女人们则会三三两两，把一件件衣物放在河边的大石板上清洗。棉质的衣裳在嘻嘻哈哈的笑声中，此起彼伏的棒槌声里，在清冽的河水中，慢慢地软，慢慢地浮。洗好的衣物铺陈在河边的植物上。被搅浑的水，自顾自向前流去，百步之外，又清澈起来，渐渐明白水流自净的道理。

夏季的河滩上，各种鸟儿驮着最后的一缕霞光，从树上飞身而下，沿着树梢掠过，三只五只，弯过一片田野，消失在越来越浓的夜色中。

夕阳、村舍、炊烟、狗吠、河边慢腾腾的鸭子，在薄暮里交融成一幅乡村的晚景图画。

有时候会觉得这河水太细，水量太少，就会和小伙伴们搬来一些碎石头，捧起泥沙，筑起一道小水坝，蛮横地将河水拦腰切断。不一会儿，河面宽了，河水深了，等到水聚集到快要漫过堤坝时，伙伴们一起用小手扒开一段水坝，河水便像马棚里的马儿，你挤我，我挤你，争先恐后地涌出。伙伴们就追着流水跑，体会波涛汹涌的气势，可是没跑多远，水流越来越小，慢慢就消失了。

而我脚下的河，依然是以前的那条河。即使我们刻意想去改变，河水很快又恢复了原来的样子。

在彭家湾，河水走的路也是人走的路，人走的路也是水经过的路。水路和人路交叉的地方要么狭窄，狭窄到一步就可以跨过去；要么垫几块石头，人踩在石头上就可以跳过去；雨季水量特别大的时候，只能脱下鞋袜，光着脚丫子蹚过去。

年纪大的背年幼的，过河后再穿上鞋袜，继续向前，就这样走出人的路。

一条河流，再瘦骨嶙峋，也是有源头的。彭家湾的河流源头，都是很不起眼的：山上石缝中汩汩流出的一汪清泉，一棵禾苗根部悄悄探出头来的潜水。它们翻过山，越过岭，向低处流去，两条碰在一起，就难分彼此了，更多的源头加入，汇成山里更大的溪流，最后成就了彭家湾的这条河。

这河如一个伸开的手掌，把这些山岭牢牢抓在自己的手中。

这些源头时隐时现，时断时续，雨季一来，一条条土黄色瀑布倾泻而下，隆隆有声，河水很快漫过桥，与四周的水田连在一起，用浩瀚烟波、蔚为壮观来形容也不是不可以的。

彭家湾的河虽然瘦，但少干枯，还流得很远，远到彭家湾的许多人，都没有去过那么远的地方。

彭家湾的河一流出彭家湾，经过大队，流向县城，融入一条更大的河里。当彭家湾像溪水一样的河水融入大河里时，彭家湾的河就消失不见了。

然而更大的河继续流淌，与更多的大河融合，最终成了一条很像样子的江，它的名字叫长江。

长江流到海边就不见了，而我随着这河流，来到了县城，来到了现在居住的城市里。

远方的召唤，火热的青春，城市的诱惑，让彭家湾更多的年轻人，像风追着风，随着彭家湾河流相近的路走出了彭家湾。

出去的人，有一部分成了候鸟，正月出，腊月归；有一部分不再回来；有一部分下落不明；还有少数人会在几十年后，带着别样的口音，忽然出现在彭家湾的河边。

村庄的一切早已不再是出发时记忆中的模样,甚至那座有名的蟒神桥也已面目全非。

一条河的消失比一条河的出现更容易。

一部分人在老去,一部分人在出生,而彭家湾新的面目,再一次成了异乡人记忆的源头。

就像在海水里找不到江河,在江河里找不到彭家湾的河一样,在居住的这座城市里,我们常找不到彭家湾的"我们"了。而彭家湾的河,从远古而来,又走向远古,周而复始,生生不息。

新麦的味道

"旋黄旋割",麦田上空,不时有麦鸟的叫声传来。同时,层层荡漾开来的麦浪里,缕缕新麦的气息,随着五月的风,悄悄融入村庄的空气中,钻入人们的鼻孔里。

新麦是什么气息?

新麦的气息与一些农作物的气息有些接近,也与稻谷的气息有点类似,但还是有属于自己独特的气息。

这种独特的气息,我不能用恰当的语言准确表述出来。但我知道,真正的农民闭着眼睛就能识别出麦子独特的气息。一些老农民、老把式,甚至隔着一座山,也能"看见"山那边的麦子的收成。

"抢黄抢黄,王母娘娘下厨房。"当新麦的气息越来越浓,阳光下的大地闪着片片金光的时候,麦子收割的季节就到了。

麦收季节一到,不管是深闺中的女儿,还是王母娘娘,都要被赶到麦田里。普通老百姓,就更不用说了,肯定是全家总动员,每个人都要为麦收做力所能及的事情。

全家老少,有的手里拿着割麦的沙刀,有的肩头搭着绳子,有的背着背篼,有的挑着箩筐,还有的一手拿水瓶,一手拿瓷碗,一起向麦田里走去。

他们的身影渐渐融进山峦间的金黄里，融入麦子的气息中去了。

母亲站在麦田边上，四处看看，然后选好一个位置，蹲下身子。她左手揽一个弧线，右手的沙刀贴着地皮，唰地一刀划下去，瞬间，一束小麦已经攥在母亲的左手里了。

随着母亲沙刀的第一声响，割麦的序幕正式拉开。

麦子是什么，是土地的赠予，是上交的公粮，是麦粑，是面条，是养活一家的重要口粮。

收割的不仅仅是麦子，还有全家人的希望。

母亲是割麦的好把式，每年割下第一把麦的，总是母亲。当母亲再次蹲下身子的时候，我们兄妹几个快速跟上。

我们跟着母亲留下的整齐麦茬，揽麦，挥刀，一气呵成。不知不觉，大家就进入你追我赶的状态中。

黄蚂蚱、绿蚂蚱、蟋蟀，在镰刀下不停地跳闪腾挪。豹纹虫、斑斑虫，在麦秆麦穗上打翻筋斗。花姑娘（瓢虫）、蜻蜓，在麦穗间飞来飞去。更有各种田鼠，在麦地里蹿上蹿下。

麦田里，有多少生命，多少物种，谁也答不上来。

割麦，其实也是一门艺术和技术。割麦过程中有个动作叫"揽"。挥动沙刀的手臂不间断地往怀里搂，另外一只手并不是一把紧紧握住，而是一种有形无形的力量，把无数倾倒的麦子凝聚在一起。沙刀一挥，嚓嚓声中，麦穗在热风里哗啦啦地倾斜，麦穗头与麦穗头，麦茬口与麦茬口，头尾齐整，条理分明。

割了一会儿，母亲回过头来，抽出几根麦秆，放在麦堆下面做"腰子"，再捞起"腰子"的两头，交叉，紧一紧，用力一拧一压，倒手一拧一压，一个完整的麦堆就捆好了。腰结虽不是死结，可是不会散开，码垛时，即使高高抛起，也不会散开。

看着简单，我却半天学不会，不是松了就是"腰子"断了。

收割麦子一定有麦粑、面条吃,这道理,对彭家湾人来说,没有这么简单。

新麦马上要收割了,收割麦子是高强度的体力劳动。去年好不容易省下来的旧麦,统统拿出来,打成粉。稀饭煮稠些,饼烙厚点,由着吃。

收麦的时节都不吃,什么时候能吃?

没有陈麦子的,怎么办?只能提前向麦田预支。

到最先成熟的麦田里,割一背篼新麦,摘些桐子叶回来,当即用手搓麦粒。搓下的麦粒马上就晒,晒干立马磨粉,蒸桐子叶麦粑。

麦子黄了,马上要收割了,辛苦一年也舍不得吃一顿,还像话吗?

刚出锅的桐子叶麦粑,喷发出新麦的香气。热气还在蒸腾,烫,就在手里颠来倒去,迫不及待咬上一口。

敞开肚皮吃,在新麦收割的季节,表现得最为生动。

收割的麦田里,风荡起重重的金色波澜,也吹拂着女人的花衣裳和笑脸。

女人袖口挽起,碎花衣衫在风中鼓起来,又飘荡开去。

蓝天白云下,女人们扭着浑圆而韧性十足的腰身,挑着软担,走在田间的小路上。

男人们渴望收获麦子,也向往着女人。他们喜欢吃麦粑,更喜欢做麦粑的那双巧手。

有了女人的麦田里,麦子割得更快,麦茬更平,麦捆也扎得更牢实。

收割的麦子用来养活婆娘儿女,婆娘儿女又给了男人浑身的力气。

村里人说，麦田里要是没有女人，再好的收成，拿来干啥；麦子要是没有女人做麦粑，做面条，还有什么味，吃了又顶什么用。

曾经，女人的流向与地形有关。偏僻山区的女人，总是想嫁到丘陵或者平原地方去；平原地方的女人，又想嫁到县城附近或者县城里去。

如今，女人们都想嫁到城里去，嫁到彭家湾的，也都想方设法要在城里买房，逃离彭家湾。

麦子的产量和收成好了，可彭家湾的女人，都快走光了。

留守在彭家湾的男人们说：如今的新麦，吃着没有一点点香味。

忙碌的麦地

紧张的麦收结束后,麦地里并没有完全安静下来,有许多的活没有干完,一些动物还在麦地里忙碌着。

麦秆,麦秆上残留的麦粒,四处散落。几株或一行没有收割的麦子,还静静地立在麦地里。

我想,那几株或者一行麦子,可能是动作稍慢的收割人留下的。收工时,正好割到这里,看其他人都走了,他也丢下手里的活,走掉了。还有一种可能就是割麦人故意留下来的。毕竟,麦收后,孩子们要来拾麦穗。再说,天上的鸟儿,地上的虫子,田鼠,都要活。

麦地旁边有几棵枝繁叶茂的桐子树。我想,这树的根一定扎到了土地深处,还延展到了几米外的水田里。

母亲常对我们说,人也该像树一样,自己扎根,自己找水喝,才能活,长成树。

土埂上,有些干枯的草,一把长满锈的镰刀。

这草以前应该长在麦地里。农人到地里,看着草比麦苗长得还高,长得还茂盛,随手拔掉,扔在了土埂上。割麦的时候,走得匆忙,又把镰刀忘记在地里了。

阳光照在绿草上,也照在枯草上,镰刀上。

一阵大风来，满坡的草，像海水一样涌动，起伏着。

地里的麦秆，枯枝败叶，随风而起，在空中飞翔一阵，又飘落了下来。风过后，东边的，到了西边，西边的，又跑到了北边。

如果风再大一些，持续再久一点，会把地里的东西，全都刮跑。刮到哪里去了，谁也答不上来。

只是，草丛间，树杈上，石头边，村人的门前，院坝里，屋檐下，忽然之间就多了零散的麦秆，纸片，布条，头发，毛，树叶。

每年，都会有几场大风、几场大雨袭击彭家湾。大风大雨中，会有许多的东西从天而降。

一条小鲫鱼，啪地掉在屋檐下的水沟里。扭动的身子，证明鱼还是鲜活的。我眼前便有了遥远的渔村。狂风暴雨中，风把鱼还有鱼腥味，都送了过来。

村庄，麦地，在风雨中，多了许多新的气味。

大风，可以刮走很多东西。母亲担心我瘦弱的身体也会被风刮跑。彭家十七岁的闺女，就是在夜晚的一阵大风中，不见的。

是什么风，把她刮跑了，母亲并没有告诉我。母亲只是警告我，少和陌生人说话。

彭家湾，亲戚都很少来，陌生人，就更少了，我和谁说话呢？

兔子不吃窝边草。兔子在外面找了一天的草，回窝后，发现自己窝边鲜嫩的草，已经被牛羊或者其他的兔子吃掉了。

兔子会后悔吗？可世上没有后悔药卖。兔子离窝时，也许已有了承担这个后果的准备。

一些野草野花，在麦地里恣意疯长。如果非要我给每一朵花取个名字，我会叫它们西施、王昭君、貂蝉、杨玉环等；给草取名为二娃、铁蛋、余三——它们是我的小伙伴。

野花野草在麦地里，随心所欲，自由自在，无规矩地开着。

无规矩也是规矩的一种。

花上有许多蝴蝶、蜻蜓，四处翻飞。奇怪的是，那么多的蝴蝶和蜻蜓，却没有一点声音。

只有我听不到吗？如果我失去了听力，也许就"看见"声音了。

阳光下，麦地里的花相互间打着招呼，说着知心的话，说到兴奋处，咯咯地笑开了。

笑声，把一朵花上的"花姑娘"都逗笑了。

花姑娘又叫"七姑娘"，我的语文课本里叫瓢虫。

花姑娘在一朵花上，爬过来，又爬过去，走走停停，停停走走，不知道从哪里来，又要往哪里去。走到花的边缘时，她看到了什么？

危险？悬崖？

如果继续向前，花姑娘很快就会掉下花朵。

花姑娘没有读过书，悬崖勒马、回头是岸这些词，花姑娘并不知道。

可是花姑娘很小心地爬到了花的背面。花的背面，是花姑娘躲避正午阳光的最好场所。

不懂的其实是我。

黄蚂蚁，黑蚂蚁，白蚂蚁，来来回回，在麦地里奔跑着。

一只黄蚂蚁，发现了一具干枯的白蝴蝶尸体。蚂蚁兴奋地围着尸体转来转去，最后咬住蝴蝶的头部朝窝里拖。

一块石头挡住了回窝的路。黄蚂蚁用尽浑身解数，用嘴咬，用脚蹬，用手推，都没翻过这块石头。

蚂蚁为什么不绕开石头走呢？

另外一只黄蚂蚁过来，触角一碰，却瞬间打了起来。新来的一只很快就逃离了现场。

如果是蝴蝶的身体太重，黄蚂蚁为什么不跑回家搬救兵呢？

我决定当蚂蚁的救兵。我把蚂蚁和蝴蝶一起搬到了石头的这边。我想，蚂蚁一定会为"天上掉馅饼"的好事而惊喜。

可是蚂蚁很茫然，还有些着急。黄蚂蚁试着把蝴蝶又拖回原来的地方。

也许蚂蚁的家，就在石头下面。一场风或者孩子的一脚，这块石头正好把蚂蚁洞口堵住了。

老鼠的洞大都修建在田野较高的位置，还有的直接就挖在草垛的下面。如果老鼠真是鼠目寸光，它又是如何判断位置的高低，麦粒的多少呢？

在这块麦地还没有开垦之前，老鼠靠什么生活？

老鼠来来去去，有的在搬运麦粒，有的从窝里向外搬运着垃圾。收割后的麦田里，老鼠看上去是最忙，也是收获最大的。

几只麻雀，叽叽喳喳闹着，从远处飞来，停在麦地旁边的树枝上。一句接一句，像在和周围的朋友打着招呼，又似乎在告诉我什么故事。

我不懂鸟语，只能望着鸟儿发呆。

十几分钟后，鸟儿们追逐着，从一棵树飞到另一棵树，最后落在麦地里，麦秆上，花丛中。

我以为鸟儿的头顶上只有天空，翅膀上只有气流，却不知，它们的眼里，还有麦地。

数不过来的蟋蟀，在麦地里跳来跳去，与麦地上的鸟，田里的青蛙，树上的知了，组成大合唱。

麦子的丰收，欢喜的不仅仅有人类，还有麦地里的所有生物。只是，我们体味不到它们的喜悦，更听不到它们的笑声。

如今，麦地里一年没有麦子，两年没有麦子。曾经熟悉的麦地，面目全非。

风用了几年的时间，终于把稻草人的衣服撕成了布条。

麦地旁边的土屋，草从墙壁的缝隙里往房顶上爬。蛀虫，用了几年或者几十年的时间，终于把大梁蛀空。

房子倒塌了。

曾经从麦地上站起来的房子，很多年后，又重新变成了麦地。

煮豆燃豆萁

"煮豆燃豆萁，豆在釜中泣。本是同根生，相煎何太急？"

冬日的一个下午，一家人围坐在彭家湾老屋的院坝里，边剥豆子，边听父亲讲这首诗中的故事。

在彭家湾，豆萁叫豆子秆。煮豆为什么要烧豆子秆呢？母亲说煮开一大锅豆浆，要大火，豆子秆燃起来旺，又耐久，方便又实用，是绝配。

可父亲说，这首诗主要告诉人们兄弟姐妹之间应该团结友爱，而不应该相互伤害，更不能以死相争。

再次在书中读到这首诗时，心里却为父亲这解释产生了怀疑。作为皇帝的曹丕想要杀曹植，需要找这样一个借口吗？即使需要找个借口，偏偏找曹植的长处——写诗。我个人倒认为，这是曹丕的智慧。既放了曹植一条生路，又给了那些对曹植有意见和看法的大臣们一个说法，所谓一举两得。

"种豆南山下，草盛豆苗稀。"诗人陶渊明种豆，是种怡情。结不结果，结多少果，他并不在乎。可彭家湾的人从播种开始，就播下了好收成的希望。因为豆在彭家湾，是主要的粮食作物，也是渡过难关的一种经济作物。

彭家湾种下的豆，不是我们现在市场上常见的青豆，而是黄豆,还有少量的黑豆和红豆。

"清明时节雨纷纷",清明节前后,如果没下雨,母亲就用锄头,在地里挖窝。如果下了雨,就用锄把在湿润的地上杵窝,杵一下,一个窝。

雨下不下,季节来了,都得把豆子种下去。

通常是母亲打一个窝,我就放几颗豆种在窝里。一块地的窝打完了,母亲回转身来,给窝先盖上草灰,再盖上土,种豆的工作才算完成。

几天后,头顶着两瓣黄叶的豆芽出土了。十天半月后,豆芽就变成了豆苗。

看着植物一天天生长着,我觉得是件很美的事。我把这想法告诉父亲时,父亲摸摸我的小脑袋:你一天天长大,也是一件很美好的事情。

叶子发黄,枯萎,凋零,豆荚鼓起来时,人们就会把豆子秆连根拔起,用稻草捆牢,整齐地挂在屋檐下或者竹竿上。

"种瓜得瓜,种豆得豆。"这话传到我耳朵里时,我偷偷地笑了:种瓜不得瓜,难道得豆子?种豆自然得豆,难不成得玉米?

我家的豆子,大部分被一次次磨成了豆花。特别艰难的岁月,母亲也会把豆子拿到集市上卖,买回家用或者给读书的我们交学费。

种豆得豆,是一种幸福。种豆不得豆,豆子没能进入种豆人的肚子,也该是一种心酸了。

在彭家湾,待客的法宝有老母鸡、豆花、腊肉、黄粑、鸡蛋挂面。

有客来,过节,或者冬天遭遇绵绵细雨,母亲就会把一大碗干豆子浸入盛满温水的陶钵中。几小时后,黄豆变得肿胀,饱满，发亮，似乎一下又重新回到了豆子秆上，田野间。

大哥二哥推动石磨，母亲用木勺子舀起豆子和水，一起放进磨心。石磨转动，白白的豆浆在磨盘里涌动，顺着磨槽流入磨嘴下面的木桶里。

一大水桶磨好的豆浆，被母亲一股脑儿全倒在铁锅中。豆子秆在灶膛中燃烧，在微弱的噼里啪啦中旺起来。一大锅豆浆很快就沸腾了。

煮熟的豆浆，又被舀入早就准备好的纱布口袋里，扎紧袋口，再用水瓢或者勺子使劲挤压鼓鼓囊囊的纱布袋，纱布袋里的豆浆都争着从四面八方往外逃，流向纱布袋下面的容器里。

动作重复中，豆浆和豆腐渣彻底分了家。

母亲拿出胆水，一边不断用勺子搅拌豆浆，一边试着慢慢把胆水放到豆浆里去。

这是个技术活。胆水的多少，决定了豆花的老嫩和口味。

加了胆水的豆浆在搅拌中慢慢变成了絮状。母亲再次把这些絮状倒入铁锅中，用小火煨，用筲箕压。絮状渐渐就凝结成一大块豆花了。

最后，母亲用刀把豆花划成大体均匀的"井"字小块。豆花，终于上桌了。

刚出锅的豆花，蘸着用新鲜的青海椒、青花椒调成的蘸水，入口，鲜香麻辣烫，全都有了。即使是在冬天，也能吃出汗来。

豆腐有很多种做法，豆腐脑，煎豆腐，麻婆豆腐，而在彭家湾，剩下的豆花，沥干，做成两面黄。豆腐渣用油炒一下，加点盐，放入蒜苗，一样香喷喷的。

六娘有四个儿子，三间土屋，一片竹林。夏天，六娘常光着上身，穿行在田野间，大方地和人打招呼，聊天。

六娘走过我家屋前的时候,我通常会转开红着的脸庞。

六娘说,天太热,穿衣服遭罪。

其实大家心知肚明,六娘舍不得仅有的一件夏衣被汗水糟蹋了。

六娘做得一手好豆花,但家里没有石磨。

一年冬天,六娘找到母亲。

"老师娘,我想做豆花,借用一下你家的石磨,要得不?"

"随时来就是。"

很快,六娘和她儿子带着磨豆花的家什,来到我家。一个微小脸庞的女子,穿一件红花棉袄,拖一条长辫子,羞涩地跟在他们后面。

六娘和儿子推磨,女子添豆子,欢笑声把石磨都逗笑了。

没多久,这个俊俏的女子成了六娘的儿媳妇。

后来,六娘来我家磨一次豆花,就有一个女子进了六娘家的门。

那个年代,村上有好几个光棍汉。条件和长相都比六娘家优越。但六娘的四个儿子都找到了媳妇,还都算俊俏。

我不知道,这是不是和六娘做豆花的手艺有关。

母亲也是做豆花的好手,每次做的豆花都老嫩合适,吃起来微甜。我常想能做这么好吃豆花的人,应该都很善良,有爱心,能吃苦。

在彭家湾,煮豆燃豆萁的事情,常有。手足相残的事情,至今还没有发生过。

远去的灯火

1

太阳落到山的背后，晚霞散去最后的光亮，天，暗了下来。

泥土的气息混着各种花草树木的味道，在微风中，飘向彭家湾，渗入彭家湾每个人的鼻孔里。

鸡鸭归笼，你挤我，我挤你，发出不同的声响。狗，跳来跳去，迎接晚归的主人。猫，扭着猫腰，迈着猫步，时而止步回望，时而看远方，时而蹲在墙头，时而又趴在树上。

天完全黑了下来。如豆大小的煤油灯，在火柴的嚓嚓声中亮起来。

一盏，两盏，三盏……整个屋子亮了，整个彭家湾，星星点灯般亮了起来。

漆黑的屋内顿时有了淡淡的晕黄。木门，木窗，木柱，黄泥土墙，都露出了原色。

灯下，白色的蚊帐，床头的布鞋，土漆的柜子，柜子上的木头箱子，摆放在架子上的洗脸盆，绳子上的毛巾，灶台泛起的光，水缸里的水，还有吊在屋檐上的玉米，堆在墙角的红苕，房梁上的燕子……全都清晰起来。

一阵忙碌过后，吃过晚饭的一家人，围坐在一盏煤油灯下。

灯光铺开，漫溢屋子，屋内的一切变得柔和。

孩子们摊开书本，母亲拿来针线篮。铅笔划过纸的声音，麻绳穿过鞋底的声音，交相辉映。

那时，煤油灯也叫洋油灯，买煤油叫打洋油。

没多久，铅笔头粗了。父亲借着灯光，用菜刀给孩子削铅笔。铅笔的碳粉落在桌子上，父亲一吹，就都散落在地上了。

月亮爬上来，村庄披上了一层银色的外衣。

起风了，风从墙壁的缝隙中钻进来，灯光摇晃，光影斑驳。

哥哥忽然垂下睫毛，朗诵起来。哥哥的声音不高，像深夜的小溪在流淌。

还没有上学的妹妹，停下手里活计的母亲，正在抽烟的父亲，都静静望着哥哥。

朗诵完毕，母亲刚微笑点头，哥哥就咧开嘴笑了。妹妹也张开嘴，咯咯地笑。妹妹张开的嘴里，有两颗缺失的门牙。

月亮升高了。母亲用针拨了拨灯芯，一缕黑烟扭着身子往上冒，绕到房梁上，墙壁上。烟熏过的地方，漆黑一片。灯火跳跃中，映照在墙上的人影也跟着晃动。

当哥哥的书本合上，母亲就抱起已经熟睡的妹妹，轻轻放在谷草芳香的草席上。一家人轻手轻脚各自收拾一阵后，灯熄灭了。

鼾声，很快在黑夜中响起。

2

黑夜里，人们总是朝着有灯的地方走。有灯的地方，就有人家。有故事，有烟火的人家，总是给人安慰和期许。

而田野间,远远闪亮的,很可能是守夜人的桅灯。

西瓜成熟的季节,瓜田里,看瓜的老人,夜里通常就把桅灯挂在草铺的柱子上。

若有若无,闪闪烁烁的桅灯,像是田野黑夜中的眼睛。

白天,守瓜的老人,看田野,看瓜,看太阳。

几个小孩子悄悄跑过瓜田,老人抓住其中一个。烟的气味,手的力度,瞬间朝孩子扑过去。

孩子一下就哭了。

老人拿出几颗花生或者焦黄豆子,小孩子抹着眼泪,一下又笑了。

老人喜欢讲故事,讲妖怪,鬼神,僵尸。小孩子又都被吓哭,跑掉了。

老人讲故事时,狗就抬头望着老人。狗听着听着,忽然把头抬高:

"汪汪,汪汪。"

老人走出瓜棚。

"给个瓜吃吧。"

"想都别想,快走,快走。"

夜晚,陪伴老人的有狗,月亮,星星,当然还有田里的西瓜和瓜棚柱子上的桅灯。

夜深了,狗挨着老人睡下。孤单的,只剩下那一盏桅灯。

大狗偶尔抬头,嘴里发出"汪"的一声。老人尖起耳朵,只听见各种虫子的叫声。

"有毛病!"老人扔下这句,挨着大狗又垂头睡去。

窸窸窣窣的声音,再次入耳。老人提着桅灯,在瓜田里,照见了几个偷瓜的少年。

051

看到少年惊慌又渴求的眼神,老人迟疑了下,让少年到瓜棚里等着。

老人提着灯,轻手轻脚出去,回来时,手里多了一个大西瓜。

"嘭",老人一拳头下去,西瓜瞬间变成了许多瓜片。

"甜。"少年吃起来。

一会儿,狗叫声追着少年的背影,消失在黑夜中。

桅灯,又被挂在了柱子上。

如今,桅灯,只在记忆中才有了。

年　味

寒冬，背着大包小包的人们开始聚集在火车站，长途汽车站，飞机场。急切的神情，匆忙的脚步，无言地提示着——年就要到了。

年是农耕文明的产物，其根源在农村。年味则如酒味，是在酝酿的过程中自然产生的。

从某种意义上说，越是远离现代的喧嚣，年味越浓，越淳朴。

在我儿时的记忆中，时间刚踩到腊月的门槛，村人相遇时，就会互相打听过年的一些事情。孩子们也开始扳着手指，盼望着年的到来。

在村人的心里，一年中的每一个季节，甚至每一天，心里都装着过年这件事情，都在为过年做准备。好吃的，留着过年吃；稀罕物，留着过年用；新衣新鞋，等着过年才穿。

年成了一年四季的积累，感情逐步酝酿的结果。

腊八到小年，是年味发酵的时间。村人对过年的物质和心理准备，一刻也没有停止过，哪天做什么，心里早有计划和安排。

腊月二十四，是乡人祭灶的日子。母亲再忙，也会在那天，把扫把绑在一根长木棒的末梢上，再戴上头巾，穿上蓑衣，把屋子每个角落的灰尘都清扫干净。收拾妥帖后，才摆上贡品，请灶神爷尽情享用，以保佑一年四季炊烟不断。

接下来就是继续补充年货，把过年需要的食材准备好。酥肉、圆子、粉子、鸡鸭、腊肉等是当时的主要食材。

这一连串的活动把过年的心情一步一步推向高峰。

当春联、年画、倒着的大红"福"字都贴到相对应的地方，大年三十就到了。

吃年饭之前，则要先祭祖，意为阴间阳间一起过年。一切准备就绪，大家才围坐一起，分享着全年最丰盛的美食，说一些祝福的话。

大年三十的晚上，老家有守岁的习俗，意为辞旧迎新。那时还没有电视，一家人则围坐在一起，追忆一年中发生的事情，也把一年来藏在心窝儿的规划一股脑儿掏出来分享。

晚上十二点刚过，噼里啪啦的鞭炮声就炸开了。谁家的鞭炮最响亮，响得最彻底，则预示着新的一年好运相伴。如果出现哑炮，则担心新的一年，办事不顺或有灾难发生。

过年的顶峰在正月初一。正月初一的开端依然是鞭炮。鞭炮先是从很远的地方传来，越来越近，忽地在身边轰然炸响。一阵接一阵的鞭炮声中，村庄像已沸腾的油，又加入一把花椒大料，顷刻间浓浓的年味便溢满了整个村庄。

正月初一，老家早上有吃汤圆的习俗，寓意一年圆圆满满。包汤圆时，有的人会把洗干净的硬币和汤圆心子一起包进去。谁吃到，则预示着这一年会有好运。

正月初一这天，是有一些忌讳的。不洗衣，不扫地，不向外倒垃圾，不往外拿东西，意为守财。不吉利的话不说，如病、死等。一家人在这一天也不能吵嘴、吃药，更不能打碎东西，以求平安，健康，和睦。

拜年是正月初一的重点。老人端坐在正屋的中间，把早准备好的钱币、角票拿在手上，等着晚辈来说些吉祥的话。孩子们为说不同的吉利话，想上好半天，有时候还比拼上了，看谁说得最贴切，最精彩。

得来的拜年钱，孩子们小心揣在口袋里，欢天喜地去买盼了一年的东西去了。

人们也在这些吉祥话中，悟到纯正的年味。

换上新衣新鞋的人们，陆续去镇上赶场。不为真要买什么，只为一年到头，才有这几天，不为农活忙碌，可以放松去街上看热闹。

大年初一之后，高潮逐渐衰落，年味逐渐淡化。初二上坟，初三初四串亲。过了初五，就没有任何规定了。

正月十五，俗称元宵节，据说也是古代的情人节。怀着一颗期待之心，期待一场偶遇的美好，是古代青年男女爱元宵的原因之一。而儿时的元宵节，是汤圆、狮子灯、龙灯、花灯、高跷、烟花。

元宵晚上，村人们聚集在彭家湾的山嘴上，等着县城的烟花升起。当第一颗烟花划破夜空，所有的人都欢呼起来。似乎，人们在心里绘制的美好图景都在这些烟花里了。

故乡的年从腊月初一到正月十五，一共是四十五天。这四十五天又分成四个阶段。第一阶段，经过七天的准备，迎来腊八。第二阶段，十五天的准备后，迎来小年。第三阶段，又是七天的准备后，就到了除夕。第四个阶段还是十五天的准备，然后过元宵。从腊月初一到除夕，上山，到山顶。从正月初一到元宵，下山，到山脚。

现在的年轻人大都在外地，很少回家，一些亲戚朋友更是生疏得都叫不出名字来。大家借着过年、拜年，相互询问对方的名字，与依稀记忆中的模样对号，不断发出"你就是某某人呀"的惊呼声和欢喜声。

家乡话和外出城市语言勾兑成的"大杂烩"，成了现代年轻人聊天时一道独有的风景线。大家用"大杂烩"讲起当初进城的初衷，遭遇到的各种人和事，感叹婚难结，礼太高，房太贵。年轻人谈政治，说工作，做生意，聊网络、明星、电影、游戏等。而留守在家的老年人，则谈全年的收成，农药价格的涨落，田地的荒芜，也说身体的好坏，儿女的出息，保险和医疗，还有扶贫的力度。年轻的和年长的虽不在同一个频道，也常说不到一处去，但大家的脸上都带着笑，这就是中国文化的奥妙和精深。

小时候过年冲着吃、玩，还有新衣服去的；青春年少时，奔着热闹去；中年了，却喜欢独享清静了。

老家，说起来是一个地方的存在，实际上，是一种情感的认同和寄托。没有年味，时间太短，来回太折腾，成了越来越多年轻人不回家过年的理由。

春节，这个几千年传承下来的节日，虽有着强大的生命力和厚重的文化价值，但将来有一天，会不会成为一段尘封的历史呢？

希望这只是我的杞人忧天。

"坝坝"电影

"娶婆娘来干啥子,做家务说话,吹灯生娃。"这是二十世纪七十年代川南农村常挂在男人嘴边的一句话。因为有了这话,人丁自然兴旺。一家有几个孩子,甚至有十个孩子的也不足为奇。有的女人年前才生了孩子,年底又坐上了月子。

夏夜,孩子们围坐在月光里或煤油灯下听老人讲《三国》《水浒传》或者鬼故事。多听几次,翻来覆去,也就腻了。

看电影,无疑就成了那个年代最主要最值得期待的文化娱乐活动。

放映员还没有到,消息早已在几个队的奔走相告中传开了。当两根长长的竹竿深插在打麦场上,镶了黑边的白色银幕挂起来,喇叭里的音乐也闹起时,人们悬在心头的石头才咚的一声落了地:今晚看电影是板上钉钉的事了。

住在放映场旁边的乡亲,以一种做了主人的自豪和骄傲感,早早就从家里搬了凳子放在银幕前的黄金位置。

杂树林还有些轮廓,远处的山,近处的村庄才开始模糊,小孩子们的心呀,早就飞到了打麦场上。

催着大人早早做晚饭,草草吃过,得到家长的允许后,孩子们扯开步子就朝打麦场跑。

打麦场里,农具、草垛瞬间淹没在人海中了。

挨挨挤挤站着，坐着的，黑压压一大片，都是人。从后往前看，密密麻麻，都是人头。

有小孩子站在凳子上看的，有挤到银幕前，坐在地上看的，也有挤不进去，干脆就在银幕背后看的。

后来赶过来的，随便找块砖头或者石头就坐下了。

随着放映机细微而清晰的咔咔声，轮盘转动，一束由窄变宽的光柱直射到银幕上，麦场上很快就安静了下来。

待到电影开始了才赶过来的，挤也挤不进，石头和砖头也没了，只好站在山坡上或者干脆找棵树爬上去，坐在树杈上看。

有人把孩子举起来，扛坐在肩头。孩子则双手抱住大人的头，越过无数的人头，盯着夜空中唯一亮白的银幕看。

"挡到了，挡到了，还让不让人看了，边边上去嘛。"后边的人，立刻叫起来。

有人想挪动下位置。一不小心，头部挡住了光束的一部分，银幕上立刻就有了一大团黑影。

"搞啥子名堂，把脑壳埋下去，埋下去。"到处都是人们的埋怨声，大家的眼光也齐刷刷望向那个不知趣的人。

那年代的电影有《少林寺》《地道战》《冰山上的来客》《三十九级台阶》《渡江侦察记》《一双绣花鞋》等。看到幽默滑稽的地方，人们毫无顾忌哈哈大笑；看到悲伤之时，能听到轻微的抽泣之声；看到坏人的恶，则会引来阵阵的叫骂声；看到汉奸出卖同志时，恨不得自己去通风报信，把汉奸撕得粉碎。

这就是电影的魅力。

电影放映中有时会出现一些意外，比如卡带。正看到精彩的地方，忽然卡带了。银幕上的图像不是拉得老长就是模糊不清，或者歪歪扭扭，像抽筋了一样。

人们开始胡乱猜测，放映机出了问题，带子出了问题，也可能是发电机出了问题（那个年代还没有通电，放电影则要靠发电机发电），更有人嬉笑着说是电影放映员精神不好，打瞌睡造成的。但一般情况下，放映员都能弄好，电影继续放映。

从放映机到银幕的光束里，时有飞蛾出没。萤火虫、金龟子偶尔也会来凑热闹。蚊子，当然是不可能缺席的。人们在等待换胶片的空隙，啪啪声中，手上就有了蚊子和自己的血。

抬头，眨眼睛的是满天星斗，耳边则是蝉鸣、蛙声和蟋蟀声。

放电影时，有个别不安分的汉子，身体或者手掌就贴住了姑娘后背。

"搞啥子，规矩点，别东摸西摸的。"姑娘回头时，汉子眼睛直盯着银幕，一副无辜的样子。

也有把看电影的地方当成约会场所的。

一次我和队上的几个姑娘和嫂子一起去邻近的大队看电影。开演不到二十分钟，其中一个堂嫂就说要去解手（上厕所）。放映场地，哪有正规的厕所，无非就是找一处偏僻地，就地解决了。反正，夜幕下，什么都看不见。

电影都快结束了，我见堂嫂还没有回来，就小声问身边的二娘："堂嫂怎么还没有回来，不会出什么事情了吧？"

"放心吧，傻丫头，你堂嫂每次看电影都要去解手，有人护着，安全得很。"

我听到周围的姑娘和嫂子们都在笑。那笑，几岁的我是还不能理解的。

后来听说，在麦场后的草垛里，有人撞到了堂嫂和一个男人在约会。

当电影银幕上出现"完"时，人们才从电影中回味过来，陆续离开。孩子们挥舞着手臂，银幕就印出了各种手掌的造型。

当电影放映员刚一拉亮白炽灯，呼叫孩子的声音就响了。偶尔,几个小伙子的叫骂声也冒了出来,后来更是扭成了一团。一问,无非是刚才看电影时,谁被谁踩了一脚或者有人故意在前面摇头晃脑,挡住了后面人的视线,警告几次,无果,就忍到电影结束后算了总账。

成群结队的人流汇成一条"长龙",在高低不平的乡村小道上走着。"龙头"通常有人打着火把,"龙身"偶尔有手电来回晃动,火把和手电都照顾着老人和孩子。

看电影,母亲一般是不去的。家里的猪、鸡要喂,也要守护。出门时,母亲通常会叮嘱我们:黑黢黢的夜里,如果眼前的道路忽然变得亮堂起来,你可不要一脚就下去了,多半是水在月亮下的反光。

即便如此,掉到了水田里或者矮崖下的事情还是时有发生。

一次,只有微微月亮的夜晚,我不小心就掉了队。当我经过一座连着一座坟山中间的那条小路时,大人讲过的那些鬼故事,不由自主就冒上了心头。微微月光下,我不敢左右环视,也不敢跑,怕一跑,就显示出自己的胆小,就有鬼从后面把我拉住,只能埋着头,高一脚矮一脚,能走多快就走多快地朝前奔。

耳畔传来沙沙声,似是树上有人撒下沙子,又似是后面一直有人跟着的脚步声。如果坟头间忽然有一闪一闪的光,那是魂都要吓掉的。

终于,有母亲在的小瓦房映照出来的微弱灯光出现在我眼前,我的心顿时安顿了下来,奔向小屋的心情和奔向银幕的心情一样急切。

回到家时,多在后半夜了,腿也疼了,腰也酸了,眼睛也睁不开了,有时候,脚也不洗,脸也不洗,倒在床上,一觉就到了天明。

那不是一个物质特别丰富的时代,但因为有电影看,对童年的我来说,就有了美好。

炊烟袅袅

彭家湾地处丘陵地带。河，把山一点点划开。山，把彭家湾切割得七零八落。彭家湾的烟火，就藏在这些七零八落里。

早上，天还没有亮，母亲的身影就在灶台间出没。她的儿女们要按时上学，她得按时出工。

"哧"，火柴划过后，柴燃了，母亲的脸庞也红了。一缕青烟，从我家烟囱里冒了出来，飘在农家小院的房舍屋檐上，庄稼树木间，稍后更与其他家庭的炊烟在空中相聚缠绕，弥漫在整个彭家湾。

冲出笼的鸡，走出棚的鸭，乱窜的兔，嗷嗷叫的猪，哞哞叫的牛，还有揉着眼睛的孩子，打着哈欠的人们，在炊烟缭绕中苏醒了过来。

夕阳，给村庄镀上了一层金色。狗吠声中，家禽家畜开始回笼。劳作的人们，从田间，山里，河畔陆续走向升起炊烟的地方。

炊烟有粗的、细的，浓的、淡的，滞重的、飘逸的。人们根据炊烟的这些形态，还能判断出炊烟主人家的一些秘密。

一股股的黑烟，直往房顶蹿，灶里烧的，多半是湿柴。

冒出的炊烟一离开烟囱口，就没了形状，还黑中带灰，灶里，可能是没干的树皮。如果有人家山上的树被偷或者树被剥了皮，顺着这样的炊烟找，一般都能找到答案。

烟冒得漫不经心，且不绝如缕，灶里烧的，应是刨花或干树柴。刨花，是打家具才能有的。能打家具的人家，日子自然过得滋润些。

还有麻花烟，两股或是多股缠在一起，打着旋，扶摇直上，好得像不能分离的样子。冒这种烟的，一般是几样柴火混烧。柴火杂，炊烟自然就杂了。

炊烟引导着柴火，柴火烧着菜。炊烟持久，烧火时间就长，烧火时间长，锅里的内容自然就丰富。

母亲出工最早，收工最迟。所以我家的炊烟总是第一个跑向屋场上空，像是飘在彭家湾的第一面旗帜。

烟囱也是村人盖在天空的印章。

分家，炊烟也分出一股。这股刚刚分出的炊烟，瘦弱，得好长一段时间，才能与其他炊烟一样壮实。

烟囱的形状各种各样。有在屋顶用石头随便砌一个，歪斜着的；有用砖头胡乱堆一个，又矮又小的；还有的干脆直接在土墙上斜着打个洞，打到外墙沿，再在洞口扣上一个没了底的破瓷盆了事的。

当然，个子又高又壮的水泥基座烟囱是最安全牢实的。炊烟刚一冒出来，就比别的炊烟高出了一截。

有一年冬天下大雪。放学回来的娃娃们路过彭家时，随手就用雪把墙角的瓷盆烟囱堵了。

烟冒不出去，退回灶屋，呛得屋内的老太咳嗽不止，泪流满面。

堵烟囱是堵灶台。堵灶台是堵吃食。堵吃食，就是堵命，把人家的活路连根子就堵死了。

彭家老太是村上的孤寡老人，五保户。老太本想跺脚大骂，可看到是些娃娃，也就作罢了。

又有一次，石子从余家的烟囱飞了进去，径直落进了锅里。沸腾的米糊糊，一部分溅起，飞向了锅边的余老头。另一部分糊糊，从被石子砸穿的洞口一泻而下。

老头儿从灶屋闪出，撒腿就追。娃娃们像一阵风，瞬间就没了影。

没几年，老头老太前后都得病死了。但愿在那边，他们都有了一个气派的烟囱。

彭家湾的炊烟是不分彼此的。瓦房还是草房，宽敞还是狭小，大烟囱还是小烟囱，冒出的炊烟，都彼此热情地打着招呼，再携手一起飘过村庄的上空。

彭家湾的炊烟也是不记仇的，就像村里的乡亲。偶尔的口角，坚持不了几天。你招呼我一声，我顺势就应你一句，怨气也就随烟囱冒出去，消失在空中了。

彭家湾的大部分男人，不会在意司空见惯的炊烟，就像他们不会在意家里那个总是起得最早，睡得最晚的女人。那个女人也许是他的老婆、母亲、姐姐、女儿。

可因为有了这些女人的存在，彭家湾的村落才会按时升起炊烟，一辈一辈，延续着彭家湾的烟火。

等待飞天的女孩

> 春花是我远房堂妹的名字,这名字在堂妹四岁后,就只在户口簿上存在了。堂妹四岁那年,人们开始用"哑巴"代替了春花,而"哑巴"也只被人叫了十年。
>
> ——题记

1978年,堂妹的妈妈生堂妹时,不幸难产。男人们说女人天生就会生娃,农村妇女生个娃何必去医院花冤枉钱。立着身子出生的堂妹,来到人世才几天,她年轻漂亮的妈妈就撒手人寰了。

那年,我堂叔二十四岁。

我家和堂妹家相隔不远,我却一共只和堂妹见过两次面。这里的"面"是指面对面。第一次是我到堂叔家借东西。扎着小辫的堂妹穿梭在抓蝴蝶的小伙伴之间。堂叔让她叫我四姐,她就歪着红扑扑的脸蛋,脆生生地喊我四姐。我递给她一颗水果糖,她闪亮的大眼睛里装满了惊喜。我离开时,她挥舞着小手,甜蜜蜜地喊"四姐慢走"。

那年堂妹四岁,我十二岁。

1981年,土地开始承包到户。堂叔凭借勤劳,在村里率先致富。1982年的春天,有位姓黄的漂亮姑娘看上了能干的堂叔,却嫌弃他的老破屋。那年的冬天，堂叔就在阴阳先生的指引下，在我家责任田附近寻得一处宝地，建新房准备迎亲。

命运的转折来自搬进新房子后不久，堂妹持续不退的高烧。医院做出了抽取脊髓化验来确定病情的决定。高烧退了，堂妹却傻了，脆生生、甜蜜蜜的声音也丢在了医院。从此，她只能用呜呜声和这个世界艰难交流。

医疗事故这个词开始在村里传得沸沸扬扬，最后又不了了之。村人说：挖泥巴的与医院斗，那是鸡蛋碰石头。又说：这女娃立着身子一出来，当时就把她妈克死了，不吉利，要不为何那么多抽脊髓的，偏偏就她成了这样，还说：房子虽有阴阳先生看过，风水也可能有问题。末了，叹口气：唉！这都是命！

命这个字是时时挂在村人嘴边的，他们把所有的遭遇和困惑都归结为命。

命，春花被"哑巴"取代了。

命，黄家姑娘真的"黄"了。

乡村的冬天总是黑得特别快。寒风吹彻，雪花飘落的夜，人们早早就睡下了。没有火炉和暖气的南方乡村，钻被窝就成了人们抵御寒冷的最好方式。

乡村，狗一直是夜的主角，狗吠声把多个人家连成一片后，又消融在黑夜里。

当堂妹的呜呜声在深夜嘹亮响起时，被惊醒的人们呢喃着：那哑巴又在呜呜叫了，可怜呀。随即又熟睡过去，把整个夜的世界都扔给了狗和堂妹。

堂妹为何总是在深夜呜呜地叫，大人们说：可能冷嘛，也可能挨了打，也许觉得与狗更好交流啊。说到与狗更好交流时，大人们通常都捂住嘴，偷偷地笑。

堂妹的呜呜声，是黑夜的一部分，乡村的一部分，时光在狗吠声和堂妹的呜呜声中悄然流逝，我的手脚和思想却在时光中生长着。

我十三岁那年，开始离家外出读书，狗吠声和堂妹的呜呜声似乎都离我很远了。

五年之后，我又回到了老家。寒冬，黄昏，我去地里叫母亲回家吃晚饭。穿过堂叔新房子中间的那条小路时，一只黄色土狗猛地跳出来朝着我狂吠，随即有响亮的呜呜声传来。我循着呜呜声望去，暗淡的牲口棚里有一个人，一个脖子上被拴了粗铁链子的人。这人呜呜叫着朝我奔过来，刚跑出几步，立刻被绷直的粗铁链又狠狠地弹了回去，急得那人拖着粗铁链围着大木桩左冲右突，铮铮金属之声，尖锐刺耳，凄厉挖心。

我试着靠近一点使劲瞅，好不容易看清楚，铁链拴着的是一个十岁左右的女孩，穿大洞小眼的棉衣，布条状裤子，没有袜子的小脚上是一双张着口的成人男鞋。女孩的头发显然是被人随意剪短，毫无规则地相互粘连着。黑乎乎的脸上，结着痂，干裂的嘴唇，一张一合地呜呜叫着。一些形态各异的嗜血小虫子，正叮在女孩裸露在外的肌肤上，女孩跑动一下，虫子就飞开一些，女孩停下来，虫子又陆续回到女孩的身体上。然而女孩任由虫子在自己的身上逍遥自在，似乎虫子是女孩亲密的伙伴，是女孩身体的一部分。

寒风，猛烈地撞击着这牲口棚，还有牲口棚里的一切。风过，女孩腿上的布条高高飘起，飘成一面面旗帜。

与女孩共处一室的，还有一头老羊，几只兔子，乱窜的老鼠，游走的蟑螂，空气里弥漫着一股说不出来的味道，让人难以呼吸。

见我靠近，女孩呜呜的声音更急切了，眼里的亮光，有着春日太阳的光芒。随即，我看到她笑了，憨憨的笑容如午后花儿那样灿烂。她呜呜叫着向我伸出双手，伸成拥抱状，见我躲闪的目光，后退的身体，她眼里的光芒黯淡了下去，喉咙里发出含糊不清的声音，伸出的手，颓然垂落在铁链上。

有泪从她脸上流淌下来，流成一道道浅浅的白沟。

瞬间，我知道这女孩就是我见过一面的，哑巴堂妹。

记忆追着时间走，脑海中堂妹的影子已遗失在风中，我再也找不到了。

有什么东西挤压着我，让我呼吸困难。

堂叔背着红苕从小路走来，重量把他的身体压成了一张弓，三十岁的堂叔看上去已有四十的沧桑。

我听母亲提起过，曾有一个比堂叔大十几岁的寡妇，到堂叔家住过一阵，后来寡妇生了一场病，就责怪堂叔家的风水不好，又说堂妹始终是个祸害精，便离开了。从此以后，再没有女人踏进过堂叔家的门槛。

堂叔简单地和我打着招呼，放下背篓，望了望牲口棚，又回头看看我，深深地叹了口气。

堂妹依然在呜呜叫着，堂叔忽然从柴火中抽出一根粗粗的黄荆条子，走到牲口棚，拉过铁链，噼里啪啦就朝堂妹抽去：让你叫，让你叫，再叫，晚饭没得吃，饿死你。

瞬间，虫子飞起，兔子乱蹦，老羊咩咩，老羊冲过来，试图用羊角挑开堂叔拿着荆条的手，堂叔用荆条抽了几下老羊，转身走开了。

有血从堂妹的鼻孔里冒出来，堂妹的呜呜声沉下去很多。

我看到转身的堂叔，红了眼眶。

我迅速逃离了那个牲口棚，堂妹的呜呜声一路追着我越来越远的脚步。

067

多少个难挨的冬天过去了，堂妹的眼神，呜呜声和那根脖子上的铁链，铁链晃动的声音，映在眼前，响在心里。

"她就是个祸害精，但她的命又硬的嘛，五六年都没有离开过棚子了，还不是照旧活得好好的，只要她活着，哪有人愿意嫁给九嘛，九的命也贱。"

"九"是堂叔的小名，村人们谈论到堂叔和堂妹时，全是对堂叔的同情，似乎，堂妹早该用生命来换取堂叔的新娘，堂叔的幸福。

"又不敢整死的嘛，整死人是要犯法的，只有等她自生自灭了。"

自诩善良的人们，在等待堂妹的死亡，等待她一根汗毛一根汗毛地死，一块肌肉一块肌肉地死，一条胳膊一条胳膊地死，等待她艰难活下来的那部分立马停止活下去，已经死掉的部分死得更深入，更彻底。

五六年都没有离开过棚子的堂妹，你现在除了呜呜声，还拥有些什么呢？而你仅有的呜呜声，又说给谁听呢？你身边的"伙伴"们吗，那些土墙和土墙的影子吗，墙外的小路，小树上的鸟儿们，还是天上的云朵呢？

"她其实没有多傻样，几年过去，似乎还是认识我，她只是说不出来，心里还是明白的。"我忍不住插话。

"有时候我们也有这样的感觉，但是大家都说她又哑又傻，也习惯这么认为了，反正她说不出话来。"

是呀，习惯一旦形成，又岂能轻易改变，更何况她是个哑巴。

"哑巴其实长得像她妈，小时候可是个美人胚子，要是哑巴的妈还活着，哑巴又没有得那场病，说不好会长成一个大美人，还能当明星呢。"

于是村人们又开始想象起堂妹如果不是哑巴的未来,隐约看见了堂妹成了大明星,赚了很多钱,大排场地衣锦还乡,荣归故里。

可是堂妹依然被人叫着哑巴,而不叫春花,而世上最大的亏就是哑巴亏。

"唉,这都是命,只有认命了。"末了,村人叹息着。

又是命!

转眼,二十多年过去了,今年清明节,我回老家祭祖,自然念及堂妹,她现在怎样了呢,是否挺过了那个冬天?

"她死了的嘛,十四岁那年的冬天就死了。"堂叔的嫂子淡淡地说道,如同说起今天的天气一样。

"怎么死的?"

"病死的,看嘛,那边稍微有点凸起的就是她的坟包。"

我顺着她手指的方向望过去,一个小小的土包在密密麻麻的大坟间是那样容易被忽略掉。清明节了,那土堆上只有青草做伴。

"堂叔呢?"

"被一个有三个娃的寡妇招去做了上门女婿的嘛。九去时,寡妇最小的娃儿才一岁多。九累死累活才把那些娃儿养大,成家,现在都在城里买房了。那些娃却只接人家的妈去城头,到底不是亲生的,简直没有一点良心。"堂叔的嫂子愤愤不平。

"原先以为哑巴死了,九的命运就该变了嘛,哪个晓得,如今九都六十三了,还被撵回来一个人又住在原来的房子里,以前还有哑巴做伴,现在哑巴也死了,九一个人,更孤独。房子的风水本来就有问题,以后不知道还会出啥乱子,哎,都是命,命呀。"村人叹息着。

还是命!

我沉默无语，转身朝堂妹的坟前走去。

站在堂妹小小的坟前，我蹲下身子，开始扒坟头的草，一棵一棵地扒。

堂妹，你死了，十四岁，正值花季。你名为春花，却空抛花季，还没盛开，却已凋零。那个生命开花的夜晚，没有人看到你作为一个女孩的颜色。那黑暗中刮过的风呀，像吹散雪花一样吹散了你的生命。堂妹，我分明看到了，你的筋骨、头发、瞳孔在风中慢慢散开，你浑身的气血慢慢散开，把通往天堂的路照亮了，也把你周围的墙、墙的影、屋的顶、树的叶都通通照亮了。你那未曾熟悉的妈妈，站在铺满鲜花的天堂之路上，微笑着向你伸出手来，你紧拉着妈妈温暖的手，缓缓飞天了。

从此以后，你走进了没有村人的生活，过着我们所不知道的日子。

拴你的铁链生锈断了。你的身影，你的呜呜声，陪伴过你的那些伙伴们和风，再也找不到了。风里，没有人回答你究竟做错了什么，也没有人回答你是带着什么使命来到人世的。

春花，哑巴，这两个名字都已落满了土，一个人死了，我们把它搁过去——埋掉。

只有给她取名字的人和叫她名字的人，大多数都还活着。

后记：虽然我只和堂妹见过两次面，但第二次见面时的情景让我太震撼了。在堂妹的眼中，我当时是村里最有文化，给过她糖吃的人，极希望我能解救她。但是在那样的年代，那样的年纪，我只是做了一块孤独的石头。今年回老家祭祖，得知堂妹早已离世的消息后，心里一直不安，总觉欠堂妹一份情，一篇文，一个愧疚，故作文以记之。

割草的少女

在彭家湾,割草的活,是属于少男少女的。

春天,河渠、山坡、田野,都长满了野草。

少女打来一碗水,浸到磨刀石上。镰刀就在来来回回中,变得锋利。

磨一阵,少女学着大人的样子,用拇指在刀刃上轻划,比试,感受刀刃的锋利程度。

星期天,天刚亮,少女背上背篼,拿上镰刀,就和小伙伴们一起出发了。怕露水打湿了布鞋,少女索性脱下布鞋,放进了背篼里。

草的种类多,还有着不同的性格。

温柔的草,只需轻轻一握,温柔一刀,就温顺地倒在手心了。倔强的草,一刀下去,倒下去的同时,浓稠的汁液喷涌而出,流在草叶上,少女的手上。

少女的背篼满了,伙伴们的背篼也满了。少女直起腰,走到树下,一屁股坐在树荫底下的田埂上。

伙伴们也都停下手里的活,围坐在一起,叽里呱啦地讲述着近日听来的故事。那时的故事无非是神仙,妖怪,还有吃人的僵尸。

"我们去丢镰刀吧?"有少年提议。

"丢镰刀"是少男少女们爱玩的一个游戏。用三根小木棍（黄荆的枝丫是最方便，也最合适的一种）搭成一个三脚架，立在空地上。玩游戏的人，一人出一把草，放在三脚架边。石头剪刀布，决定第一轮由谁第一个在指定的位置把镰刀丢出去。丢出去的镰刀如果把三脚架打倒，倒得很彻底，那些草就都属于他的了。如果没倒，再由第二个来，直到三脚架倒下为止，这一轮才算结束。

其他伙伴们都玩游戏去了，少女今天没去，她得完成老师布置的作业。

这周，老师布置的作文是"找春天"。春天怎么找呢？少女开始发愁。

柔和的阳光，落在少女的身上，周围的树木花草上。

少女的旁边，有一片竹林。少女看着那些翠绿的新生竹子，想着竹林里嫩嫩的竹笋，竹笋上的竹笋虫。

少女躺倒在倾斜的山坡上，眼睛左右上下转动。黄绿的小草，苍绿的老树，翠绿的竹子，嫩绿的秧苗，挤满了整个田野和村庄，直往少女的眼睛里扑。

几朵小野花，斯文地开在少女的旁边。阳光的温度传递给少女，也传递给每一朵小野花。

两只麻雀，追逐着，飞过山头，树林，少女的头顶，落在不远处一棵野生的桃树上。桃树震动，花瓣纷纷扬扬。

桃花瓣还没有落地，麻雀用脚一蹬，嬉闹着，又没入草丛中去了。

几只羊，静静地在山坡上吃草，草叶上便留下了羊新鲜的牙痕，一股浓郁的气息从这些牙痕处渗出，在空气中浮动着，扩散着。

一棵野生的栀子花,小心地开在崖边。栀子得花多大的力,才能站稳脚跟,开满枝头呀。

想到这里,少女对着那棵栀子花,笑了。

一只臭虫飞来,在少女的眼睛边上晃悠。少女用手一挥,臭虫飞走了,少女的手上却留下了臭气,熏人。

少女翻身爬起来。她得到不远处的溪流中洗手,否则,那臭气,久久不散。

少女小小的身影,在绿色之间跳跃着。

清澈的小溪上,有一些落叶和花瓣漂浮在水面上。

少女从溪流中捞起几片桃花花瓣,装在衣兜里,似乎把整个春天也装进了衣兜里。

"飞机,看,飞机。"天上偶尔飞过像蜻蜓般大小的飞机,让少女兴奋起来。

很快,飞机消失在少女的视线内。少女这才注意到,天空,有了大团的棉絮。

少女哼起了歌,又回到田埂上。

小伙伴们还在玩丢镰刀的游戏。少女从背篼里拿出一本书,书的外壳写着《童年》。

这书,是少女从爸爸的柜子里偷出来的。

少女没再说话,也许她想说的话,春天都替她说了。她坐在田埂上,就着暖暖的阳光,翻开了书。

少女随手翻开一页,阳光顿时游走在字里行间了。

太阳快到头顶,少男少女们得回家了。

回家的路,得爬一个大坡。草的重量,让背篼有些颠簸。少女不敢大意,因为一不小,背篼就会歪向一边,人的整个身体也会随着背篼歪向一边,最后一起摔倒在地上。

今天的草有点重，少女感到很吃力。她用镰刀当拐杖，爬一步，用镰刀杵在石阶上，歇口气，又试着继续往上爬。当爬完最后一个石阶时，少女的衣裳已经完全湿透了，汗水顺着脸颊与头发，滴落在泥土里。

"四十斤。"称草的人，睁大了眼睛。

少女那年，九岁。

可少女的心中满是欢喜。她想到草变成了牛的饲料，牛吃草后，充满了力量，耕地时就会跑得更快。还有她的草，换了四毛钱，她为这个家，担了四毛钱的责任，她感到骄傲和自豪。

彭家湾的麦田

《说文》中说,麦,天所来也。麦是天之子,所以叫作麦子。父亲说:麦可以写成夵,就是一家人在一起吃饭。上面的两个"人"是我和你妈,下面的"人"是你们兄妹几个,每棵麦子都不能落下,都应按时回家。

——题记

二十世纪七十年代:为了一个麦粑险些被埋

彭家湾是川南的一个小山村。

五月,阳光照耀着彭家湾起伏的山峦,蜿蜒的河流,宽阔的田野。风过后,那一波又一波涌动的是金色的麦浪,麦子的味道在风中直往人们的鼻孔里渗。

麦穗的唰唰声,割麦的嚓嚓声,布谷鸟的鸣叫声,混合成五月的乡村交响乐。

乡村的小路也一下热闹了起来,运麦的,送水的,奔跑的孩子们把小路挤得满满的。

割倒的麦子像一队队列兵在麦田里排列整齐,在晒场里则堆成一座座小山。

扎小辫,穿灰色布衣的我,提着篮子,和许多小伙伴一起,在刚收割完的麦田里,奔着,跑着,为找到一株麦穗而欢呼着。

夕阳给整个大地涂上了金色。当太阳落到了山峰的背后,当炊烟从各家的烟囱里冒出来,家禽家畜,开始归笼。母亲笑着拿过我手里的提篮:不错,今天捡的麦子都够做一个麦粑了,今晚我去队上打麦子你也跟着,说不好,就有个麦粑吃。

每年,麦子收割的季节,晚上全队的劳动力都集聚在晒场上加班打麦子,记全工分不说,还额外有一个奖励:两个桐子叶麦粑。

小孩子们常欢天喜地跟去,因为运气好的时候能得到一个桐子叶麦粑的奖励。

翻麦、碾压、扬场,孩子们则围着麦场追逐打闹。

那天,加班很晚,又困又饿的我枕着高高的麦草堆睡着了。

麦草堆越堆越高,我被埋在麦草堆里也全然不知。

"四妹,吃麦粑了。"母亲四处找寻。

我已记不得是谁在那里为了争抢麦粑吵架、打架,才把我吵醒。我刨开堆在身上的厚厚麦草,费了好大劲才从麦草堆里爬了出来:"吃麦粑的时候到了?今晚有没有小孩子的?"

看着满脸满头满身都是麦灰的我,母亲塞了一个桐子叶麦粑在我手心里,顺手拿去我头发里和衣服上的细碎麦草:"要是麦草堆得再高些,埋得再深些,你往后就甭想吃麦粑了。"

二十世纪八十年代:麦田的远方有多远

1981年春天,土地承包到户的政策尘埃落定。除去吃商品粮的爸爸和大哥外,我们家分到了旱地四亩半,水田两亩。

握着手中那一张薄薄的《土地承包合同书》,似乎就握着吃饱穿暖的好日子。

常言说：日出而作，日落而归。妈妈和三姐总是在日出之前就到了地里，日落之后才离地回家。

似乎，只要多挖一锄头土，多给一瓢水，多锄一棵草，就会有一个麦耙从地里蹦出来。

一滴汗水一棵麦子，一分耕耘一分收获。

在全家人的努力下，我们家的庄稼长势很好。当年，仅麦子就收割了六百多斤，这是以前想都不敢想的丰收。

收割的季节是喜悦的，也是辛苦的。

大太阳下，汗水顺着垂在母亲额头中央的一缕头发，流到她眼里，鼻尖上，湿透了衣襟，再滴落到地上，砸起一个个小窝，又瞬间被灰尘淹没。

打完一晒坝麦子，母亲会顺手抓起一把麦粒，走到门墩上坐下。她的力气似乎已经用完，再也站不起来了。

可看着一颗颗饱满的麦粒，母亲是笑着的，似乎所有的劳累都一扫而光了。

也是，这些麦粒汇集到一起，全家的生活就有了保障。

直到所有的活都干完，母亲才会打来一盆清水，一把一把撩水从上往下洗脸，半盆清水就变了颜色，毛巾上也黑了一大团。

我问："有没有一种东西，啥都不干，就能帮我们收割脱粒。"

母亲看了我一眼："梦里有。"

谁知仅仅过了十几年，一场机械化的农业革命就席卷了全国，也由此改变了传统的农业种植方式，改变了农民的命运。

二十世纪八十年代中后期，我和二哥是彭家湾人眼中最没有出息的人。那时，对于有了土地的农民来说，种田能手，干活的好把式就是村人眼中有出息的人。

我和二哥不仅看上去"肩不能挑，手不能提"，还都在学校读书。

"男娃也读书，女娃也读书，大学是那么好考的？一年一个公社都难考上一个，那么多地，这个年纪的男娃子还放在家里耍，两个女人却累得要死要活，后悔在后头。"村人的话直往我们的耳朵里钻。

可母亲常对我们说："你们要好好读书，考上了大学，吃上了商品粮，就有真正的好日子过了。"

母亲的世界没有诗，但有远方。

小小年纪的我，不懂什么是诗，但我知道远方。

我常跑到屋后的山坡上望远方。十八里外的县城，我还没有去过，但我知道，那就是我的远方，是我想要去的地方。

有了远方的我们注定要过和村人不同的生活。

二十世纪九十年代：远去的麦田

1987年，二哥以当时最有出息的方式——考大学，走出了彭家湾。大学毕业后，他被分配到县城工作。

工作后不久的二哥，提着几斤鱼，骑上崭新的自行车，歪歪倒倒地骑行在回乡的马路上。

老远，就有人给父亲母亲报信："你二娃回来了，崭新的自行车，还有鱼，洋盘呀，你们总算熬出头了，以后就等着到县城享福去吧。"

1989年，久病的父亲去世。

村人说："唉，刚看到点希望，一天好日子都还没有过过，就走了。"

1990年，姐姐在城里找了份工作，离开了彭家湾。

空闲时，儿女们依然回到彭家湾，在麦田里忙碌着。

1992年暑假，一男同学喊着我的名字忽然出现在我面前。当时，我正背着一大背篓花生藤走在乡间的草路上。

"放下，快放下，放下！"同学以毋庸置疑的口气下着命令。很多年后，这同学才告诉我："我只看到有个背篓在移动，根本看不到人，走近才发现背篓下面是你，第一感觉是，花生藤那么高那么重，你瘦弱的身子怎么承受得住，还不把你压坏了呀？"

1992年冬，孤身在彭家湾的母亲卖掉了房子，搬到了县城。

1996年，当我的户口本上写着"非农"，我知道，彭家湾，我们回不去了。麦田，麦田里的麦子，也都离我们远了。

我的心里却是无比敞亮和愉快：终于不用再种麦了。

2000年：移动的麦子

二十世纪后期，打工潮已如决堤的洪水。先是不安分的年轻农民大批涌入大城市，接着，不太年轻的人也冲进了城。这些先后冲进城的农民有了特别响亮的名字——"农民工"。

2006年，曾经和我一起在彭家湾拾麦子的伙伴们都冲进了城，后来，他们的父母，也都不种麦了。

农民工的名字在城市越来越响亮，人数越来越多的时候，乡村衰落的速度却是我无法想象之快。

曾经，对农民来说，庄稼的长势，和人的勤劳有关，与人的贫富有关。而今，那些固守在彭家湾的种地能手成了穷人，土地荒芜的打工者成了村里最先富起来的人。

市场经济一波波冲击着农耕文明的防线，当村庄开始用金钱标码价值的时候，麦子的收成和出息成了反比。

当母亲听说现在的农村孩子都不做农活，有的还分不清麦子和韭菜，也不吃麦粑，更不知麦子何时播种，何时收割时，母亲叹息道："这还是农村的孩子吗？"

衰老的母亲不知道，对一些在麦田里出生的孩子来说，他们的理想就是：快点长大，到城里当农民工赚钱。

我现在工作的城市里，也有大批的农民工。他们赶公交挤地铁时，常不敢坐，生怕身上的灰尘弄脏了座椅。早出晚归的他们很少在公共场所高声大气讲话。

偶尔，他们会停下手里的活计，望天空。城里没有土地，城市的天空对他们来说也是空的，他们能望见什么呢？有人说，他们望见了家乡的麦田。

有专家称他们为"移动的麦子"。农忙时回乡，农闲时又出现在城市，他们的皮肤，贴上了麦子的颜色，身上还散发出麦子的味道，更因为不论他们怎么装扮，都会被一眼认出是从麦田里来的人。

2010年：守不住的麦田

有专家说，农村，不仅仅是钱的问题，是农民打工一辈子，只是在城里买一套房子，养活一家人，而种一辈子的麦子，却可以养活很多人的问题。

但农民不会去想，想了也不会懂这些大道理，他们只懂得，在城里的收入比土地上的收成高出许多。

母亲说："昨夜梦里，看见了彭家湾的麦田，可惜，我走不动，回不去了。"

2017年清明节，我们兄妹一行决定回阔别了快三十年的彭家湾看看。

家乡变化很大，新房子，水泥路，自来水，家用电器一应齐备，生活已经现代化，农业也已基本机械化。

尽管如此，我们转遍了十几户人家的彭家湾，没见鸡犬不宁，只见到一个中年妇女，一个老年妇女。新房，大都挂着锁，等待春节时开启。更多旧房子，瓦片碎落，木头朽折。

曾经为了麦田的肥瘦，为了能多一锄头麦地而吵架、打架的麦地里，麦子和杂草一起生长，任其花开花落。

大地上，没有不毛之地，但却荒芜人烟。

一只野猫从我们眼前跑过，似在证明，它现在才是这块土地上真正的主人。

我给母亲带回了一把麦穗，母亲把这把麦穗挂在了墙上。

2019年：一粒麦子都不能落下

一个有阳光的午后，乡下的大表哥给我们送来了刚磨出的面粉。母亲抚摸着那些面粉，如同抚摸着过去。

"你有没有想过也出去打工呢？"

大表哥，坚守了一辈子麦田的农民，今年已经快六十岁了，依然挣扎在贫困线上。

"想是一直都想，但你们也知道孩子的妈妈身体有残疾，把她独自放在家里，咋个放心嘛，能吃饱穿暖就算了，现在好了，我今年把土地流转了出去，既可以收取租金，还可以在自己的地里打工。"

"土地流转，在自己地里打工？"母亲惊讶。

"是呀。"大表哥为母亲不懂得这些新政策、新名词而意外,似乎那已经是人尽皆知的事了。

"农忙时,回家收割的农民多不?"

"越来越少,都说在城里打工,耽误一天,就少赚好多钱呢。"

"满嘴都是钱,如果都不种麦子,不种粮食,即使种了,也没有人收割,中国这么多人,吃啥?"母亲很担忧。

"有人种嘛,现在农业机械化,一家人可以种几十甚至几百亩土地呢,再说,还可以从国外进口,又便宜又好。"

"还是自己种地踏实些。"母亲叹口气,开始给我们讲农事,讲比赛种庄稼、捡麦子的事情。

母亲哪里知道,科技化种植、农业机械化,让她曾引以为傲的那些本事,还有她口中的麦子,属于她的那个美好年代和身板,在时光中,已经成为历史。

母亲也不知道,新农村已在这片热土上遍地开花,而脱贫攻坚战也正在我们彭家湾的麦田里打响。

屋外,阳光灿烂,我想起了那个下午,母亲在纳鞋底,哥哥姐姐屋里屋外地跑来跑去,而我则坐在小板凳上,父亲握住我的手,先教我写"麦"字,又写了一个"麥"字:"麦"也可以写成"麥",就是一家人在一起吃饭,上面的两个"人"是我和你妈,下面的"人"是你们兄妹几个,每棵麦子都不能落下,都应按时回家。

家是最小国,国是最大家。小康社会,一个都不能落下。

回乡见闻记

> 多年以前，当我操着一口家乡话，把"面（mian）"说成"命（ming）"，把"钱"（qian）说成"情"（qing）时，居住在省城里的人们不时拿我说的地方话来取乐。而今，当我已经习惯用一口半生不熟的省城话来与人交谈时，家乡的人却戏称我为"省城的人"。我心里非但没有丝毫的荣耀，反而有一种背叛的感受，不知不觉间，我已经成了融不进城市，又回不到故土乡村的人。
>
> ——题记

一

今年的清明节，我又回到了离别二十多年的家乡——彭家湾。

彭家湾是川南一个村庄的名字，离县城十八里。汽车一路响着喇叭，在只容一辆小汽车通过，又坑坑洼洼的碎石山路上爬行。

路的状况是我二十几年前离开时的样子，没有什么改变。

汽车停在一个小山坡时，二哥告诉我，汽车的位置，就是彭家湾对面的山坡。那条我曾熟悉的老路因为坡陡狭窄，少有人走，如今荒草丛生，路便不再是路了。

"看嘛，那座有竹林的房子就是我们曾经的家。"

我脑袋却像灌入了糨糊，半天没有搞清楚位置。

"左边那些房子就是以前的'新房子'，右边是'高坡山'，山脚下就是'烧房头'。"已经回过两次老家的二哥继续给我提示着。

新房子，高坡山，烧房头，是彭家湾的三个分支地名。

陡峭的石板路是当时通向外面唯一的路。当我看清那条从山脚通向我家的石板路时，仿佛又看到了母亲背上背着东西，胸前挂着孩子，肩上挑着喂猪用的粉水，艰难地走在那条石板路上的样子；也似乎看到了年幼的我背着背篼，拿着镰刀，扶着石壁，佝偻着身子，慢慢爬行在山路上的影子；更看到了我们一家人毅然决然离开家乡时的那份坚定。

"我一定要再走走那条路。"我对二哥说。

"妈妈，那条石板路就是你经常提起的路吗？这山也没有多高嘛，比我看到的那些山，矮小多了。"身边同行的儿子有些失望地说道。

儿子说得没错，这些小时候觉得很高的山，与后来我们去登的那些名山相比，确实矮小得微不足道。

但是儿子，你怎么能理解负重走在那石板路上汗流浃背、腰酸背痛、肩膀红肿的感受呢？先生第一次到我家时，待看清是我背着山一样高的花生藤走在那石板路上时，赶紧跑过来说："快放下来，别把你压坏了。"

转眼，二十多年过去了，青山依旧在，只是路茫然。

二

我们寻觅着老路往彭家湾走去。经过程家大院时，我故意把脚步放得很轻。我怕会有一些熟悉的面孔来叙旧。毕竟,程家大院有十几户人家,好几十口人,还有一个当年喜欢我的男孩,经常望着我家发呆。

几声狗吠清晰地响起,回荡在山间。狗吠声过,乡村又归于平静。人呢?狗的主人呢?听到狗叫,主人也不理吗?那个痴痴的男孩呢?是不是早已做了父亲,说不定已经当了爷爷,那年我离开彭家湾,秋风刮在他的心上,撕裂了他最后的梦想。

没有一个人的出现来回答我。

"妈妈,这些大石头、大管子是什么?"儿子指着用石墩做支撑,以巨大的水泥管道为躯干,翻山越岭,顽强延伸的建筑物问道。

"是引水渠,闹旱灾时,用来灌溉用的。当时用了几个生产队的力量才建起了这个宏大的工程,解决了缺水的问题。小时候呀,妈妈时常赤脚走在那些水泥管道上,有一次走到最高处的中央,因为害怕,不敢走了,就趴在上面哭,最后还是队上有力气又有胆量的男人把我抱起走下来的。"我一边给儿子解说,一边小心地走在最低的管道上。

如今,有些石墩因年久失修出现裂痕而倒塌了,一些管道也破裂了,露出了钢筋。

当时耗费大量人力、物力和财力修建的水渠,早已失去了本来的功能,成了摆设和一段用来回忆的历史了。

转眼间,来到了山底的小河边。

这是我曾经最为熟悉的小河吗?是那条我顺着走出彭家湾的小河吗?

彭家湾的这条小河,虽然没有名字,却曾是小伙伴们的乐园,是彭家湾的人们赖以生存的生命之河。

洗澡，抓鱼，洗衣，淘米，灌溉。冬天，最狭窄的地方虽然瘦得一脚都可把它踩断，但河水常年流淌不息，且清澈见底，少有杂草。

可眼前，河水浑浊，长满了杂草。我花了好一会儿工夫才分辨出哪是河床，哪是河岸。

那个有着美丽传说的蟒神桥呢？桥断了，只剩下残石断痕。断桥的不远处，两根圆木，横亘其中，便是桥了。

我小心翼翼地踏上桥，木头晃动，身体颤抖，一股悲凉油然而生：彭家湾的人们每天就走在这样的一座桥上，下雨天，老人和孩子是如何过桥的啊？

过了桥，上一个小山坡，就到了烧饭头。这里原来住着彭家和刘家。彭家有七口人，一个老人，一对夫妻，三个女儿，一个儿子；刘家有六口人，夫妻俩加上四个儿子。

我心里正想着去拜访一下他们，给他们聊聊这些年的生活，眼前的一切却让我有些手足无措。

彭家的房子已经倒塌大半，把原来的路都封住了，断壁残垣隐没在疯长的杂草间。刘家房子却是新修的，宽敞而漂亮。

房子的竹林里，冒出一个四十岁左右、穿着连衣裙的女人身影。她好奇地盯着我们看，好像我们是一群陌生的闯入者。我们说明来意，自报家门，又说出这里曾经主人的名字时，她才说她是刘家三儿子的媳妇。

刘氏夫妻已经去世，刘家的四个儿子现在只有刘三，也就是眼前这个妇女的老公一家在这里居住。

问起刘三其他兄弟的情况时，她告诉我们：今年已经五十多岁的刘大娃做了同队杨家的上门女婿，脑袋瓜子灵活，又是泥水匠，早在县城里买房搬走了；刘二娃是木匠，也被哥哥带到了城里,安了家;生于二十世纪八十年代初的刘四,自己赚不到什么钱,好不容易经别人介绍了个对象,但女方提出,要想结婚,先在城里买房,逼得刘氏夫妻想尽各种办法,终于在镇上买了套房子,才结婚不久,刘氏夫妇就相继去世了。

"我说是累死的,气死的,刘四还不承认。"说到这里,刘三媳妇有些气愤,接着又懊恼地说,"就数我瓜(傻),糊里糊涂就把婚结了,又很快有了娃儿,其他三个女人可精灵(聪明)了,不在镇上或者县城买房子就不结婚。我家刘三没文化,没手艺,没出息,只能在农村混。哎,这些我都认了,城里也不是那么好混的,只是苦了娃儿,农村的教育和城市能比吗?起跑线都差一大截,考大学就更渺茫了,考不上大学,以后也只能继续当农民或者农民工了,哎……"

女人深深的叹息像一枚钢钉,落在在场每一个人的心上。

我相信她的真诚,一个母亲对孩子的担忧。

在她的眼中,也许只有走出村庄,走出既定命运的人,才算是有出息的人。

那彭家的情况呢?

"大女儿嫁到了外省,听说早都发了财,嫁在本队的三女儿也早已离开乡下,在县城开了个面条铺子,小女儿更能干,到处跑生意,也在城里买了新房。彭家唯一的儿子彭二娃,最不争气,懒惰又好吃,但也在他姐妹们的帮助下在城里买了房子搬走了。不买房不得行的嘛,老婆要和他离婚,为了保住彭家唯一的根,姊妹几个就借钱给他在城里买了套房子。都离开了,你看嘛,房子都倒一半了。"刘三媳妇指着那些倒塌的房子说。

"不在城里买房就不结婚,结了婚也要离婚,那农村买不起房子的不都得打光棍了?这样的情况多不多嘛?娶个媳妇大概要花多少钱呢？"我有些惊讶，连珠炮似的发问。

"还是有一些嘛，现在娶个媳妇的成本高，彩礼钱至少要六七万，还得在城里买套商品房子，否则，哪个嫁给你哦，现在的女娃儿哪像我们那个年代那么瓜嘛。"

从烧房头出来，走在那条曾经走过无数次的小路上，我没有说话。

天上白云轻盈透亮，一只白鹭在山林间穿梭，滑行。除了偶尔的一两声鸟鸣，几声狗叫，村庄一片静谧。

在全民进城的时代背景下，到城市买房居住便成了农民人生理想的第一选择。进城买房和居住也许不是自己的主观愿望，他们甚至找不到生存的门路，但让孩子接受良好教育的意愿，子孙婚姻问题上的强烈诉求，使得他们没有更多选择。

以这样的方式向城市靠拢，这样的进城愿望是我没有想到的。当时我进城，人们对待城市的态度还是觉得城市生活成本太高，没有赚钱的门路，在城里生活更困难。在农村，至少有几亩田地，饮水、吃饭、烧柴都不用钱。

今天，彭家湾的人们不知不觉已经向城市靠拢，并且不遗余力，甚至认为这是有出息的表现，是一种无上的荣光。

三

我曾居住过的老屋虽然在二十多年前就卖给了本家的六爷，六爷又重新修建过，但是老屋的根基还在。

从记事起，老屋先是用麦秆稻草和泥巴堆起来的茅草房。时逢雨季，屋外大雨，屋内小雨，盆盆罐罐里滴滴答答的声音就会响起。

那时,最大的愿望就是能住在一间不漏雨的屋子里。

二十世纪七十年代末期,父母到处借账,在亲戚朋友的帮助下,拆除了茅草屋,在原地盖起了小青瓦房。

在修建过程中,房子的梁掉下来,砸中了母亲的头,顿时血流如注。母亲随手抓起一把柴灰,按在伤口处。血终于止住了,但却留下隐患,给母亲的晚年带来了疾病的折磨。

新房子落成后,我快乐地奔跑在房前屋后,为屋子再也不漏雨而满足。

母亲用木棒围成栅栏,我便拥有了园子。母亲在园子里种上了各种果树,我栽上了很多花。

阳光穿透园子里的树丛,从房顶的亮瓦中投进来,照在我们笑着的脸上;一家人围坐一起,听父母讲故事;我坐在门墩上,看公鸡扑闪着翅膀,飞过栅栏。

我的理想便从老屋注视的目光中升腾。

邻家大人们常来串门聊天,小伙伴们聚在一起,不知疲惫地追逐,过年时贴上爸爸自编自写的红纸对联,老屋里就溢满了浓浓的乡情和亲情。

住在这有园子的老屋里,一家人的生活格外舒心和惬意。

生命的音符跌宕起伏。父亲去世后,老屋开始有了悲凉。我领略到余光中先生《乡愁》中"乡愁是一方矮矮的坟墓,我在外头,母亲在里头"的由衷感伤。

转眼,一过就是三十年。

眼前,土墙变成了砖墙,屋顶有了太阳能热水器、电视天线,门前有了抽水用的长管子,院坝外有了围墙,多了一道没有上锁的大门。

推开院墙的大门,老家园子里的树木和花草都没了。

失落，锯齿般划过我的心。

屋子里没有人，也就没有我们期待六爷六娘的热情。

屋子前的四级石头台阶依旧，窗户和大门的位置依旧。

随意倒扣在地上的竹筐，晒坝石壁上的鞋子，绳子上晾晒的衣服，几包肥料，随处堆放的农具，合着大门上的门神、对联，组成了一幅乡村特有的图画，而这样的图画，却又似曾相识。

房子右边的一处围栏里，几只鸡，一只狗惊慌而好奇地看着我们。也许，它们很久没有见过这么多的人一起来过了。一时，狗都有些不知所措起来，只是张望着我们，偶尔叫一声，不知道是欢迎还是警告。

"这水桶里有好多虫草。"我们齐齐伸着脑袋，去看浸泡在水桶中的虫草，猜想着它的来历和真假。

"这床好像是爸妈睡过的那张床，现在都成了兔子的温床了。"二哥叹息着。

没错，那是爸爸妈妈结婚时用的床，虽然已经面目全非，但残存的痕迹却还依稀可辨。

老屋的门挂着锁，我们不能进到里屋去，只好悻悻转身。

我们在老屋停留了半个多小时，依然没有一个人来询问和探究。

老屋的隔壁，原来住着余家。余家当时是彭家湾最富有的人家。

余家的男人在镇上的商业局上班，专管收废品。为了在卖废品时能够打上好等级，多几毛钱，队上的人对他们一家都很巴结。

余家仗着这个势力，把我家走了几十年的路封堵了，让我们绕一大圈去走另外的一条小路。为此，妈妈和余家男人把官司打到了公社。最后我们虽然赢了官司，但是却让我们家陷入了更加孤立的境地——整个彭家湾的人在一夜之间都与我们家拉开了距离，以表示对余家的默默支持。

如今，我们早已离开彭家湾。余家土屋的砖瓦石头上，落满了黑灰，墙缝里有一丛丛比人还高的野草斜着身子探望，窗户已经朽烂不堪，墙角和屋檐上蛛网密布。

空气中充斥着一种腐朽、僵死、断绝与消亡的气息，曾经的争斗，被时间层层埋没了。

这次回彭家湾，我们一行的主要目的是为老祖宗上坟。

在彭家湾，我小心翼翼地走着，不是胆小，是因为我知道，这里的山岗和草丛里，睡了太多的人，一不小心，就会踩在谁的"身上"。

在外的这么些年，彭家湾人们的生死消息陆续传来。我只是模糊记得哪家又添了新丁，办了满月酒，至于是添的男孩儿还是女孩儿，却并不记得。但是对于逝去的那些人却会追忆一番。尽管多年没有见过他们，记忆中的面孔却异常鲜活，仿佛就在眼前。

我告诉自己，下次回老家的时候，再也见不到他们了。

那年父亲的去世，让我一下顿悟了生与死的界限。

我们一行人上坟后，朝老屋的房后走去。那里有我们曾经的自留地，还有彭家湾最大最肥沃最平整的田地——"大土"。

当时的大土可是彭家湾国宝级的土地。土地下户时，自然成了大家争抢的对象，大家甚至为此还吵架打架。

眼前，大土没有一棵庄稼、一株蔬菜。成片的野草，恋爱般地恣意铺满土地。一些红橘树散落其间，树上还挂着好多红红的橘子。

这些年因为红橘不值钱，橘树就如同长在人迹罕至的地方，任其花开花落，自生自灭了。

屋后那条每天印满各种脚印的路也被杂草和倒下的竹子封住了。

山嘴上的那块平坦大石头呢？

曾经，那坐在大石块上的女孩儿，红透半边天的火烧云，那半个月亮爬上来的宁静，海市蜃楼的盛景，还有那带月荷锄归的母亲，统统都只留在记忆的尘埃里了。

如今大石头与通向高坡山的路一样，完全被隐藏在杂草丛林间，难觅影踪。

春天里，万物生长，土地却死亡了，乡村也凋零了。

我的心无端被抽空。那春天播种的忙碌，秋天收获的喜悦，那金色的麦浪，飘香的稻谷，田间劳动的身影，渐渐小成一个逗号，消失了。

四

当年，我们一家人离开彭家湾，最重要的原因是山高，自然条件差，水源远。

大哥参加工作后，每个星期六回来，第一件事情就是挑水，星期天，先把水缸灌满才返校。

我执意要带儿子去看看当年挑水的路线。尽管儿子发出长长的惊叹，但他小小年龄，怎么可能真正理解一个柔弱女子挑水爬坡时的无奈与艰难呢？

山路依然，水井犹在。

而那些欢跳的狗，手牵山羊的少女，井沿边水桶相碰的清脆，肩膀上勾住岁月的锄头，早晨翠柳般的鸟鸣，缭绕上升的炊烟，夕阳缓缓西沉时，走在鸡鸭鹅身边，手中挥动鞭子的少年，这些乡村曾有的图画，在时间的流逝中，烟消云散了。

我们在那里逗留了近两个小时，在将要离开的时候，才看到一个女人先从门里探出头来，接着才闪出身子。

尽管经年的风霜把她的脸雕刻成了一枚干枯的老树叶，我们还是第一眼就认出了她——我的一个叔娘。

这个叔娘年轻的时候可厉害着呢，吵架那是一套一套的，三天三夜也不见累，在小时候的记忆中，她可没少和母亲打嘴仗。

认出是我们时，她亲热得像见到自己的孩子一样，不断问长问短，问东问西，又拉我们到她家坐，还让我们在她家吃了晚饭才走。

时间可以化解一切曾经看似很深的矛盾。

"彭家湾的人都到哪里去了呢？"只因叔娘是我在彭家湾见到的第二个人，我有些迫不及待。

"十五岁以上，五十岁以下的人基本上都出去打工了，有出息的都在外面买了房子，搬到城里去住了。买不起房子的就在这里修了新房子，但是平时都没有人住，只有过年的时候回来住几天，过完年又出去了，有的过年都不回来，房子空几年的就有好几家。"

空巢老人，脑中一下闪出这个词。

"那小孩子们呢？"

"搬到城里的，就到城里读书去了，城里没有房子的，好多都到爸妈打工的城市读书去了。听说上不了公办幼儿园，小学也读的是民工学校，但是他们说还是比农村的教育好些，搞不清楚，反正现在都是媳妇当家，男娃子都听婆娘的，她们想咋整就咋整嘛。"

说到这里,婶娘有些忧伤。以前,她可是家里的一把手,说一不二的,叔叔和她的四个儿子对她是言听计从,不敢有丝毫的违拗。

"你的四个儿子都在外面打工,肯定比家里种地赚得多嘛。"

"肯定嘛,种地,能种个啥子名堂出来?找得到几个钱嘛。就是每一颗种子都能开了花,结了果,还没有暴雨大风,也赚不到几万,何况粮价还在跌。只有那些没有用又懒的年轻人才在家守那几亩田,晴天一身汗,雨天一身泥,一辈子都翻不了身,在城里捡垃圾都比农村强。"

"我儿媳妇是坐办公室的,说夏天有空调,城里的生活和农村的日子是两个世界呢,打死都不回来种地了。不过呢,城里也不好混,上次老大回家来说,出去打工,不是我们想得那样简单,城里最脏最累的活,城市人是不干的,都是农民工抢着做。我们家娃好些,有个手艺,一个泥瓦匠,一个是木匠,咋个一年也能挣个几万块嘛。"

"那他们都在城里买房子了吗?"

"都买了。"

"就你一个人在这里住?怎么不搬到城里和娃住一起呢?"

"不想给他们添麻烦,他们也没有叫我去的嘛。再说,我还能动,在这里给娃儿们种点蔬菜和粮食,养点土鸡土鸭。"

"那自家吃的和在市场上卖的,是不一样的了?"

"哪能一样呢,要都一样,产量好低。现在的种子,在种植的过程中首先还得用药粉或者药水浸泡才能下地,要不虫子就凶得很。"

"那在生长的过程中还打农药不嘛?"

"当然要打了,待会我就要去打。我一般一个星期后才会把打了农药的蔬菜水果弄去卖，有的人头天才打了农药，第二天就上市了。"

我为这话震惊了，因为这无疑给人类的健康带来了极大的灾难。

看到我的吃惊，叔娘索性一口气说个够。

"不仅仅是粮食、水果、蔬菜，那些鸡鹅鸭，猪牛羊，哪个没有吃添加剂？螃蟹、泥鳅、黄鳝、鱼，哪样不是人工养殖的？土的好少。"

我沉默着没有说话。早熟的儿童，医院人满为患的情景，癌症的概率居高不下，各种奇奇怪怪的病症，一下子挤满了我的脑袋，像夏天的滚雷，要炸开。

当乡村物质文明彻底压倒乡村土地道德的文明后，农民的归宿又在哪里呢？

"那你们还种粮食吗？苞谷、谷子、小麦这些。"

"少了，主要种点菜籽，自己榨油吃，种点谷子，自己打米吃，其他的，就少种了。粮食挣不到几个钱，一只螃蟹的价钱是麦子的好多倍嘛，养黄鳝、养泥鳅、种庄稼，哪样来钱，傻子都知道。现在农村的一些娃儿，根本不知道粮食是怎么种出来的。"

我哑然，农村的孩子不知道粮食如何种出来的？以前有人对我说，我们的下一代农村小孩有的已经没有粮食的概念，更别说传统的农业耕种模式了，我还不信，看来这真不是空穴来风。

对于粮食的恩情和记忆，在这些孩子身上，已经出现了断层。

"我一路走来只遇到了刘三的媳妇，年轻人都走了，你这一辈的人也没见一个，他们也都出去打工了吗？"

"打啥子工，都七老八十的了，除了你六爷六娘，还有我，我们这一辈的人好多都死了。"

"什么,都死了?"

在彭家湾,我爸妈一辈的,也有三十人左右,年龄最小的应该是五十岁多,年龄最大的九十多。

上一辈人的死亡,不仅仅是辈分上的一种断绝,也是一种阶梯式的生命"倒闭"现象。这一现象也将一些真正的乡村人推上了时间的祭台。他们自身所携带的家族的记忆和传承,以及时间的色彩和精神文化传统,乃至风俗习性,也从某种意义上中断了。

当农民纷纷离开农村进城后,不久的将来,我们几千年的乡村文化、农耕文明又将在哪里去找寻呢?

"都是生病去世的吗?"

"基本上是癌症,咋那么多的癌症呢,哎,我都不晓得自己还能活几天,说不好明年你们回来,我也不在了,谁知道呢?"

叔娘一下有些忧伤,似乎沉浸在对往事的回忆中,又似乎对自己的未来在担心什么。

我们想安慰她,一时竟不知道说什么才好。

"这坡上也没有几个人了,那你住在这里,一天都忙些什么呢?有人给你说话没有嘛?"

"忙啥子?天气好,身体动得了就下地嘛,城里的老人可以跳广场舞,我们乡下的老人就只有弯腰干活。"

"大部分时候没有人说话,实在想说话,就和猫呀狗呀,鸡呀鹅呀些说会儿话嘛,只是它们都听不懂。"说到这里,叔娘忽然有些不好意思地笑了。也许在她看来,这不是一件光彩的事情。

"你也该住到城里去,要是生病了,谁来照顾你呢?"

"哎，家家有本难念的经，小病自己照顾，真要得了大病，就只有听天由命了。几天可以，长时间哪个来照顾。再说，现在的医院住不起，费用高得吓死人。不过听说农村的大病保险要增加了，政府这次可真是给老百姓办了件好事情，以前的医保，哪里够嘛，只是个零头。"

我相信，政府对农村的支持力度会越来越大，惠民的政策会越来越多。

"你晓得高坡山的冯六爷嘛，四个儿子，一个闺女，都到城里去了，冯六娘得癌症死后不久，冯六爷也查出来得了癌症。说不想给孩子们增加过重的负担，反正治不治疗都要死，干脆就不治了。听说他娃儿们也没说啥，没有多久，他一个人在老屋里，自杀了。你说养儿养女有好大个意思嘛。"忽然，叔娘压低了声音说。

这消息我曾经听家乡人提过，当时还唏嘘不已，如今听叔娘再次说起，依然有一种感伤涌上心头。

当进城的农民开始谈论房价、股市、健身、美容等向往的目标时，他们本身拥有的诚实、善良、简朴、敦厚、节俭、互助、孝顺等品质却在渐渐地消失。

五

站在彭家湾的山顶上，整个村庄已经没了炊烟的影子，极少有人还在用柴火烧火做饭，大部分人家都用上了电，抽水机、太阳能热水器、冰箱、彩电等一些家用电器在农村也得到了推广与普及。

乡村在党的富民政策指引下，已经走上了富裕之路。

然而，在全民进城的大背景下，当以土地为主题的乡村经济投入和产出不成正比时，离开土地，投入商品经济的怀抱，无疑是一个时代的选择。

选择进城，从事个体买卖，显然比苦守农村，靠政府的政策扶助，要有尊严和自由些。

城镇化不是问题，而当这种文化传统和生活方式消失殆尽之后，如何建立一种新的人类文化和生存方式，并且赋予它可靠的稳定性和传承的自觉性，让每一个人都能眺望到自己的"来处"，清晰地找到自己的根脉，才是最为重要的。

有人说喜欢乡村的安静，如果这样的安静是以荒凉和衰败为背景，并以废墟作为参照物的话，那又是怎样的一种情景呢？

告别彭家湾时，小路上突然冒出一只嘴里叼着老鼠的野猫，它用异样的眼神注视着我们，仿佛在告诉人类，它才是这里的主人。

第二辑 情感屋

吹拂桃花的风,吹开了我们的脸颊,妈妈的声音穿行在岁月的风里,在一粒微尘上雕刻着属于自己的幸福。

妈妈，我回来了

四岁的时候，从外面玩够了回家，远远地，我就嚷嚷开了："妈妈，我回来了，我想喝水。"妈妈把一小土碗温水递到我嘴边："慢点喝，别呛着。"边说边拍打着我身上的尘土，拂去挂在我衣服上的杂草和树叶。妈妈浓密乌黑的齐肩短发被风吹起，飘成我仰望的岁月。

八岁的时候，放学回家，一进家门，还没有放下书包："妈妈，我回来了，肚子好饿。"妈妈就像一个魔术师，把几颗炒豌豆、胡豆或者花生，悄悄塞进我手心里。"别让你哥姐看到。"软软的耳语，痒痒的，如漏过时间树叶的阳光贴在了我睁大的眼睛里。

十三岁的时候，我开始在外地读书，每逢周六，如果天完全黑下来后，还没见到我的身影，妈妈就会站在山嘴上拉大嗓门，对着黑沉沉的夜急呼："四妹，四妹，四妹回来没有？"黑夜里，我只要听到妈妈的呼唤，定会立刻回应："妈妈，我回来了。"并加快脚步朝着妈妈的方向奔去。夜黑风高，踩过一大片的坟地，妈妈说如果听到她的呼唤，鬼就会躲得远远的，我才不会害怕。妈妈的呼唤，在光阴的土地上生长着，以一种清晰的方式，流淌在我的血液里。

十五岁的时候，会一脚把阻挡我的小石子踢飞，把头埋得低低地回家，然后瓮声瓮气地对从灶间闪出半个身子的那个人说："妈妈，我回来了。"妈妈在蓝色棉布的围裙上擦手，轻轻地问："你吃晚饭没有？喝水不？"我忽然放大声音分贝："吃过了，不想喝。"考试的压力，青春期的来临，让我懒得好好说话。妈妈知道，等待，是一朵丰腴的红木棉。

十七岁的时候，回家路上得知爸爸突然去世的噩耗。在见到妈妈的那一瞬间，我哭喊着："妈妈，我回来了，我，回来晚了。"妈妈把我搂在怀里："回来就好，回来就好，可惜没能看上你爸爸最后一眼。"我看到妈妈前排的衣襟湿湿的，而她仿佛一夜之间老去了好多岁。那年的妈妈，才刚满五十岁。从那以后，我常见妈妈一个人呆呆地望着墙上爸爸的黑白照片。妈妈望着照片的剪影，成了裸露在时间里的雕像，在我的回忆里闪着亮光。

十八岁的时候，拖着极度虚弱的身体从外地回家，远远地喊道："妈妈，我回来了。"妈妈看着我苍白的脸和歪歪倒倒的身体，立刻扔下肩上的担子："四妹，出啥子事了？病了？走，先跟妈回家再说。"后来妈妈到处借账，带着我四处求医，最终寻得一剂秘方，才给了我延续的生命。妈妈四处奔走的身影，如一枚被爱孵暖的叶子，染绿了我一湖的秋水。

二十七岁的那年，从打工的省城回到老家，迟疑地敲门，终于鼓足勇气："妈妈，我回来了。"妈妈拉开门的瞬间，笑容就绽放在了她的脸上。很快，目光从我脸上移开，落在了我身后笑眯眯的男友身上。得到妈妈的应允后，我和男友在那年举行了简朴的婚礼。婚礼上，我流下了热泪。妈妈，你一定懂得，那脸庞上滑过的泪珠，是为你而落的。

三十七岁那年，当我喊着"妈妈，我回来了"，儿子喊着

"外婆,我回来了"时,一个佝偻的身影出现在门口,同时,一个声音带着激动和欣喜:"四妹回来了,我的乖孙回来了,好好好,快进来。"吹拂桃花的风,吹开了我们的脸颊,妈妈的声音穿行在岁月的风里,在一粒微尘上雕刻着属于自己的幸福。

  四十岁,我唤着儿子的乳名,回到老家,喊道:"妈妈,我回来了!"已无人热烈应我。眼前的妈妈,拄着拐杖,稀疏的头发全白了。她颤巍巍地挪动着脚步,呆呆地对我说的那些话,我一句也听不懂。医生说妈妈得了严重的抑郁症,还有各种老年并发症。

  后来的后来,我已不敢想象。

  当我再次喊出那句"妈妈,我回来了"时,也许回应我的只有松一声紧一声的风声。在这个世界上,我是妈妈的女儿,也是儿子叫着妈妈的人。我的脚印越来越孤单,它在风中行走,等待第一缕晨光,又送走最后一抹晚霞。

有一种温暖叫缅怀

一

"山高地阔兮,见汝无期;更深夜阑兮,梦汝来斯。"爸爸,我昨晚梦见你了,今天是清明节,焚香以奠,就让女儿再陪你说会儿话。

爸,你离开我们已经三十年了。三十年来,梦中的你,每次都是我记忆中的模样:慈爱地笑着,清瘦。干燥了很久的日子,因为你的入梦,眼里和空气都有了湿润。

爸,你说你1928年出生时,奶奶月子里一粒米不见,仅靠还没成熟的李子充饥,刚满月,你就被抱养到了异地的彭家。在彭家断断续续念完高小,十四岁当学徒,十九岁被抓壮丁,直到1947年才回到家乡。

土改时,你担任土改队队长,可谓意气风发。可彭家爷爷奶奶怕你以后远离,想留你在身边尽孝道,就把你关了起来。要不是以死抗争,最后成老师的机会,爸,你也许都抓不住。

老家土墙上,贴满了你买的各种图画。堂屋的右侧挂着水墨丹青,左侧是九大元帅的画像,正面则是毛泽东《重上井冈山》的巨幅图片及诗:久有凌云志,重上井冈山,千里来寻故地,旧貌变新颜……

爸，你可还记得老屋、图画、诗？

尽管生活艰难，但你打着补丁的衣服总是干干净净，整整齐齐。你说人的样子就该干净整齐，什么都可以输，但不能输了人的样子。

你就是带着人该有的样子去教书育人的。你教的班级，文艺表演和学科成绩年年第一。爸，你可知道，你离开我们后的第三年，妈妈到县医院看牙科，闲聊中才知道牙科最好的赵医生是你的学生。他师娘长师娘短地叫着，还为我们跑上跑下。我知道，这一切都得益于学生对你的尊重和喜爱。

爸，你爱你的学生，同时也爱着你的孩子们。

记忆中，你从来没有打骂过我，一次也没有。你总是笑眯眯地看着我们在院子里跑来跑去，在我做作业时，悄悄端来一杯水；在我哭泣时，给我擦掉眼泪；在我害怕时，把我紧抱怀里；你更会在我取得好成绩时，像个孩子般笑，并把我抱起，旋转，我轻盈的小身子，在咯咯的笑声中划出一条又一条弧线。

我五岁那年，家里顿顿的红苕糊糊，让我吃不下，饿得骨瘦如柴。你毅然把我带到你教书的学校，每顿给我打上二两白米饭或者买上两个馒头。我问你为何不多吃一点时，你喉结上下涌动："爸爸不饿，你正长身体，多吃点。"两个月下来，憔悴不堪的你抚摸着我终于有些见肉的脸蛋，笑眯眯地说："这才是我的四妹。"

爸，请原谅当时女儿的不懂事，不知道那是定量，我吃掉的是属于你的那份本来就不多的口粮。

那时候，总感觉饿。星期天，天不见亮你就起床，带上一张麦饼，一杯茶水就出发去十几里外的水库钓鱼，想以此来改善一家人的生活。

天黑了，一看到拿着渔竿的黑影子在山脚下的拐角处冒出来，我就飞也似的从山坡上一口气冲到山脚下去迎接。

笆篓有分量，就知道有了收获。

顾不上一天的劳累和饥饿，你高兴地拉着我的小手："四妹，待会我把鱼剖了，让妈妈给咱们做正宗的酸菜鱼。"

我六岁那年的冬天，高烧持续不退。天还没有亮，你背着我就上了去县医院的路。那天有风，还下着细雨。我们在寒风中同时打着寒战。有严重气管炎的你，走得慢，累了就弯着腰停一下，咳嗽一阵，使劲喘几口气，挪挪背上的我，又继续走。当我们终于站在一个小山坡上时，你腾出左手来，用袖子抹了抹脸上的汗，又摸了摸我的额头，指着前方："四妹，看，那就是县城，还有两里路我们就到了。"

离家十八里路的县城，在晨曦中清晰起来。

二

住院期间，我一不小心尿床了，你脱下自己的棉裤给我穿上。我当时很嫌弃，还冲你发了脾气。

爸，今天我才想到，你把仅有的一条棉裤给了我，你穿的是什么呢？

1978年病退后，爸就成了乡上挂名的重病号。你整夜地咳嗽，甚至咳出血来。有一次，我吃惊地发现火笼的柴灰上满满的全是猩红一片。

"爸爸，你怎么了？我去告诉妈妈。"

你边咳嗽，边摇头，还摆手示意我离远一点。稍后，你好不

容易才缓过气来

"不用，没事。"边说嘴里边不停地嚼着草药。

妈妈说，那常年挂在门后边的草药，是专门止血用的，是你救命的稻草。

爸，你知道吗，那个时候我多担心，你咳着咳着，就会有什么东西堵住了你的喉咙。

1983年，你每月退休工资为三十九元六角，回家转手都给了在县城读高中的二哥。

"二娃学习任务重，又正是长身体的时候，还要交资料费，没有钱怎么行，我的病，可以缓一缓再治。"

实在撑不住时，你不得不上气不接下气地走上六里的山路，到公社医院注射青霉素来缓解病情。由于早上注射完第一针青霉素后要等到下午四点才能注射第二针，午饭一下就成了问题。和你一起退休的老师们常聚集在茶馆里，只要每人出一块钱，就可以在餐馆里简单地吃上一顿午餐。

一天早上，你磨磨蹭蹭，半天没出门。妈妈低着头，红着眼睛。我磨半天，妈妈才告诉我："家里一分钱都没有了，你爸爸中午只有挨饿，可他正生着重病呢。"

我转身跑到屋子里，抱出存钱罐，把我偷偷积攒了很久的一把零钱全塞进你手中。有一分的、五分的硬币，最大的纸币是两角的。不久前，我才悄悄数过，总共一块五毛。你接过这一把零钱，摸摸我的小脸，什么话也没有说，急匆匆地朝公社的路上走去，而你的眼里，我看到有泪花在闪动。

爸，你是为一块钱伤心，还是被四妹感动了呢？

那时，大哥在外教书，二哥在县城读高中，我读小学。家里坡上的农活都落在三姐和妈妈的肩上。妈妈已经四十多岁，身体又不好，姐姐才十六岁。

有一次，看着憔悴无比的妈妈和姐姐，你说了一句让全家永远不会忘记的话："都是我拖累了你们，再这样下去，你们要累死，要累死呀！"

爸，这声音，穿透几十年的时光，此刻，依然清晰地响在我耳边。

当妈妈试探着问，是不是让我和二哥休学时，你半躺在竹椅上，咳嗽半天，才悠悠地说："这里自然条件太差，读书是孩子们走出去的唯一希望，即使我不在了，也要让二娃和四妹读书。"

那时，家里唯一带电的物件就是手电筒。没有电视、收音机，也没有电风扇。无数个寒暑，生着病的爸，一个人坐在"马甲"椅子上，是怎样挨过那些年年岁岁的呢？

我十二岁那年，家里才终于有了收音机。你把收音机抱在怀里，像抱着一个宝贝，也像抱着一个全新的世界。你小心翼翼打开收音机，收听到节目的那一刻欣喜，定格在我脑中挥之不去。

你当时最大的愿望就是有一天，我们都出息了，你可以到乡镇上住下来，和你的同事朋友们一起打打桥牌，喝喝茶，摆摆龙门阵，再不用为了打针跑那么远的路，也不用再为每天的午餐而烦恼。当然如果有机会，你还想到市里，到省城去转转。年轻时你曾去过一次，但还想再去一次，想想年轻时的梦想，回忆美好的时光，看看大城市的别样风景。

爸，我想告诉你，你的愿望，现在都可以实现，我早已在省城安了家，如果你愿意，你可以一直住在省城，可以天天看这些别样的风景。

三

可是,我亲爱的爸爸,你却不在了。现在只有女儿替你回忆,替你看风景了。

我初中二年级那年,开始离家在外地住校读书。我常省下不多的生活费,给你带回一些小东西:一小块蛋糕,一包糖果,学校食堂的一个面包。

晚上全家人在一起洗脚时,我第一个给你提来洗脚后要穿的布鞋时,你总抚摸着我的头说:"四妹最乖了。"

爸,从你离开后,再没有人说我乖,也再没有人像你那样抚摸过我的头。

二哥刚分配工作一个月,你就病倒了,这一病,你再也没有走出医院的大门。

重病住院期间,你不让家人告诉在异地读书的我。可爸,我相信亲人之间是有心灵感应的。你病重的日子,我在学校坐卧不安,请假回家,却在半路上得知你当天的早上已离我而去的噩耗。

我回家只见到了冰冷的骨灰盒。

爸,你怎么可以把我扔下,你怎么可以,我都还没有长大成人,你还没有看到你的女儿,你最疼爱的小女儿,长成一朵花。

弥留之际,你说四妹爱哭,身子又弱,交代哥姐一定要善待我,不要让我受委屈。

开灵的那晚,你在我眼前晃动,提醒我不要过度悲伤,而我隐约看到,有两行泪分明就挂在你的脸庞上。

我哭得一塌糊涂,怎么也不肯松开盒子。想抓住你,像要抓住希望一样，怕一旦松开手，就什么都没了。

我还是没能抓住你，还是没能上大学。从你离开的那一刻起，我就知道是这样的结局。我失去的不仅仅是亲人，更是希望呀。

你去世后不久，有一次我回老家，习惯喊："爸，我回来了。"没有应声。我跑到椅子边，才晃过神来，椅子在，我在，而你，已离开了我的身边。

那个黄昏，一个十几岁的少女，静立在满天的霞光里，觉察出了像秋天田野般的凄凉。

从此，我过上了没有爸爸的日子。我得接受你离开的现实，勇敢面对自己的处境。我毅然断了求学的念头，走上了打工之路，边打工边自学完成了大学的梦。

爸，你在那边也一定看到，那是一段艰难得不愿去回首的日子。但我是你的女儿，再难再委屈，得独自承受，再苦再累，得咬牙挺住。

春去春来，花开花落。爸，你的儿女们都长大了，有了各自的家庭，日子过得也都还不错。你最大的孙女已成家立业。二哥和姐姐的女儿也都相继大学毕业，有了工作。你最小的外孙，我的儿子今年十五岁，在省城读高中。只有妈妈身体不好，有着严重的抑郁症和各种劳作留下的后遗症。现在，只要我一回家，她就会唠叨个没完，还说想去陪你了。我知道，妈妈太孤独了。你要是在天有灵的话，保佑她健健康康的，我们全家都对妈妈很好的，你放心吧。

爸，请原谅女儿的不孝，不能常回来看你，不能常到你的坟前祭拜，陪你说话，今天，也只能以这样的方式来缅怀你。

亲爱的爸爸，我们永远怀念你。

母亲戒烟记

母亲出生在二十世纪三十年代,今年已经八十岁了,在与岁月和生活的顽强抗争中,落下了一生的病痛,也养成了一些独特的生活习性,譬如吸烟。

母亲抽烟的历史可以追溯到很久以前。听母亲讲,最初是抽水烟,后来抽纸烟。从几分钱一包到现在十多块钱一包,母亲抽烟的历史就是一部烟业发展的历史。

母亲从小生活在川南一个偏僻落后的小山村。小时候日子过得很苦,结婚后,父亲又常年在外教书。她独自一人在大山上把我们兄妹四人抚养成人。那种坚定、勇敢和艰难是现代都市人难以想象的。

从我记事开始,母亲一直都很忙碌,只有夜深人静时,她才有空吸上一支烟。

无数个深夜,我从睡梦中醒来,母亲还在煤油灯下缝补衣裳;无数个清晨,天刚蒙蒙亮,床上早没了母亲的身影,而锅里已有了热气腾腾的早饭;无数个黄昏,母亲背着背篓,胸前挂着孩子,肩膀上还担着一挑喂猪的红苕粉水,艰难地攀登着长长的山坡。

寒冷的冬天,我盼望着下雨下雪。因为只有在那样的天气,母亲才会有空在家。母亲一边为我们做布鞋,一边给我们讲故事,还会情不自禁地哼唱歌曲。唱得高兴时,母亲自然而然从口袋里摸出一支烟点燃,深深地吸上一口,一支烟也就去了三分之一。

那时,母亲是家里的一棵大树,我们也不懂得吸烟的危害,四兄妹就在母亲的云里雾里,无数次地憧憬起美好的未来。

时间如水流逝,我们长大成人,有了自己的工作和家庭。岁月的刻刀却在母亲的身上留下了沧桑的痕迹:她的头发白了,身体弯了,劳累后遗症开始发作。只有抽烟时的姿势和表情一如往昔。

那一年,父亲因为一场大病忽然离世。一家人悲恸不已,母亲一夜之间苍老了许多,烟也抽得比以前密了。

几兄妹商量后,决定接独自在乡下的母亲进城。在我们再三劝说下,母亲非常不舍地卖了老房,离开乡村,和县城的哥嫂住在了一起。

母亲进城不久就发现哥嫂的生活并不富裕,加之单位又鼓励职工买房,日子就越发艰难。母亲为孩子们担忧着,也寻思做点什么来帮助哥嫂减轻一些负担。

母亲没上过学,识字也很少,思来想去,决定摆个烟摊卖烟。

由于从不卖假烟,小区进进出出的人都喜欢在她的摊位旁歇息聊天,人气旺,生意自是不错。

然而,让我们感到意外的是,或许是对烟草的进一步了解,或许是听说了吸烟导致的各种不幸,母亲吸烟反而没有以前厉害了。

随着孙子孙女的出世,我们强烈要求母亲别再摆烟摊,同时也希望母亲戒烟。理由自是充足:吸烟有害健康,对身体不好,全家人都受害于二手烟,对小孩子的伤害大。

母亲爱烟,但是她更爱自己的亲人。

母亲的戒烟过程很痛苦。她说,都抽了几十年了,怎么戒得掉哟。其间,她试了很多种方法,好似戒掉了,时而又在自己的房间里偷偷地吸。一旦被发现,她就说,最后一支烟,明天就不抽了。

母亲确实是比以前少抽很多,只是偶尔为之了。

一晃又过了十多年,孙子孙女们陆续上大学工作后,母亲时常独自在家。她索性大胆地抽,每天不止一包烟。

逢年过节,但凡有亲戚朋友前来看望,大多都会捎带些烟来送母亲。这时,母亲就会像收到宝贝似的眉飞色舞一番,也会从枕头下拿出一两包平时都舍不得抽的好烟来招待,似乎这就是她最好的待客之道。

前年,母亲的病情一下加重,医生叮嘱一定得戒烟,否则有生命危险。全家人这下急了,给母亲下达最后通牒:不准再吸烟。

我们把母亲的烟给藏了起来。

我也苦口婆心地给母亲做思想工作。可是母亲就是不领情,反而振振有词地反驳:饭后一支烟,赛过活神仙,抽个烟会咋样嘛。

全家人严厉监督,甚至有时候唱黑脸,母亲依然抽烟,我们是一点办法都没有,对母亲也是满肚子的意见。

去年冬天,母亲因为再次病重住进了医院,医院还下达了病危通知书。哥嫂赶紧通知几兄妹,我也急急忙忙从成都赶回县城。

守候在母亲的床前,看着她痛苦的样子,我心里是又气又急。

"这次病重和她抽烟有很大的关系,真的不能再抽烟了。"医生严肃地告诉我们。

母亲看我着急的样子,像个做错了事的孩子一样,但始终一言不发。

夜深了,母亲蜷曲身体让出一些位置,坚持要我在病床上休息,还说因为她住院把我也累着了。

半夜三更,我被熟悉的味道熏醒,睁眼一看,母亲居然靠在病床上吞云吐雾。

母亲右手夹住烟,左手无力地垂下来,搭在床边。全白的头发,稀稀疏疏地散落在头上。布满皱纹的脸上早没有了往昔的神采。骨瘦如柴的身体虚弱不堪,无力又无助。再也伸不直的背弯成了一张弓。眼睑耷拉下来,眼睛空洞无物,呆呆地看着前方。

前方,只有一堵白色的墙壁。

很久以来,我都没有这样审视过自己的母亲了。母亲是什么时候变成了今天的模样?

我心里一酸,没有言语。母女连心,她竟然快速从恍惚中醒来,一看我的表情,立即把烟头掐灭。

"都病成这个样子了,为什么还非要吸烟呢?"我心平气和地问。

母亲重重叹口气:"四妹,不是我真的离不开烟,也不是我不知道抽烟有危害,我现在都八十了,眼睛不好使,耳朵也不中用,行动又不方便,你大哥二哥整天忙,三妹和你长期在外,从早到晚没人和我说一句话,我感到很孤独,只有抽烟解闷,加上我一身的病,常睡不好,有时候疼痛难忍,感觉抽烟能转移一下病痛,我抽烟给你们造成了很大的困扰,实在对不起了。"

我的眼睛一下湿润了,拉着母亲粗糙而沧桑的手,轻轻说道:"妈,我懂了。"

从此以后，我就尽量抽时间回老家陪母亲，每次也会买上一些烟。母亲高兴地说："还是我闺女懂我，孝顺。"

物质生活的提高，已让我们再难有卧冰求鲤的事情发生。而大多数子女表达孝顺的方式也通常是给钱给物，却忽视了父母的精神需求和一些特殊的生活习性。

如果，一切努力都已无法改变，顺其自然，也许是表达孝顺的另外一种方式。

我的漂亮三姐

人生不可能不经历沧桑，从我们降生的那一天开始，就注定了在这尘世中，要经历许许多多的无奈和磨难。

沧桑，就像我们生命中的老屋，装满了回忆，也装满了心酸；沧桑，记录着我们走过的点点滴滴，潇洒或凄美，叹息或黯然。有时，我们想去触碰，却不敢伸手，怕这一触碰，就会有满满的忧伤落地；有时，我们想去翻看，却不忍回眸，怕这一回眸，就会引落"泪飞顿作倾盆雨"……

——题记

冬日的早晨，三姐照例早起，轻手轻脚地来到母亲床前，打量一番感觉并无异常后转身来到客厅，准备去探望窗台上那几盆精心培育的盆栽。瞬间，她被眼前的情景惊得目瞪口呆，原本茂盛的几盆兰草和米兰消失得无影无踪，徒留空花盆，孤孤单单。

缓过神来的三姐往母亲的房间里望去。

"是我干的，家里栽那些东西有啥子用，还不如栽几根葱，东西我扔在垃圾桶了。"

"你今天给四妹打个电话，敌人都已经进城了，叫他们一家人小心点……"

望着年事已高、脑萎缩厉害，又身患忧郁症和多种疾病的母亲，三姐无奈地摇摇头，开窗透气，打扫卫生，开始了新一天照顾母亲的工作。

三姐的一生，命途多舛。她的青春，梦想，努力，奋斗，爱情，未来，如今都浓缩在这间川南县城不足五十平方米的小屋之中。

一

我家兄妹一共四人，姐姐排老三，我排老四，父母和哥哥管我叫四妹，我叫她三姐或姐。

1982年春天，土地承包到户的政策尘埃落定。除去吃商品粮的爸爸和大哥外，我们家分到了旱地四亩半，水田两亩。

握着手中那一张薄薄的《土地承包合同书》，似乎就握住了吃饱穿暖的好日子。全家人欣喜之余，又开始犯起愁来：爸爸生病退休在家，已基本丧失了劳动能力，大哥在外地教书，二哥在县城住校读高中，三姐在中心校读初中三年级，我读小学，而母亲也近五十岁了。

当三姐说要放弃读书，回家种地时，我们都十分惊讶。她举着细细的手臂解释道："二哥和四妹的成绩都比我好，我身体比他们壮，我留在家种地最合适。"

那年，三姐十六岁。

我通常只能在早上醒来吃到姐做的早饭，天完全黑下来，才能看到她从田里回来的疲惫身影。

那个时候，肥料奇缺。为了能有个好收成，队里的男人们常常结伴到十八里外的县城氮肥厂挑氨水来做肥料。一挑氨水有百十来斤，且刺鼻难闻。

三姐，挑氨水队伍里仅有的一个女性，走在一群男人中间的剪影，留在了那条崎岖的小路上。

一个星期六的中午，备战高考的二哥忽然从学校回家，说是学校临时要求交资料费四十块，晚上必须交上。

四十块钱，对那个时候的农村家庭来说，无疑是个大数目。爸爸每个月的退休金才四十块零五毛，大哥教书也才三十块多一点。

六月，持续的高温。当二哥期待的眼神与妈妈无奈的眼神一碰，二哥心里顿时明白了：家里没钱，且已无处可借。

姐走到妈妈身边，轻声地说着什么。妈妈犹豫了下："也只好如此了。"

那年在姐和妈妈的辛勤劳作下，麦子丰收，家里存有四月刚收割的麦子。三姐二话没说，把麦子倒在箩筐里，挑起就朝公社的粮站走。两个小时后，全身湿透的姐，抹去正不断往下流的汗，笑盈盈地把四十块钱递到二哥手里："快回学校去吧，晚了，天就黑了。"

那年，哥考上了财贸学校。

那年，为三姐提亲的人踏破了我家的门槛。

那是 1985 年，我姐十九岁。

十九岁的姐，瓜子脸，挺鼻子，大眼睛，白皮肤，好些人说三姐像极了越剧里的林黛玉。

夜里，我却常见三姐倚在门框上，眺望着远方发呆。

外面漆黑一片，三姐在望什么呢？

很多年后，当我说出心中的疑问，三姐望着前方，沉浸在对往事的回忆中："那个时候，家穷，自然条件差，农活太多，太累，我梦想有一天能走出农村，过上城市人的生活。"

城市人的生活，成了姐最初的梦想。

二

1987年,为照顾病重的爸爸,二哥主动要求分回老家县城工作。二哥上班后不久,在一家鞋厂为姐找了一份"临时工"的活。

姐开始奔波在城里和乡下之间。她每天来回走三十六里山路,只为照顾乡下的爸爸和妈妈。

那年初冬,一直缺钱而久拖未治的爸爸因为重病不得不住进了县人民医院。

弥留之际,爸爸把三个子女叫到身边(我在外地读书,并不知晓爸爸病重)逐一吩咐:"老大,你要肩负起一家之长的重任,老二一定要好好珍惜来之不易的工作,三妹(三姐)为这个家做了很大的牺牲,你们是兄长,以后要多照看着点,重点是四妹,我最放心不下,你们几个要尽力帮她完成学业。你们几兄妹要团结,好好照顾妈妈,这辈子,她太辛苦了。"

第二天,爸爸哑声,再没说出一个字来。

我犹如有心灵感应般,急急忙忙坐上回家的车,却在半路上得知爸爸已经在早上八点去世的噩耗。

我第一次明白了死亡,也体会到死亡所带来的痛苦。在我们四兄妹中,爸爸最疼爱我。在我的记忆里,他从来没有打骂过我,一次都没有。

以后谁来给我安慰,给我温暖,给我疼爱呢?

那年的冬天,特别寒冷。

我双手双脚长满了冻疮,通常睡一个晚上,第二天起来浑身还是冰凉。

那年的冬天,我特别孤单。

我常常一个人无声地流泪，在漆黑的夜里，冰冷的床上。

文字写到这里，我仿佛又看到那个正值妙龄的弱女子，在冬天的寒风里，把自己站成一棵树。

那年我十六岁。

快放寒假的一个星期天，阳光早早就照到寝室的窗台上，几只鸟儿在晨光里叽叽喳喳，给寂静的冬天带来了生气。

"四妹。"姐，你就那样沐浴着冬日的阳光，出现在我的校园，叫住正要去打午饭的我。我停下脚步，回过头，对着姐，笑了。

同学们都围过来看我的漂亮姐姐。姐给我带来过冬的太空服、被子，还为我预备了一条漂亮的红格子连衣裙，一条小喇叭裤。在那个有些同学一个月也无法吃上一顿时鲜蔬菜和肉的年代，这已经是奢侈到极致。

姐，你可知道，当我穿上那条漂亮红格子裙，飘过校园的时候，收获了多少羡慕的目光和赞美的声音。直到今天，老同学都还记忆犹新地说："你穿那条红格子裙，亭亭玉立，站在有风的阳光下，真美！"

后来才知道，那是姐用几个月的工资为我省吃俭用节约下来的。我的好姐姐呀，你都没有来得及为自己添置一件新衣。

那个冬天，因为有姐，我不再寒冷。

三

二十世纪八十年代末九十年代初，农村户口和城市户口还有着天壤之别。

憧憬着美好未来的姐，开始了第一次恋爱。一个与姐年纪相当，踏实、憨厚的英俊城市小伙子与姐相恋了。

在那个年代，一个农村户口的姑娘能找个城里人，相当不容易。

我为姐祝福。

半年后，这场恋情却以分手结束。小伙子的母亲以死相逼，怎么都不同意他们在一起。原因很简单，我姐姐的户口是农村的，工作是临时的。做母亲的不希望自己的儿子以后受累，孙子受苦。

小伙子妥协了，姐没有为难他，含着眼泪离开了。

接连下来，医生、教师、银行职员等那些喜欢着姐的，却因为同一个共同的原因望而却步。

春天的时候，姐认识了另外一个男人，我后来的姐夫。

姐夫是一名老师，世代城里人。少时聪明好学，初中就考上了师范学校。

姐夫对姐是一见钟情。

在姐夫的强烈攻势下，在姐夫家人的一大堆许诺后，没有酒席，没有婚纱照，没有首饰，甚至没有一件像样的嫁衣，漂亮的姐辞掉工作后很快成了姐夫的新娘。

那是1992年的夏天。

多年后，当你在婚姻中筋疲力尽，我问起你的初衷时，你悠悠地说："我已经是大龄姑娘，到了别人眼中快嫁不出去的年纪，他当时又说不嫌弃我是农村的，想想就嫁了。"

那年，姐二十六岁。

那年，随着户口制度的改革，农村户口开始可以通过买城市户口来改变城市和农村的差异。

姐夫的父母拿出六千块钱为姐买了一个城市户口。姐终于成了名正言顺的城里人。

没有蜜月，新婚不久的姐发现一切都不是婚前承诺和想象的样子。姐明白，一切只有靠自己。

没有犹豫，姐拿出家里仅有的三百块钱，开始了在街上的摆摊生活。稍有积攒，姐夫也开始在教书之余租铺做广告和卖字画。虽然苦点累些，但两口子还算齐心，日子也一天天好起来。

两年后，孩子出世。

姐总是天不亮就起床，打理好孩子后，就到铺子上。买菜做饭，做生意，照顾孩子，一样不落。

大家都羡慕姐夫找了个能干又漂亮的女人。

手里有了些钱，姐夫开始夜不归宿，后来，又开始在外面赌博。

一次大输后，早上归来，正碰着姐在厨房做早饭。做饭发出的声音影响到了姐夫睡觉。

"啪啪"，姐的脸上有了手掌印。

"你的户口都是老子的家人花大价钱买的，你一个农村婆娘，乡巴佬，想怎么样？"

姐夫边说边把孩子扔向姐，并随手抓起身边的凳子朝姐丢过去。所幸，姐接住了孩子，那凳子没有击中姐的要害部位。

姐忍了，不忍能怎么办呢？孩子还不到一岁。娘家的哥哥都各自有了家庭，母亲又早已丧失劳动力，妹妹还需要照顾。

没有了娘家靠山的姐，只有忍。

可接二连三，姐夫凡是输了钱，就把气发在姐的身上。一气之下，姐带着满身的伤痕投奔北京一个好友而去。

第一次，姐想到了离婚。

离婚，在二十世纪九十年代中期的小县城，是件极为不光彩的事情。

那个时候，改革开放的春风已经吹到小县城。一部分人在这场洪流中成了弄潮儿。赚钱了，第一件事情就是回家把老婆休掉，带个年轻漂亮的妹子在县城里招摇。离婚，自然就成了负心人，成了花心大萝卜的同义词。

一离开那个所谓的家，姐开朗的性格，善良的本性，踏实的工作作风，很快就让她在北京站稳了脚跟。

有一个浙江做皮衣生意的老板想让姐做他的情人。

情人，在那个年代，算是很时髦的词。老板在金钱上给了姐极大的诱惑：每月五千块做零用，一次性给姐十万块做生意的本金。

姐拒绝了。不管生活多么不如意，多么艰难，她觉得自己毕竟还没有离婚，还是应该忠于自己的丈夫，虽然不爱。

在姐夫的再三保证和催促下，姐又回到了县城那个家。

那是1995年的冬天。

四

1996年，打工潮已如决堤的洪水般，席卷了整个中国。农村的剩余劳动力开始蜂拥而出。我也追随爱情的脚步，辞掉县城的工作，到了省城。

来到省城后，我只有过年过节才回家，少有机会和姐掏心掏肺。

一晃，到了2002年，为了生孩子有人照顾，我从省城回到了老家，住在离姐的出租屋不远。

一个深夜，滴滴的门铃声把我从睡梦中惊醒。我从猫眼里看到是姐。打开门，灯光下的姐衣衫不整，脸上青一块，紫一块，手臂上也有好些血迹,精神恍惚,眼神发呆。

"怎么了?"

"被打的。"

姐妹俩挤在同一个被窝里开始了长聊。我这才了解到姐这些年来的日子:打骂成了家常便饭,姐夫一有时间就去赌博,输钱回来就拿姐和侄女出气。

我愤怒了,更为姐的遭遇心疼不已。

"我也想到外面去打工,可是能到哪里去呢?我没有一技之长,年纪也不轻了,再说孩子还小,正需要人照顾,可是我待在这个家,命早晚要丢在这里呀。"

姐哭了。

我为帮不上姐的忙而深深自责。

姐妹俩相拥而泣。

2003年的冬天,姐坐上了南下深圳的火车。两年后,我也带着孩子回到了省城。

在朋友的帮助下,姐在深圳找到一份不错的工作。笑容又回到她秀美的脸上。姐给我打电话,大部分时间都是快乐着的。那份快乐也感染着我,让我在艰难中始终坚信,只要努力,只要坚持,未来是美好的。

姐开始担负起孩子的学费、生活费,日常开支,有时还得为姐夫还赌账。

五

打工潮的持续高温,让留守儿童一天天增多。

2008年,姐的女儿读高中二年级了。

那年的春节，大年三十，姐忽然给在省城的我打来电话。电话的那端，姐大声地抽泣。

十分钟前，侄女给远在深圳的妈妈打电话

"我不知道该去哪里吃午饭，爸爸昨晚赌博回来，打了我一顿，现在还在家睡大觉，家里什么都没有，我身上也没有一分钱，钱都被爸爸拿去输光了。"

"你现在在哪里？"

"一个人，在水库的大堤上，走了一个小时了。"

"妈妈，我想从这里跳下去，我不想活了。"

春节后，姐毅然决然地辞掉了高薪的工作，回到了老家。她没有再回到那个所谓的家，而是在外面重新租了房，把女儿从姐夫身边接了出来。母女俩在那间不算宽敞的出租房里开始了相依为命的生活。

其实2005年，姐也回家过一次。不到三个月，日子又回到了从前，让姐彻底死了心。

满心伤痕的姐想尽办法，终于在2009年的春天离婚了。

侄女的成绩开始上升，之前让老师头疼的问题孩子，还考上了相对理想的大学。

2010年，已经四十五岁的姐为了生计和侄女的学费，再一次踏上了开往深圳的火车。

只是这一次，姐的脸上没有迷茫，没有悲伤，有的是对未来新的憧憬。

2014年，侄女以建筑专业全年级第一名的优异成绩毕业。当面试官问她一个女孩子为何选择学建筑的时候，侄女这样回答："我不怕吃苦，想多赚些钱，让我妈能有一个好点的晚年，妈妈为了我，太不容易了。"

侄女的话打动了面试官,成为一家著名国企的员工。

六

想给姐重新成个家,是一家人这些年来的牵挂。

我偷偷通过各种方式给姐物色对象,只是心愿至今没能达成。

花开花落,岁月催人老,我和姐都到了中年。

2014年,母亲病重,生活不能自理。大哥在外地教书,二哥经常出差,我也远离家乡。

姐,再次勇敢地站出来,辞掉收入不错的工作,从深圳回到老家,承担起照顾母亲生活的重任。

七

一身运动装,齐肩短发,红彤彤的脸蛋,晨练归来,沐浴在阳光下的姐,充满了朝气。

岁月的风霜虽然在姐的脸上刻下了痕迹,但是生活的磨难却没有夺去姐对生活的热情。

"姐,你觉得苦,觉得累,觉得你的人生不值吗?你为何还能用如此乐观的心态来面对生活?"

"苦,也累,但是笑也是一天,哭也是一天,干吗和自己过不去呢?再说,这也许就是我的命,过去的就让它过去吧,放在心里让自己不痛快。我现在不好好的?放心嘛,你姐以后会更好的,相信你姐。"

"你就打算这么过一辈子,不想再找个伴?"

"合适的话,还是想找个伴,但我可不想为有一个伴而去将就了。只是现在不行,现在要照顾妈妈。"

昨夜,电话得知,一个星期前,母亲又一次摔倒了。姐去扶母亲,引发了腰椎间盘突出的老毛病,已痛了一个星期了。

"今天已经好了很多,疼痛也减轻了不少,我现在在去治疗的路上,不要担心我,你忘记了你姐是打不死的'小强'呀。"

打不死的"小强",我含着泪,笑了。

后记: 春华秋实,日月交替,三姐和我都一天天在磨难中成长。当我们走到某一个流年的秋天,当我们登上某一个生命的站台,回眸,我们才发现,原来,我们已经历了太多太多的过往。

当所有的过往都凝成淡然,当所有的沧桑都化为意境,当所有的意境都成为领悟,我们终于能够笑着感叹:生活,已经没有什么不可以面对的了!

青春还没有完全来

那年,她十二岁,读初中一年级。他,一个二十岁出头的小伙子,他是她的语文老师。

他穿一件藕色中山装,是当时时兴的款式。他用纯正的普通话授课,朗诵。她从来不知道,原来普通话,这么好听。

她好奇的眼睛盯着那张脸。那脸上长满了痘痘,有些坑坑洼洼。有同学告诉她,那是青春痘。她第一次听到青春这个词时,脸忽然涨红了。

她开始喜欢语文,总盼望天天有语文课。下课后,女生们叽叽喳喳地围在他的身边,而她却与他保持着一段距离。有一次她的目光不经意遇上他的,她的心莫名跳起来,快速地跑开。

她有了自己的心事,这心事是因为她喜欢了一个人。

这份喜欢是悄悄的,是欢喜的,也是不能和其他任何人分享的。

然而她黯然神伤。

小小的镜子里,她单薄的身子,营养不良的脸,二哥穿剩下的棉衣,姐姐穿过的旧棉布衣衫,磨破的领口和袖口,打着补丁的裤子,有洞的布鞋,这一切让她总是低头不语。只有那双大眼睛,扑闪着,似乎有许多的话要说。

尽管如此,谁也管不住她的喜欢,她自己都管不住自己的喜欢。

每天早上,她尽量早到学校,只为路过他住处的窗户时,能看到熟悉的身影。

那天,他让她担任"皇帝"的角色,和其他同学一起朗诵《皇帝的新装》。朗诵完毕,他笑了。

"同学们,这位同学朗诵得好不好?"有低低的几声"好"回应着他的问话。

"非常好,让我吃惊。"他有些激动地说。教室里顿时传来喝彩声。

第一次,她感到朗诵如此让她快乐和幸福,而这幸福和快乐是他带给她的。

她被调到教室的第一排,离他最近的地方。他还告诉那个在学校上班的同乡:这个妹儿聪明伶俐,有悟性,比她姐姐读书强多了。

当她的同乡把这话转给她母亲时,她自然得到了母亲的表扬。

她更喜欢语文了。

那时,男生和女生混座。课桌的中间划着一条"三八线"。当同桌的手越过那条线时,"手拐子"就成了战争的武器。

那天,在他的课堂上,她和同桌正打着手拐战,还小声地吵了起来。他很快发现了他们的争吵,停下讲课,板着脸,悄悄朝她座位走过来。

全班同学的眼睛也都随着他的身影移动,望向她和同桌。她立刻不再作声,可同桌没有注意到,还在不停地叽里呱啦,用手拐子不断地拐她。

他忽然快步走近,提起同桌的书包,从教室的窗户扔了出去。

书包划着优美的弧线,飞向窗外。

窗外是大片的农田,浓密的树木,和着春天的花香。重物落地的声音在几秒钟后发出三楼距离的回响。

她愣住了,同桌也愣住了,全班同学也都愣住了,从没有见他如此生气过,从他成为他们的语文老师后。

他是偏袒着她的,还宠着她,她这么感觉。她对同桌的小小愧疚很快就被这种感觉冲淡了。

她快乐着这种快乐,甚至偶尔还会恃宠而骄。

他和同校女老师恋爱的消息,在校园里飞扬时,她正在操场上迎着风奔跑。

同学们的议论,让她简直不敢相信自己的耳朵。她昨晚还梦见他,他还对她笑。

她呆住了,一屁股坐在操场的台阶上,发起了呆。

有谁知道她的惆怅,她的失落呢?

有谁记得他常穿的衣服有几件,多久换一次?有谁留意过他衣服上扣子的颜色,数过它的数目?有谁留意到他的衣服上有一条浅浅的钢笔划痕?袜子上有一个小小的破洞?有谁呢?

那年,她十三岁了。

她约上一女同学,午休时,一起去敲老师的宿舍门。借口当然是请教不会的问题,其实那问题很简单,她会。她只是想去见见他,她想见到他,看看能不能有什么新的发现。

敲门,良久,门才开一缝。他从门缝里侧身出来,身子靠在门框上,把她和同学堵在门口。

"什么事?"他脸上有着红润。

同学赶紧把要问的问题递给他，他快速作答。随后看向同学身后的她。

"你有什么问题要问吗？"她赶紧挤到同学前面，拿出课本，慌慌张张地随便找了个问题向他提问。

"这个问题你不会？"他显然有些疑惑，语气里也带着不耐烦。

"还有什么问题吗？没有的话，我休息了。"他急于打发她和同学走。

"老师在恋爱，我刚才瞟到他女朋友在他屋子里。"下楼梯时，听到清脆的关门声，女同学笑着对她神秘地说。

她推说学校外有人来找她，一个人匆匆地跑掉了。

泪在眼眶里打转。她快速地跑出校园，跑到校园外的田野上。春天的风吹起她的发。她在春风里不停地跑。

她不知道要跑到哪里去，只知道一定要跑，直到跑不动为止。

最后，她扑倒在春天的田野上，低低地哭了。她是那样悲伤，说不出来的悲伤。

是啊，这样的悲伤，如何能说得出来呢？

她照常上学，她不能让他知道，不能让别人知道，这是属于她一个人的秘密，一个少女的秘密。

十三岁，花季一样的十三岁呀，花还没有完全开，就像青春还没有完全来一样。

她离开了，转学了，转到离他很远的地方。

十五岁时，在中考的考场上见过他一次，她是考生，他是监考老师。

浅浅的微笑，算是打过招呼。听说他特地去翻查过她的成绩，还为她叹息：要是没有转学，我包她上一个好高中。

很多年后，她已经是一个十七岁男孩的母亲，而他的儿子已经结婚生子。

和同学聊天，同学说：当年真是迷恋老师，听到他的呼吸，我心跳就会加快……

她笑了。

原来，少女时的喜欢和惆怅都会如此相同。

年少时，只知道一意孤行地喜欢下去，也许那才是少年该有的青涩吧。她曾经是那棵树上的柿，经历了岁月的尘烟，终于红了，终于软了，终于甜了。

一天，她得知了他的联系方式。

她正站在窗户边。风，撩起她的长发，舞动她的衣裙。她就那样站在夜色中，想起那个春天和春天里的故事，嘴角浮起浅浅的笑容。

而她心里充满了感激，因为年轻的时候如果喜欢一个人，那于人生而言，是一件多么幸运的事情啊。

那年的青春叫"朱丽纹"

一

上穿圆盘领粉色柔姿纱衣,下着白色短裙,脚蹬白色平跟皮鞋的年轻女子,飘一头乌黑齐肩短发,骑一辆红色女式小飞鸽自行车,在一阵丁零零的响声中,像花一样飞过我的窗外。

我的眼睛一直追随着小飞鸽,直到小飞鸽和小飞鸽上的那个背影消失在铺满阳光的巷子尽头。暖阳下,风中,那飞扬的短发、衣裙,惊艳了那个下午的时光。

柔姿纱、圆盘领、短裙、白皮鞋、小飞鸽,在二十世纪八十年代末,在我的县城,绝对是时髦的代名词。

1990年,我的青春已经来临。

我除了能在别人的眼光里读出这女孩好不好看外,也能读懂一些只能意会不可言传的东西。我开始觉得,穿戴,对一个女孩子来说,是重要的,至于重要到了什么程度,具体又是些什么内容,还是朦胧和模糊的。

走在街上,对那些穿得漂亮的女孩子,她们的装扮、搭配自然会留意。

然而,我的青春又是和贫穷在一起的。

当时，父亲已经去世，家中少了劳动力，钱相当紧张。母亲赶场时，总是把不多的钱放在裤腰上特制的口袋里，生怕被小偷摸去。我住校读书，每个月的生活费三十块，都是哥姐五块、十块凑的，家里更没有多余的钱给我买新衣服。

我从来没有对母亲、哥姐提过要买一件漂亮衣服的请求。我知道，即使提了，也在他们的能力范围外。

1989年冬天，看着我双手双脚长满的冻疮，母亲狠狠心，用她仅有的积蓄给我买了一件二十六块钱的防寒太空服，已经是奢侈。1990年夏天的时候，我新添了一套十块钱的米色棉布短裙装，已经很满足。

我知道，漂亮的衣服，那些看上去很华贵的布料，它们对于我来说，是很遥远的东西。我得等自己能赚钱了，才敢想。

那时，特别盼望着长大，工作，赚钱，其中的一个原因就是能买漂亮的衣服。

二

最近，班里转学来了两个女生。当她俩出现在教室门口的一瞬间，全班同学，包括老师，目光齐刷刷地都朝着她们望去。

亭亭玉立这个词，用在她们身上正契合。高马尾，纯白色蝴蝶结衬衣，黑色百褶裙，白色平跟皮鞋，在今天，依然不过时。特别是那件白色衬衣，不知道是什么面料的，有着丝绸一样的光泽，特别好看，就像是专门为青春的少女定制的美衣。

鹤立鸡群这个词，我瞬间就懂了。她俩不是我熟知的这个世界里的人，这一点，我是从她们的穿衣打扮中读到的。

她俩穿着一样的服装，形影不离。她们的头，总是高高地昂着。她们是艺体生，学画画的。

校园里，她俩美成了一幅画，画成了青春的一段传奇。

我和我的大多数同学一样，开始梦想着自己也能有这样一件面料的衬衣。虽然知道可能性极小，但青春的梦想，在夜晚照样偷偷地发芽，抽枝，茂盛。

"四妹，有一条朱丽纹的白色连衣裙，仅仅面料就花了四十多块，我同事在缝纫的过程中，不小心勾了根丝，雇主吵着得赔偿，同事穿不下，二十块钱处理，想不想要？"

在缝纫店做学徒的姐姐把"朱丽纹"三个字咬得很重。

"朱丽纹？"

"才出来的一种新面料，像丝缎一样，可贵，可漂亮了。"

我头脑中立刻闪现出那两个女生的白衬衣。

她们的衬衣面料是不是朱丽纹的呢？

如果是，如果姐姐说的这条白色连衣裙我穿正好，那我的梦想很快就会实现，我也能拥有一个时尚的青春了。

三

时尚，对于当时的我来说，或者对于我那个县城来说，是很新鲜的词。我只能从街上，布料里，姐姐的缝纫书上，了解到什么是流行。

面料总是跟着时尚走。

二十世纪七十年代，新衣服几乎都是请裁缝到家里来做。有一年冬天，裁缝到我家做衣服，看到有漂亮的花灯芯绒布料：

"这是我这个冬天看到的最漂亮的料子了。"他一遍又一遍地小心抚摸着。

八十年代中期,涤纶、涤丝、的确良等一些新的布料开始流行。妈妈花了八块钱,给我做了一条咖啡色涤纶裤子,又花去十四块钱,给姐织了一件橙色膨体纱毛衣。

我也好想有姐姐那样一件毛衣。可我知道,家里的条件不允许,也就只能在心里想想。

一个下午,我一个人在家,就把姐姐的毛衣悄悄地套在自己的身上。小镜子里,我左看右看,上看下看,还扭动着小身子,走过来,又走过去,觉得自己好看了许多。

姐姐做阑尾炎手术那年春天,妈妈给姐姐做了一件白色碎花涤丝长袖尖领衬衣。

人靠衣装马靠鞍。

一天下午,我在放学的路上正好碰到从医院回来的姐姐。不知道是因为生病,有段时间没有干农活的缘故,还是长时间走路的原因,姐的脸蛋在白色碎花涤丝衬衣的映衬下,如三月的桃花,白里透着粉红。风撩起姐的长发,抚动着她的衣裤。

阳光下,本就高挑标致的姐姐,穿上涤丝衣服,真好看呀!

九十年代,麻纱、柔姿纱等一批新面料一上市,就受到了大家的喜爱。

好看是好看,就是贵。

这些面料的衣服,每个月五六十块钱收入的姐姐,是穿不起的。但是姐相当有智慧。买不起这些面料,姐就用价格便宜得多的棉布、绵绸做了当前流行的款式,再加上一些蕾丝花边、刺绣,一样穿得有声有色。

四

"姐,那裙子,我能穿得上吗?"

"应该能,我明天拿回来你试试。"

"好。"

其实,我心里挺矛盾的。二十块,对于姐姐来说,是一笔不菲的开支。可是青春已经来临的我,又怎么能抵挡得住一条漂亮裙子的诱惑呢?

理智和诱惑之间,诱惑总是占上风。

裙子拿回来了。

那是一条纯白色的喇叭短袖收腰连衣裙,闪着丝绸一样的光泽,摸上去,柔软,光滑,透着凉。

正和那两个漂亮女生白衬衣的面料一样。

大小也正好合适。

当我穿着那条白裙子静静走在校园时,同学们的目光又齐刷刷投递到我的身上了。

一天,我同桌羡慕地说:"你穿上那条白裙子,好美哦。"

我心里自然是满满的自豪感,似乎有了这条"朱丽纹"裙子,我就美了几个度,我多年的遗憾,都找了回来。

可惜,我只穿了两次,这条"朱丽纹"裙子,还在晾衣绳上就被人偷了。

我伤心地哭了。似乎,没有了那条裙子,我就没有了青春,没有了青春的色彩一样。

五

涤纶、涤丝、柔姿纱、朱丽纹都成了过去式。现在,金纺高支棉、棉麻、真丝则成了讲究时尚并且有经济实力的人的选择。

我也不会再为一种面料,一条裙子伤神。

可是我的青春,一去不复返了!

后记:每个人都有青春,也都曾拥过有青春的梦想。青春的梦想其实很简单,比如我那年的青春梦想就是想拥有一件"朱丽纹"面料的衣服。当我们的梦想越来越多,越来越复杂的时候,青春离我们就越来越远了。

自行车后座上的情缘

我和老公是高中时候的同学，我们都出生在四川西南部偏僻的乡村。他的家离吴玉章故居大约有五公里路程。吴老是我国杰出的无产阶级革命家、教育家和语言文字学家，当地人一直引以为豪。

暑假的一天，他说骑自行车带我去吴玉章故居转转。因为是第一次坐自行车，我小心翼翼地坐上后座，双手牢牢抓住后座的两边。

乡村道路弯弯曲曲，坎坷不平。好几次，我都差点从后座上摔下来。我索性放下羞涩，双手环着他的腰，把头靠在他背上。

他的背，厚实温暖。

那天的天气很好，微风吹拂着长发，舞动着衣裙，更有柔而美的阳光，漫洒在我们笑着的脸上。

那是1990年的夏天，我十八岁，他十九岁。他骑的是一辆永久牌载重自行车。

美好的时光往往都十分短暂。那年冬天，他参军去了部队，开始了我们两地的相思。

1996年，为了追随爱情的脚步，我辞掉家乡的工作，冒昧地去了他部队所在的城市。

我在一家建筑公司做文秘工作。公司的一个姐姐告诉我在成都要学会骑车，出行办事才方便。姐姐还把她的小飞鸽自行车借给我，让我自己去摸索、骑行。

真是神奇，我竟然在短短两个小时之内，就找到了骑行的诀窍，晃晃悠悠地在马路上骑行了好几百米。

半年后，我跳槽到一家百货公司上班。我的出租屋和百货公司之间的距离大约是四十分钟自行车车程。

1997年，成都公交车远没有现在发达。我从二手市场花一百块钱淘了一辆凤凰牌女士自行车。这辆"凤凰"就成了我每天的交通工具，风雨无阻。

百货公司上一天休一天。周六周日，只要他有时间，就会买菜做饭，再骑上也从二手市场淘来的"老永久"，把热腾腾的饭菜送到我上班的地方来。

同事们都十分羡慕，说我找了个会心疼人的好男人。

遇到我俩都休息时，他就骑上"老永久"带着我到处溜达。我也总是坐在他自行车后座上，用手环着他的腰，把头靠在他背上。

我们一起去公园，到郊外踏青。彩色胶卷记载了我们一路的欢声笑语。

2002年，因为生孩子我回到了老家。2006年，他转业到了现在的单位，我们才在成都正式安家落户了。

由于家离他单位比较近，他每天就蹬着"老永久"风里来，雨里去。我蹬着"凤凰"接送儿子上幼儿园。

有一次，他因为和儿子去看热闹，"老永久"不慎丢失。他非常心疼，第二天一大早，马上到旧货市场又买了另一辆"老永久"。

2010年，老公所在的单位搬到了远离中心城区二十多公里的开发区，我们才终于决定买一辆汽车代步。

自从有了汽车，自行车就被打入了冷宫。

买房，赡养老人，抚养孩子……家庭压力陡然加大，夫妻之间也慢慢产生了摩擦和误会，常因为一些小事发生争吵，甚至有时候我俩几天都不说一句话。

物质生活的提高，并没有给我们带来多少的快乐，相反却让幸福感大打折扣。

儿子十二岁时，说原来那辆儿童自行车太小了，想重新买一辆合适的新车。

我们给儿子买了一辆他喜欢的山地赛车。儿子欢喜地在院子里骑来骑去，四处溜圈，还非要老爸陪着他骑远一点。

老公从地下车库的角落里推出那辆布满灰尘的"老永久"，一番清洗、修补后，居然和以前一样，跑得飞快！

一有时间，父子俩就骑着自行车到处转悠。遇到周末，父子俩还一起骑车来等我下班。我骑电瓶车，儿子骑赛车，老公骑"老永久"，一起回家的剪影，留在了城市的路灯下。

那夜，天冷有风，因为一些事情耽误了，我只能坐公交车回家。下车地点离家大概还有三站路程，只能步行。平时没觉得，就当散步。

那天我特别累，也特别冷，加之又穿着高跟鞋站了一天，脚有些生疼。

"这么晚了，不安全，我来接你吧。"老公打来电话。

"你到公交车站来接我，不要开车，骑上你的'老永久'。"我想了想说。

公交车快到站时，我看到老公一个人推着那辆"老永久"伫立在冬夜的寒风中，有些孤单。岁月，在他身上打下了痕迹。曾经挺拔的身姿弯下一些，头上也冒出了好多白发。

也许是冷的缘故，他把脖子藏在竖起的衣领中，眼睛快速地搜寻着过往的每一辆公交车。一看到我的身影，他和"老永久"迅速出现在我面前，并用一块干净的毛巾把后座擦了好几下，才让我坐在后座上。

又一次，在这样寒冬的夜里，我环抱着他的腰，把头靠在他背上。

他的背，依然温暖，厚实。

"好多年都没有坐过你后座了。"我轻声说。

老公一愣，随即笑了。

有人埋怨，我们生活在一个物质的时代，幸福感严重缺失。有人认为，幸福就是开豪车，住洋房，背名牌包，穿名牌服饰。而对于我来说，健康地活着，真诚地爱着，延续着我们的自行车情缘，就幸福满满了。

我曾经以为，那份纯真的情缘已渐行渐远，早晚会随着时间的流逝烟消云散。今天才理解到，其实，情一直都在那里，只是随着时间的推移，它以另外一种姿态融入了我们平淡的生活中。

天使来早了

当一根长长的针头刺入我血管时,眼前的人开始模糊起来。很快,我就失去了知觉,昏迷了过去。

不知过了多久,有人在我耳边轻轻呼唤:"醒得了,睁开眼睛,该醒过来了。"

我疲惫地睁开眼帘:白色的屋顶,白色的墙壁,白色的床单,白色的被子,还有唤我醒来的护士小姐,白色的衣服映照着我苍白的脸庞。

见我睁开了眼睛,护士小姐对着我微微一笑。我也回了一个浅浅的微笑,尽管,我的眼角还有泪痕。

"先休息一个小时后再起来,注意别着凉,有什么事情叫我一声,我就在隔壁的房间里。"护士小姐给我捏捏被角,转身离去,留给我一个白色的背影。

屋子里剩下我一个人,静悄悄的。

我已经离开了那个房间。那房间里的手术器械和吊瓶,戴着白色手套的医生,有着淡然目光的麻醉师都不在我的视线里了。

一个小时前,当那双冰冷的手按住我肚子的时候,我知道我将失去你——我的孩子,我的天使。

我的天使,三个月前,你来到妈妈的梦里。白色的公主裙,白色的小皮鞋，还有一对粉色的蝴蝶结在你的发间轻舞。

你就那样安静地出现在我的面前，用有些冰凉的小手拉着我的衣角，抬起头，睁着大大的眼睛望着我，怯怯地，轻声地叫着："妈妈，妈妈。"

我俯下身来，把你拥在怀中。

"你是谁家的姑娘，怎会长得如此美丽，圣洁如天使一般。"

你用小手绕着我的脖子，小脸蹭着我的脸，小嘴贴在我耳边："我是你的天使，我是你的女儿呀，妈妈。"

你小小的身子开始向天空飞去，我想拉着你的手，可你越飞越高，像天使般，渐渐消失在妈妈的视线里。

半个月后，我到医院做检查才知已怀孕快两个月了。

我惊讶于那个梦。我的天使，是你来到我的梦里，告诉妈妈，你想成为我家庭的一员，你想做我的孩子，我的女儿，你哥哥的妹妹。

妈妈激动得流下了眼泪。这是妈妈十年前生下哥哥后，又第一次有了自己的孩子。

我抚摸着自己的肚子，感受你的存在。你梦中的样子定格在妈妈的心中，天天把我围绕。我开始对你有了无限的憧憬和期待。我多希望你快快来到人间，让你咯咯的笑声洒满我的世界。

可是，我的女儿，我的天使，你来得真不是时候。

我和你爸爸都不是独生子女，在法律上，我们只能拥有一个孩子。

我和你爸爸陷入了极度的矛盾和痛苦之中，艰难地做着抉择。

妈妈生下哥哥后，一直希望能再有个女儿，那种漂漂亮亮，像天使般的公主。在任何地方，妈妈见到可爱的小姑娘，总会不由自主地停下脚步，微笑着，就好像那也是妈妈的女儿一样。

女儿，你一定知道妈妈的愿望，所以你来到妈妈的身体里，还托梦给我，告诉我你就是上帝派给妈妈的天使。

妈妈是多么希望你能多停留在我的身体里，让我拥有那份有你在的幸福，可是你在妈妈的身体里越久，妈妈就会越割舍不下你，妈妈的身体也将受到更大的伤害。

2012年夏天，你在妈妈肚子里三个月大时，妈妈走进了医院。

是妈妈狠心，把你赶离了我的身边。我知道你一定很舍不得离开，如同我舍不得离开你一样。但是我们注定了终将阴阳相隔，注定你要早些到天堂等待，而我仍然在这人世间，肩负着妈妈的责任和爱。

女儿，我的天使，请原谅妈妈的选择。

爸爸在手术室外，也是心情低落。当我歪歪斜斜地走出那个房间时，他扶住我，一句话都没有说，我看到他的眼角闪动着泪花。

2015年，国家全面放开二胎政策尘埃落定。

女儿，我的女儿呀，你要是晚来三年，仅仅是三年，我就可以在人间与你相见。

天下如我般的母亲，终于可以开心地实现自己的二胎梦，再不会有我的遗憾了。

真希望你转世投胎，再做一次妈妈的女儿，好吗？

辞　职

> 工作不好找，好工作更难找，但有时候，你却不得不选择辞去一份好工作。
>
> ——题记

一

莎莎，白净标致，是那种一见就让人喜欢的新疆姑娘。

1999年的一天，我和莎莎在"钟哥烧菜"的小摊上吃晚饭。

"今天我请客，想吃什么随便点。"

"认识一男的，周日他约我吃饭，你也一起去，参谋参谋。"莎莎看到我眼里的疑惑，红脸解释。

周日，我们在一家高档餐厅坐下来。

莎莎的男友杰中等身材，人精神，也随和。和杰一起来的是高个子、阳光帅气的伟。杰和伟都讲一口流利的广东普通话。

吃饭时，杰不停地给莎莎夹菜，伟照顾着我。聊天中了解到他们所在的房产公司在这座城市里已有些名气，杰和伟是北大的高才生，现在同为一家公司部门经理。

杰建议我和莎莎争取去他们公司工作，说同等职位，他们公司的待遇是我们这样小公司的两倍还要多,更重要的是平台不同。

这对我来说,有着极大的诱惑。我需要钱来改善自己的生活条件,需要一个更好的平台求得发展,以实现自己来省城的梦想。

二

笔试面试下来,我和莎莎一同来到了杰和伟所在的公司。莎莎在办公室;我在业务部,成了伟的下属。

当伟把我介绍给业务部的同事们,叮嘱大家多照顾我这个新人时,主管微笑着:"一定,一定。"

我很珍惜这份工作,经常悄悄加班。

工作渐渐有了起色,在一次分享经验的会上,我赢得了阵阵热烈的掌声。

"想不到你倒挺落落大方的,条理清楚,逻辑性强,还带着文艺范,不错,继续努力。"会后,伟找到我。

瞬间,我想到了梦想,想到了尊严。以为梦想已越来越近,而尊严通过自己的努力也是可以赢得的。

我更加努力地工作。

身材高挑,微卷头发如瀑布般披散下来的容子,踩着高跟鞋出现在办公室时,惊艳了那个下午的时光。

从同事的口中,我才知容子从外地学习一年后刚回来,是伟的助理,也是伟的妻,而容子的爸爸则是这家公司最大的股东。

容子很漂亮,穿得也很漂亮。可我对容子笑时,容子表情冷漠,有时就当没看见,还有意无意说一些莫名其妙的话,责怪我作为职场女性，穿着太过随性，并暗讽我衣服的质地不佳。

也是，我通常就穿T恤，牛仔裤。只有需要时，才会穿职业女装，高跟鞋。

我心里想，我要是有你那样的老爸，也能天天穿成你那样。

但是当着容子的面，我通常只是羞红了脸，不断地说以后会注意。但我没有说改正，主要是没有条件来改正。

我赚来的钱，得付房租水电，打理吃穿用度。每个月，得固定给已没有劳动能力的母亲一些费用；逢年过节回家，得给老家的亲人买些东西；还得省下一些钱来，为失业时，能在省城生存的基本开支做准备。

我想是因为我的工作还不够让容子满意，于是我更加努力，也更加小心地工作，以求对得起那份高薪，还有伟的引荐。

三

被提升为主管两个月后的一天，容子给正在上班的我打来电话，约我在公司附近的咖啡厅坐坐。

挂断电话的一瞬间，我想有什么事情不能在办公室交流而专门要约在咖啡厅呢？

推开咖啡厅的门，容子在一个角落向我挥手，脸上堆着笑。那笑是我认识容子以来，从没有过的柔和。

容子的面前已经有了一杯咖啡，正冒着热气，旁边还有一碟糕点。

容子给我推荐了一杯摩卡咖啡，说应该会适合我。

"好，就摩卡吧，其他的不要了。"我笑着对服务员说。

在我的咖啡没有端上来之前，我们谁也没有说话，容子也不看我，只是无意识地搅动着手里的咖啡，眼里似乎有些空洞。

我想容子是在酝酿今天的话题，而我却一无所知。

我端坐在容子面前，望着容子漂亮的面孔、漂亮的衣服发呆。

咖啡端上来了，热气顿时从杯里溢出，一圈圈往上升。这升腾的雾气，暂时迷糊了我的眼睛，把我和容子隔断在不同的世界里。

"味道怎样？"

"不错。"

容子一下又笑了，开始小口地吃起她面前的糕点。容子吃糕点的样子真优雅。

"要不要来一点我买的这块糕点？"

"我买的"这几个字，容子咬得重一些。

是的，这些都是容子付钱买的，是属于容子的东西。

"不用了，谢谢，你慢慢吃。"

"为什么？"容子睁大眼睛望着我。

容子也许没有想到我会拒绝，因为精致的糕点看上去真的很不错。

可我在容子的语气里，分明读到了另外一层意思，容子是在强调一件对她来说很重要的事情。

"我只是不习惯与人分享同一块糕点。"我一本正经地说，一点也没有轻松和开玩笑的意思。

容子再次笑了，隔着薄薄的水雾，我看到容子笑得很灿烂。

"也包括人吗？"她问，似乎漫不经心。

我有些明白过来了。

我没有回答，只是低头喝起了咖啡。

眼角里，我扫到容子的紧张。

"是的。"我点点头，望着她，目光坚定。

容子立刻起身，走到点餐台，拿了一碟糕点过来。

"这是我专门给你点的，希望你不要拒绝，就算陪着我吃。你其实应该多吃点才好，你是有些偏瘦的，女人太瘦不好看，皮肤也不会好，我们边吃边聊。"

当容子再次端坐在我面前时，我才发现，即使是坐着，容子也比我高出一些。容子看我时是俯视，而我望容子则只能仰视。哪怕就是那么一点点角度。

之前，我一直以为我和容子之间是平视的，可是不是。意识到这点，我的心颤动了一下。

"不喜欢分享，这点很好，我很喜欢你这观点，我也是这样，你有男朋友了吗？"

我彻底明白过来。

"我已经结婚了，丈夫在部队。"停了一小会儿，我轻吸一口咖啡，轻声说。

容子一下把身子靠在椅背上，全身都放松了下来。

阳光很好，照进咖啡厅里，把金光涂抹在容子的身上。

容子开始给我讲她的家庭，她爸爸在公司的地位，伟在乡下贫困的老家，还有与伟有感情纠葛的那些女人，其中一个是她最要好的朋友，还特别提到我来公司之前离开的那个女职员和伟的故事。

最后容子告诉我，她很爱伟，所以不容许任何人侵犯属于她的阵地，哪怕只是一些子虚乌有的闲话，即使是潜在的可能也不容许，那会直接影响到伟的前途。

说到动情处，容子还流下了眼泪。

阳光下,容子的眼泪闪着金色。

我没有想到伟会有这么多的故事,也没有想到这么漂亮和有着如此优势的女人,还有这些担忧。我更没有想到,仅仅因为杰和伟引荐了我和莎莎,莎莎成了杰的女友,一开始容子就对我充满了怀疑。

我明白,怎样的解释,对容子来说都是没有用的了。而我,一个来自乡下的姑娘,和容子抗争,无疑是鸡蛋碰石头。

曾经想通过努力求得的尊严和梦想,在这一刻,碎了。

我提出辞职时,伟一脸的惊诧,说我是部门培养的重点对象,这么优厚的待遇和这么好的机会上哪里去找。

我没有回答。

伟停顿了下,似乎想起了什么,问我是不是在公司受了什么委屈,有人找我说过什么话,如果是,他给我做主。

我摇摇头,说谁也没有给我委屈受,大家都对我好着呢,我只是身体不怎么好,需要休养一段时间。

信封里,伟多给了我三个月的工资,我悄悄地退了回去。我只拿走了属于我的那一部分,公司应该给我的那一部分,不属于我的,我不能要。

从公司出来,我深吸了一口气。

离开,也许是下一站的开始。心里忽然飘过这句话。

莎莎知道我辞职后,很是惋惜了一番,她早已搬离了出租屋,和杰住到了一起。

我和莎莎在各自不同的轨道里开始了新的生活。后来,我们逐渐没有了彼此的消息。

多年后,我和莎莎不期而遇。

"我当时真的是爱杰的,你离职后不久,有个女人带着孩子忽然找上门来,说是杰的老婆和孩子,你知道我当时的心情吗?"

我想我是知道一点的。

已经有了身孕的莎莎被赶出公司,还流产了,莎莎为此自杀未遂。

后来,莎莎和一个比自己大十几岁的老板结了婚。

"我不爱他,但想到我不丑,他又比我大那么多,应该会心疼我,对我好,谁知,在我怀孩子时,他就和外面的女人好上了,争吵时,还对我动了手。"

结婚不到一年,莎莎离了婚。

再后来,莎莎又结了婚,但是只过了三年,又离婚了。

看起来漂亮风光的莎莎,在这些年,又自杀过两次。

"我觉得今天的遭遇都和杰有关,那是我的初恋呀,我恨,恨杰的绝情和欺骗,我只想报复男人。"

莎莎,今天我在这里写这些文字,是希望通过这篇文章告诉你:我们最初都怀揣着梦想来省城,虽然在实现梦想的过程中,遇到过困难,有过委屈,甚至闪过放弃生命的念头,但经过时间的洗礼,我们都该成长了,也该懂得仅靠男人就能获得幸福和未来的想法是多么幼稚和天真,我们是该对某些往事释怀了。

再难受的事,都会像流水一样过去。而唯有勇敢地活着,不放弃,努力打拼,我们的梦想和希望,才最终有实现的可能性。

我在"5·12"汶川特大地震中

为了快要忘却的纪念。

——题记

一

2008年5月12日14时20分,有朋友让我到双楠去一趟。交代好店里的事,我就到附近的公交站台候车。

车来了,很平稳停靠在站台。上车和下车的人,井然有序。我一只脚刚踏上车门,另外一只脚还在地上时,忽然有一股力量一下把我甩到大街上,同时一辆超大型电动车呼啸着从我的身体上跃过。

我惊魂未定地爬起,只觉天旋地转,脚下厚实的水泥地在变薄,地面如一艘飘荡在海上的船,在波浪中左右摇晃。周围的建筑、电线杆,一时间都似乎没有了重量和依靠,不停地晃动,有稀里哗啦的声音从不同的地方砸过来。

我马上意识到:糟了,地震了。而生死就在刚才的一瞬间,在我上车的一刹那,在电动车跃过我身体的那一刻,上帝把生给了我。

那是 2008 年 5 月 12 日 14 时 28 分。

二

摇晃中，人几乎是不能行走的。一时间要往哪里躲才好，脑子也是一片空白，只是闪过今天可能就要死在异乡的念头。

我想起了年迈的母亲，年幼的儿子和朝夕相处的老公，不知道他们现在怎么样了。想到老公，我立刻拿出手机给他打电话，通讯却在那一刻中断了……

惊慌中，我知道必须要回家，家里有正在午睡的儿子和婆婆。我深呼一口气，镇定了下自己，歪歪斜斜地在晃动着的路面朝家的方向走去。

街上到处是人，哭声、喊叫声交织在一起，混乱着，持续着，不知所措着。

一分钟左右后，摇晃忽然停止了下来。在人们还没意识到怎么办，怎么回事的时候停了下来。

恐惧，把短暂的时间无限拉长。

我镇定了下自己，迅速朝家的方向飞奔去。

很远就听到婆婆和儿子在叫我。我看到婆婆背着儿子，站在小区门口大黄角树旁边的高高台阶上。婆婆衣衫不整，脸色煞白，脚上鞋都没穿。儿子在婆婆背上伸出小手，不停地喊着："妈妈，妈妈，我在这儿。"

看到他们，我竟然一下笑了。地震也许还会来，但至少现在他们是安全的，一家人在一起，就什么都不怕了。

我跑过去，把儿子紧紧地搂在怀里，不断地安慰着。家是不能回了，我让婆婆带着儿子马上到公园开阔处去，我去迎老公。

发生这么大的地震,他也许正在回家的路上,找不到我们他会担心的。

直到17点左右,我才在人流中找到老公。见到他的那一刻,我很想扑进他的怀里,让他紧紧地抱我一下,为我们都还幸运地活着。

到处都在说还有余震,让大家不要靠近建筑物。看来家是不能回了,今晚公园就是家。

密密麻麻的人们忙忙碌碌,来回穿梭,在并不宽敞的公园为自己寻一处栖身之地,为自家狗狗找一地盘。树干上、雕像上被五颜六色的绳子绑满。有为自己搭上一豪华帐篷,还为自家狗狗搭上宽敞帐篷的;有为一地盘,要求狗狗的位置让出来给人栖身而吵得不可开交的;也有主动让人到他们帐篷一起过夜的;大部分人如我们一样,既没有地盘,也没有帐篷。

好不容易寻得一处狭小的位置,一家人就席地而坐蜷缩在一起了。

公园一下被塞得水泄不通,更是人声鼎沸:猜测震级的大小、震中,为地震还会不会来、几时来而担忧。

我沉默着没说话,老公和儿子在打闹,这很好。我不想让地震的阴影留在儿子幼小的心灵中,毕竟儿子才五岁多一点。

"妈妈,我也好想有那样的帐篷,这样,我就可以数着星星睡觉了。"

儿子看到各式各样的帐篷,羡慕地说。

我到哪里去给儿子找一顶帐篷呢?我悄然别过头,赫然发现一个陌生的男人不知道什么时候躺在我旁边,一个人,没说话,只是望着天,想着自己的心事。

"妈妈,家里有好多好吃的东西,我都有点饿了。"

其他人没说什么，可我知道他们都饿了，我想我应该去给大家找点吃的。

我站起身，儿子却拉着我的衣角不放，不让走，好像我一走就回不来了。我对儿子笑笑，保证二十分钟后一定回来，并叮嘱儿子把我的位置守好，儿子才慢慢松开他的小手，眼里满是期待。

店铺都是关着的。走了好长的路才看到远处有许多人在排队，意识到这很可能是卖东西的，立刻狂奔过去，害怕到我就没了。

果然是夫妻二人正在卖凉面，他们脸上都带着笑，似乎都不知道有地震这回事，淡然得让我心惊。

轮到我时，只剩下最后六碗凉面了。我本想全部买走，虽然价钱是平时的几倍，可看到后面大爷失望的眼神，犹豫了下，我买了三碗。

5月13号的凌晨2点30分，老公忽然说应回家去，应该不会有更大的危险，要相信收音机里发布的消息，又说老人和孩子受不了夜里的寒气和地上的湿气，还有成群的蚊子。

我说服不了他，就一同回了。

我和老公轮流值守，有什么动静要立刻提醒，一夜无事。

三

终于可看电视，可断续打通电话了，才知道昨天发生的是8.0级破坏性大地震，震中在汶川（后来得知震中在映秀）。就在离成都几十公里外的都江堰，损失严重。

给老家打电话，老家人都安全，比成都要安全，我和老公决定把孩子和老人送回老家去。

车站人山人海,排队花了三个小时,工作人员看到我抱着孩子,又带着老人,让我走绿色通道,才终于让他们登上了回老家的大巴车。

老公是做新闻宣传工作的,地震第二天就到了都江堰。

"家属楼倒塌了。"老公沉重地说。

四

5月14日的23时30分,我正坐在电脑前和朋友说地震的事情,忽然狂风大作,暴雨突袭,小区广播响起,说可能要发生更大的地震,让大家尽量到开阔的地方去。我本能地立刻冲了出去。

慌张中我忘记带伞,外面黑压压全是人,相对安全又可以躲雨的地方,一只脚也再难以安插进去。

我只好茫然地在街上行走,任狂风恣意吹着我的脸,任暴雨冲刷着我的身体。

危险、担心和害怕占满我的心,我竟然一下哭了起来。我给在单位值班的老公打电话,说我不想一个人待在雨中,我要和他在一起。

"小彭,你不要害怕,我马上来接你。"

四十分钟过去了,老公才接到浑身上下都是水,不断颤抖着的我。老公脱下外套给我穿上,并叮嘱我不断揉搓自己的手臂,小心感冒。

太多的车都在朝城外走,交通完全瘫痪中断,直到5月15日的凌晨2点30分,我们才到了南三环的开阔地带。我穿着湿透的衣服，在车上过了一夜。

一夜无眠！

五

大地震发生后，老公所在公司员工在从阿坝返回成都的途中失踪了。尽管途经的汶川和北川是重灾区，公司也得全力找到他们。

"那是重灾区，危险得很，你要倍加小心。"

"嗯，你一个人在家也要注意点，实在不行，就回老家去，和儿子在一起。"

"好，记得尽量常打电话。"

"一定。"

电视是越来越不敢看了，太多的人失去了亲人，朋友，爱人。

有一天，得知一好友在5月12日当天就去了天堂，我禁不住滚下了热泪。

5月10日，我才和她一起吃过饭。她当时还和我谈起想辞掉工作，专心养胎，并不断请教在座各位当妈妈的方法和经验。

两天后，活生生的生命就结束了，连同还没有出世的孩子……

非常想去当志愿者，为灾区做点事情，可进入重灾区的管理相当严格，进不去。人们开始用不同的方式表达对地震灾区的祈福和支援。

天府广场云集了各路爱心人士，用燃着的红蜡烛围成一个特大的流动爱心图案，来表达对灾区人们的祈福。

到处设立的献血点，排着长龙。

人们自愿承担照顾从灾区陆陆续续转移来的伤者，自愿把饭菜做好送到医院，组成了一首首爱心接力交响曲。

商场、超市、各单位、居委会到处都设有捐赠箱。

我看到老人带着孙子，爸爸妈妈带着宝宝，走向透明的捐赠箱。穿着破烂的老年妇女，慢慢踱步到捐赠箱附近，把手伸进衣服的最里层，哆哆嗦嗦摸出几张皱巴巴的十元钞票，也没有数，看看四周没人注意，快速地投进箱子，转身迅速地离去。

居住在成都的人们，在这一刻毋庸置疑凝聚在了一起。

以休闲、娱乐著称的成都，有"少不入川"的俗语。以前我总觉得成都是一个缺少阳刚之气的城市，而今天，我以一种崭新的目光来打量它，并为这个城市，升起一股自豪感。

六

孤独开始侵袭。

新买的房子，没人陪，没人说话，电话又常打不通，电视时断时续，每天独自在担惊受怕中过日子。

朋友们让我住到她们家去，有个照应。远在深圳的姐姐也让我快飞过去。可老公在很危险的地方工作着，我不想他哪天忽然回来看不到我的身影。

5月16日，电视上公告，说今晚可能有大的余震发生，让大家尽量到安全的地方去。

再一次，我又到公园过夜。上次是一家人，今晚是我一个人。

蜷缩在公园一角落，天为被，地为床，忽想起5月12日那晚，那个孤独的男人，我今天倒和他一样了。

七

原来以为，地震过去了，一切都会回到从前，回到原来的样子。后来知道，很多的东西回不去了，比如思想；有的人离去了，再也回不来。

花开花落，又是一年的"5·12"，该忘记的就忘记吧，该记得的永远会记得。人们都希望过得更好一些，过得更自我一点，其实在这场劫难中能健康地活下来，已经是上天最大的恩惠，有什么想不通、解不开的结呢？

只愿生者更好，逝者安息。

梨花飘雪

与朋友聚会听到这个故事时,我当场落泪。在这个故事中,我又看到了爱情在春天里正滋滋地生长着。

一

"海子,快来看呀,梨花要开了。"

一个小男孩的脑袋,从木门里探了出来,随即,身子也从木门里闪出。

"真真,哪里,我看看呢。"

"看,这里。"扎着羊角辫,穿着棉布花衣服,那个叫真真的小女孩指着一朵含苞的梨花说。

"真的呀,春天来了。"

两个小身影,在梨树下,忽隐忽现。

那是1980年的春天。那年,海子九岁,真真八岁。

二

是呀,春天来了。

静立落地玻璃窗前的海子，看着园子里的梨花，正竞相开放。

隔着几十年的光阴，真真的声音，依然清晰地响在海子耳边。恍惚间，真真穿着纯白的婚纱，飘着长发，从梨花树下正款款朝自己走来。

秀发随风，顾盼间，满眼的万紫千红。

风起，梨花纷扬，一片片花瓣，柔软得像雪花撕开了大地的绸缎，像微风拂过岁月，飘落在新娘新郎的身上，发上。有那么调皮的一两瓣，翻着身，打着转，钻进了人们的衣兜里。

当手和手牵在一起，当"我愿意"的誓言飘荡在风中，岁月停在了一朵花和一朵花之间，停在了一片叶子和一片叶子之间，停在了我的眉眼和你的眉眼之间。

三

海子和真真的家，一个在坎上，一个在坎下。

上学路，弯弯曲曲，还得经过一条小河。下雨天，小河涨水，海子就背着真真蹚过去。水田埂上，全是稀泥，真真紧紧抓着海子的手。

海子会变戏法，总有好东西给真真——几颗花生、胡豆，或者一颗水果糖。这些都是海子想法存起来，甚至哭来的。

小伙伴想欺负真真，海子就跳起来骂人，还和小伙伴打架。小伙伴表达着不满："你那么护着她，长大了，让她当你媳妇吧。"

"我就是要真真做我媳妇，你动她试试？"海子捏紧小拳头。

真真因为衣服上多个补丁而被班上一男生取笑，这男生还给真真取了个"真花子"的外号。

没多久，取笑真真的男生，鼻青脸肿。

海子被学校记过一次。

"为何要这么做，错没有错?"爸爸扬着黄荆条子。

海子一言不发。黄荆条子落在了海子的身上。

初中毕业后，海子在县城一所职业中学读书。真真考上了县城最好的中学。

县城离家十几里山路，只能步行。

周末，他们依然相邀一起回家。真真情绪低落，海子就有讲不完的笑话；真真饿，海子的口袋里总有零食。海子口哨吹得好，海子的口哨声响起，真真就小声迎合着。天黑下来，海子紧紧地攥着真真的手跑过坟山处。

海子十八岁那年，身高已到一米八五。十七岁的真真也是亭亭玉立。真真还被班上的男生暗地里选为了班花。

情书一封封递到真真手中。有知难而不退者，让真真很是烦恼。

有一天，这知难不退者，被人打了，查出是海子所为。

海子被学校记过一次。

海子职高毕业时，学校推荐海子到深圳一家待遇不错的电子厂工作。与海子一起被推荐的，还有海子班上的班花，那班花已经暗恋海子很久。

海子拒绝了老师的好意，回乡背太阳包过山。

"这两年，乡下人都争着去沿海大城市打工，可你倒好，朝农村走，在土地上能刨出金子来?"海子的爸妈很是不解。

海子只是笑笑。

第二年，真真考上了省城一所重点大学。学费和生活费问题，一下摆在了真真父母面前。

真真的兄弟姐妹多，读高中已经是东挪西借，读大学令人喜忧参半。

也就在那年，海子到了真真读大学的城市，在一家房产公司做销售员。

从海子打工开始，海子就给真真钱花。

真真不接受，海子就说："等你以后赚了钱，再还我，现在就当是借给你的。"

盛夏的一天，海子到学校找到真真，塞给真真一大包吃的，还有一条裙子。

那条裙子，是海子和真真两个月前，经过百货公司橱窗时看到的。当时真真看到那条裙子，眼睛就转不开了。但真真一看裙子的价格，拉着海子就跑开了。

真真穿着那条漂亮的连衣裙，飘过大学校园时，惊艳了时光。

室友们说："真真交了好运，海子高大帅气又阳光，还这么死心塌地。"

海子职高的同学从深圳来信，说深圳的工资比家里高出许多，有家电子厂，正需要海子这样的人，让海子快过去。

海子婉言拒绝了。

真真大学四年级时，海子带客户看房，却意外受伤，被送到了医院。

当真真提出要来医院照顾海子时，海子的脸色就变了，还第一次冲真真发了火："这么些年，我只把你当亲妹妹，你好生读书，大学毕业后找个好工作，再找个配得上你的男人嫁掉，我就解放了，我这个年纪，也该为我的将来打算一下了。"

医生的话在耳边嗡嗡响:"你这腿,弄不好,有后遗症。"

当真真再次出现在医院时,护士小姐告诉真真,一个星期前,在海子的苦苦哀求下,海子出院了。

海子的住处,已人去楼空。谁也不知道,海子去了哪里。

四

真真大学毕业后,在北方的一个城市工作。

真真年年回老家,却从没有见过海子,也没有海子的任何消息。真真把自己的联系方式给了海子的爸妈,说有了海子的消息就告诉她。

真真二十五岁那年,海子的爸妈告诉真真,海子找了个深圳姑娘,已在深圳安了家。

老屋在,土墙在,梨园在,可在梨花下的那个男孩,真真弄丢了。

真真二十七岁的那年冬天,和北方一个男子结了婚。

真真二十九岁那年,得了乳腺癌,切除了一个乳房。手术后不久,真真的男人提出了离婚。离婚后的真真,独自一个人回到了老家。

真真得了癌症又离婚的消息,在小小的山村传开了。

真真独自默默地走在梨树下。

被泪水浸染的花瓣,唱起了忧伤的歌,歌声袅袅,被风带到了远方。

远方的人儿呀,你可听到?

真真辞掉了原来的工作,南下深圳。

手机铃声响起的时候,真真正在和客户谈话。当海子的声音在电话的那端传来，真真一下从座位上站了起来，跟跄着冲出门时，险些摔倒。

通话中才知，海子就在真真原来工作的那座北方城市里，从真真到那座城市后，海子一直都在那座城市里，从没有离开过。

眼泪，串珠似的划过真真的脸庞。

"你就在那等着，我马上飞过来。"海子的声音，在电话的那端，有些颤抖。

挂断电话后，真真握着电话，蹲在墙角，嘤嘤地哭了。

五

真真得病又离婚的消息传来，海子第一时间去医院检查了自己的腿。当医生明确告诉海子，腿已经没有任何问题时，海子拨通了真真的电话。

太阳爬上楼宇的时候，高大英俊，已经是一家房产公司销售副总的海子，出现在真真面前。

靠近你，我的每一条枝蔓都血脉偾张。

当海子一伸手，把真真一把拥在怀里的时候，两个人的脸上都流下了热泪。

"我们结婚吧。"

"结婚？你不是有家的吗？"

"没有，这些年，一直单身，说有家，是想让你死心，安心嫁人。"

海子这才把医生当时的话和当时的决定和盘托出。

"你悄悄地一个人跑掉，这么多年，都没有任何的消息，我以为，你再也不要我了，我再也见不到你了。"真真捶着海子的胸口，呜呜地哭。

"小傻瓜，我怎么会不要你呢，我一直都在想你。"

"可我已经不是一个完整的女人了，不能耽误了你的幸福。"

"我什么都知道的，我的幸福就是有你在，我只要你在我身边，一直都是。"海子对真真耳语。

2002年，他们一起回到老家。

海子的决定遭到了海子爸妈的坚决反对。

"我谁也不娶，只要真真，一直都是。"

最后，父母妥协了。

曾经的风雨，在花香中留下了痕迹。所有的凋零，在春风里都长出了美好。

六

"爸爸，你又在想妈妈了？"

一个十岁左右的女孩跑过来，搂着爸爸的脖子问。

"还是我的小乖乖懂我，过几天，我们一起回老家，看妈妈去，好不好？"

"好。"

七

2017年，真真的癌细胞扩散。医生说，回家吧，不用再浪费钱了。

海子辞职，陪着真真回到了老家。他们一起手拉手，看梨花开了，又谢了。

"我走后，就把我安放在梨园里吧。"真真在海子的怀里，气若游丝。

"你不会离开我的。"

"我走后，再找个女人，否则，我不安心，答应我。"

"不，我只要你，一直都是。"

"这辈子，有你陪，这么多年，我已很幸福，很满足，我离开，是因为，上天，上天嫉妒，我了。"真真缓缓伸出手，轻轻抚着海子的脸。

春风把梨树的叶子吹得沙沙响。

"答应我，照顾好，女儿，再找个，好，女人。"

看着海子终于点了头，真真的手，垂落了下来。

风刮起来，瞬间，一团团雪花铺天盖地，天地间，白皑皑。

海子，两鬓斑白，两眼泪花，看着真真的棺材一点一点落土。

一只鸟儿，站在梨树枝上，无声无息。

桃花依旧笑春风

> 张爱玲的《爱》,还有其他的解读方式。
>
> ——题记

一

友人打来电话,龙泉的桃花红了。

疫情期间,我只能待在家中,在朋友圈里刷着一张张桃花的照片。想象着南方的三月,各种花,噼里啪啦地在山坡上、田野间,像鞭炮一样地炸响;想象着红了脸的桃花,是怎样把龙泉的一座座山染红的。

桃花一簇开无主,可爱深红爱浅红?

一提到桃花,桃花诗、桃花酒、桃花茶、桃花运,像桃花一样的女子,随风就冒了出来。

唐代诗人崔护,在当时长安南郊就遇到了一个桃花般美丽的女子。那天,崔护有没有饮桃花酒、喝桃花茶,我不知道,但遭遇了桃花运却是有爱情诗为证的:"去年今日此门中,人面桃花相映红。人面不知何处去,桃花依旧笑春风。"

我五六岁的时候,爸爸就在我家院子的桃树下,教我背这首诗。

"桃花为什么要笑话春风呢？"

"是桃花对着春风笑的意思。"

"我的脸在桃花下怎么不是红的呢？"

"等你长大了，就和桃花的颜色一样了。"

我似懂非懂，边看桃花，边想着桃子，边盼望着长大。

在我还来不及长成桃花颜色的时候，却撞见了一个叫桃花姑娘的爱情。

桃花是我同学的姐姐，初中毕业后，就在家乡种地。

十七八岁的桃花姐，高挑，大眼睛，白脸蛋，笑起来有一对深深的酒窝，是十里八村出了名的俏姑娘。

说媒的人踏破了桃花姐家的门槛，其中不乏队长、村主任、校长的儿子，还有吃商品粮的城里男，但桃花姐就是不点头。

桃花姐家门前有一片桃林。

那是一个春天的下午，我去桃花姐家找同学玩。为了给同学一个惊喜，我叫了几声同学的名字，就快速跑进了桃林中，等着同学来找我。

我的身影在桃林中，时隐时现。一不小心，我的头撞上了一棵桃树。

桃树晃动，我"哎哟"着抬起头来，却见纷纷扬扬的桃花瓣雨中，立着两颊绯红的桃花姐。

我立刻理解了面若桃花，"人面桃花相映红"的含义。

我正要和桃花姐打招呼，猛见不远处，还有一个红了脸的英俊小伙子。

惊慌的顾盼间，满眼的万紫千红。

瞬间，我转身飞快地跑出了桃树林。

"那小伙是我姐姐的初中同学，家里兄弟姐妹太多，穷得恼火。妈老汉说只有嫁到城里去，才有好日子过，家里已经给姐物色好吃商品粮的对象了。"

二十世纪八十年代，乡下姑娘以嫁给吃商品粮的男人为本事。

"私奔"在当时的农村，是轰动性的词，都只能出现在影视剧或者小说中。

但桃花姐和小伙子就私奔了，可惜没有跑出多远，就被抓了回来。

私奔没成的桃花姐被关了起来。

桃花帘外开依旧，帘中人比桃花瘦。花解怜人花也愁，隔帘消息风吹透。

站在窗户边的桃花姐，开始和桃花、桃树、桃树下的鸡、桃树上的鸟儿说话。

桃树上的鸟儿飞走，又飞了回来，似在充当着信使。

"桃花的精神好像出了问题。"乡人到处传说。

一个桃子快成熟的夜晚，小伙子来到窗户边，说分手的话，刺痛了桃花姐的心。

没多久，小伙子娶了外地另外一个姑娘。后来，桃花姐嫁给了"商品粮"。

又是一年桃花开，桃花姐独自带着孩子回娘家，在村头遇到了小伙子和小伙子的老婆。

"回娘家？"

"嗯，你们到哪去？"

"县城，买点东西。"

相视一笑，就各自走上了各自的路。

我读高中的时候，偶然读到张爱玲的《爱》，短短几百字中，我并没有读到任何的爱情，只是自然想起了桃花姐。

"商品粮"对桃花并不好。动不动就拿桃林中的小伙子说事，还说孩子也可能是桃林中小伙子的，喝醉了酒就打桃花姐。

桃花姐慢慢没有了桃花的颜色。

后来听说，桃花姐在三十五岁左右那年离了婚，带着儿子下了海。

二

前年春天，我在农家乐巧遇了桃花姐。虽然过了好些年，我还是一眼就认出了桃花姐。

我们要了两杯茶，在一棵开着桃花的桃树下坐了下来。

聊天中才知，如今的桃花姐，定居广东，已是一家连锁火锅店的老板。

我拐弯抹角问起桃林中的小伙子。

"死了的嘛，都快十年了，肝癌。"

人面不知何处去，桃花依旧笑春风。

桃花姐端起茶杯。茶的热气，弥漫开来。隔着这些热气，桃花姐的脸，有些模糊起来。

"听说他走的时候，迷糊中嘴里一直念叨着桃花，他女儿就折了一枝桃花给他，他拿着那枝桃花，闭上了眼睛。当然，这些都是听他女儿告诉我的，他在老家死的时候，我在广东，并不知道这些。"

"如果你知道他生病了，还很严重，会回去看他吗？"

"应该不会，毕竟都过去那么多年了，再说他也有老婆女儿，我去，不妥。"

桃花姐的语气，平静。

我一下似乎读懂了张爱玲的《爱》。

"他女儿告诉你的？他女儿现在在哪？"

"帮着我一起打理火锅店。他死后，老婆改嫁，女儿就一直跟着爷爷奶奶生活。女儿没读多少书，日子过得也艰难。我回老家，了解到这些情况后，就把她带在了我身边。现在女儿有对象，年底准备办喜事了。"

桃花姐笑了。

"你那时想没有想过你和小伙子最后不能在一起呢？"

"当然想过。那时年轻嘛，总认为爱情就是一切，得为自己争一下。"

十八岁那年的桃花姐，想把薄如轻纱的爱情和命运都握在自己手中，想为自己绽放一次青春。

所以想"争一下"的桃花姐像桃花一样，用力开，用力爱，忘我地爱。

"可现在想想，其实都是命，人最终逃不脱命运的安排。从我出嫁的那天开始，我就知道，我和他的缘分，到头了。"

桃花姐低头喝茶。她的脸瞬间被茶杯挡住了一大部分。

桃花姐从钱包里拿出一张彩色照片递给我。那是一张旧照片，是桃花姐和小伙子的合影。照片上的桃花姐，笑得灿烂，小伙子对着桃花姐，笑得开心。

"还会想起他吗？"

"桃花开的时候，会。"

桃花姐摩挲着照片。手，停在了小伙子的脸上。她似乎看到了桃林，听到了桃林中的笑声。

"那时的我们多么年轻呀！"

一只黑蝴蝶飞了过来。当这只蝴蝶落在照片上的桃花姐脸上时，桃花姐又笑了。

蝴蝶的图案很特别，很神秘，有弧线也有圆点。

我忽然觉得，那只蝴蝶翅膀上的圆点，像极了人的眼睛。

听说有些人死去后会把魂魄附着在蝴蝶上面，飞到想见的人身边。

想到这儿，我一下愣了，桃花姐也愣了。桃花姐，也一定想起了这个说法。

半分钟左右，蝴蝶飞起，在我们身边盘旋一阵，飞走了。

桃花姐的眼睛，湿润了。

轰轰烈烈，是爱；不动声色，照样是爱。

大雪纷飞

一

一觉醒来，似乎看到母亲就站在我面前，我以为是幻觉，却分明感觉到有人拉了拉我的手。

2018年的10月20日，我趁着休假，回了一趟老家。

早上四点半

拉动抽屉的响声划破了夜晚的宁静。睡在客厅沙发上的我睁开一条眼缝，瞥见母亲侧着身子，正在床头柜的抽屉里翻找着。

抽屉里，摆满了母亲平时需要服用的各种药片、药丸。我瞄了下墙上的挂钟，四点半整。

母亲房间的灯，从父亲离世后，通常一整晚都是亮着的。她房间的门，也从来没有关过。母亲说："我怕黑，怕我忽然死了，你们都不晓得。"

吃完药，母亲披衣靠在床头，燃上一支烟，随即把眼睛转向屋子外黑沉沉的夜。

这个时间点，从亮着灯的屋子朝外望，母亲能望见什么呢？她也许望见了过去八十多年时光里的滔滔江水。黑夜中的她就像是孤零零地坐在一个黑暗的大舞台上,被追光灯圈定下来。

早上十点

早上十点左右,母亲第二次醒来。她先点上一支烟,这才一手拄着拐杖,一手拎着水壶和香烟盒,摇摇晃晃地朝客厅沙发走来。她蹒跚的步子,如一个刚学会走路的孩子一样,稍不小心,腿一软,身子一歪,就要倒在地上。

挨着我倒在沙发上的母亲,边看电视,边拉着我的手聊家常。

这样的季节,母亲穿得算很多了,但手依然透着凉。这样的凉传递给我,有种生命枯败的感觉。

劳累了一辈子的母亲,身上除了有泥土的味道,烟火的味道,鼻脸里还藏着烟草的味道,现在又多了一种药片的味道。

电视里正播放着一段美丽雪景的画面,可母亲直呼转台。隔着四十多年的光阴,我知道那些飘落的雪花如母亲人生旅途中的一场场飘雪,有着彻骨的冷。

母亲对寒冷的认识,是从童年就开始的。

1936年,母亲出生在一个贫寒的家庭。八岁时,家境更为惨淡。

"那有啥子房子住嘛,就是在你三外公家借了个屋檐,用高粱秆子架成的一个小角落就是房子了。晚上,四处都灌风,一床破棉被分成四块,一个人搭一块,冷得直筛糠(发抖)。"

母亲伸出右手掌把左手掌盖住,只露出尾指的一小部分,表示她曾经就居住在那个小尾指里。

"我全年都是光脚,大冬天也没有棉衣穿,手上、脚上爆开(皲裂)的口子,手指都能放进去。幸好共产党来了,感谢共产党,要是再晚半年,我只好带着全家要饭去了,会不会饿死、冻死,就不晓得了。"

母亲用拇指比画着当时口子的大小。

透过母亲的眼睛,我仿佛看到风刀正刮过母亲的身体。那些风先是冻僵了母亲的一双手,一双脚,继而是一条腿,整个身体,最后像一把把锥子刺入母亲的骨头,留下一个个口子。那些带着寒气的风就从这些口子,穿透到母亲的每一寸肌肤中。

以后的日子,对母亲而言,只要能吃饱穿暖,其他的困难都不算困难,没有任何困难能打倒一个懂得饥饿和寒冷的人。

我的记忆中,母亲总是夏天就开始准备过冬的木棒和树枝,晒干后,把它们整齐地码放在土屋的屋檐下。当雪花飘落的时候,那些已经燃尽的木棒和树枝,被母亲铲进一个个竹编的火笼里,上面再盖上一些柴灰,火笼外围上一些旧衣物,孩子们一天的温暖便有了着落。

只是火笼虽有热度,可惜面积太小,通常是烤热了手,脚已冰凉,烘热了脚,手已冻得通红。

孩子们看雪玩雪时,母亲就忙着我们一家人的伙食,忙着缝补,忙着老少过年时要穿的新衣新鞋。

病退后的父亲有着严重的支气管炎和肺气肿。天一冷,父亲就窝在屋子里,抱着火笼,咳嗽不已,厉害时似乎整个心肺都要咳出来一样,甚至咳出许多的血来。

父亲熬过了许多个冬天,他生命的冬天,在他五十九岁那年的飘雪天,被彻底地冻住了。我的外婆还有两个舅舅,都分别死在了冬天,在他们那一辈中和更老的一辈中,现在只有我的母亲还活着。

可是我的母亲,却老了,从皮肤到心脏,都向着老去,老得要我们开始为她的后事做准备了。

老是一个形容词,指老的状态。老也是一个动词,指老的过程。我清楚看到了母亲老的过程也看到她老的状态。可母亲是什么时候开始老的呢?我们一直以为母亲所有的病症是老年人常有的毛病,我们叫它老年综合征。

现在的母亲有严重的风湿病,腰椎间盘凸出和骨折,高血压、高血脂,胃炎,间歇性精神病和严重的忧郁症,还伴有耳聋、便秘。拿母亲的话来说就是身上没有一处是舒服的,没有一天、一个小时是好过的。

老了的母亲,需要有人陪伴,更需要有人照顾,可她的儿女们却为了生活,为了养家糊口,或者为了拼一个未来,整天都在忙,我甚至还走到她梦里也难以找到的地方。

二

得益于现代科学,人对自己生的日子可以掌控,而对于自己走的日子却无法预知。

老了的母亲,最近几年和单身的姐姐住在一起。可是母亲对此一直有意见,她总觉得自己是有儿子的人,应该住在儿子的家里。

"俗话说,宁愿跟着叫花子儿,也不跟着富贵的女。"这句话一下把子女的话都堵塞在喉咙里了。

"对面的山坡上有好多虫草,让你姐姐去挖,她都不去,笨得很。还有许书记说要给我送五百万来感谢我救了他几次的命,这么久我都没有收到,我要问问他是咋回事情。"

五百万,是母亲闹了很久的一件事情,也天天让我们几兄妹去楼下等许书记送来的五百万,似乎那是板上钉钉子的事情。

我老在想,一个老人,要那么多的钱干什么用。我问了很多次,她才悄悄告诉我:"我想买个大房子,把你们兄妹都接在一起住,现在房价高,在县城买个大房子也贵,剩下的就分给你们,你们也都不富裕的嘛,现在住在你姐姐家,不是个事。"

当家做主惯了的母亲,今天依然想孩子们都围绕在她的身边,她还是一家的王。脑萎缩厉害的母亲,有严重忧郁症和间歇性精神病,这让她有时候失去了对事物的分辨能力和认知度。激动的时候,她会走到电视机前,和电视上的人大声说话,还会把电视拍得啪啪响,以为那样,电视里的人就能听到她说的话。

边看电视,母亲边不断地给我讲五百万的故事。不识字的母亲会把电视剧里的人按照自己的思路,自己一生熟悉的人,一个个重新再编一次故事。有开始,有结尾,有情节,还有丰富的语言,并认定电视剧就是按照她编的那个故事来发展的。

母亲一出接一出地说着故事,我一句没一句地听。其实,母亲也不一定要我听懂,她只是想要不停地说话,想有个听众。

中午十二点半

"你姐姐呢?一大早跑到哪里去了,还不弄早饭吃呀。"

"早上八点半就吃过,现在已经是中午了,姐姐出去买菜,马上就回来。"我知道,母亲又忘记已经吃过早饭了。

"四妹,你不晓得,人老了,要听话,否则,人家嫌弃你,还要挨批评。唉,不说,不说。"母亲似乎有满肚子的委屈,如我们小时候母亲批评我们,我们感到委屈一样。

我单身的姐姐,自从母亲行动不便,又得了间歇性精神病后,就毅然辞掉了工作,从深圳回家专门照顾母亲。姐姐说自己常年在外,以前没有怎么照顾到母亲,以后就好好孝敬一下。

二哥上班的单位离姐姐家不远,二哥通常每天中午下班后会过来看看母亲。如果中午没有来,晚饭前后也总会抽时间过来看一下母亲。

"二娃,你过来了。"二哥一踏进门,母亲脸上就绽开了笑容。

二哥坐在母亲身边,顺手燃上一支烟,递给母亲。我起身去厨房,和姐姐一起准备午饭。

母亲又开始给二哥讲自编的故事,可二哥不是母亲,怎么听得懂母亲讲的故事呢?但二哥会耐着性子给母亲讲电视中真实的故事情节和人物是怎样怎样的。

"哦,原来是这样子的。"母亲似乎一下懂了。但是转眼,又忘记了,还是讲自编的故事。二哥就又解释,解释得急切,讲得面红耳赤。母亲也讲她的故事,想证明自己的故事才是真的,声音渐渐都高了起来。

最后二哥不说话了,母亲的声音也越来越低。母亲一下有了惶恐,神情闪烁地看二哥的脸。也许意识到自己又说错了话,有半句话就在嘴里凝滞了,只是把头低下去,低下去。

我忽然觉得有一种"隔"开始出现在母亲和子女之间。也许在母亲看来,子女们都错了,她再也没有知音,只能孤独地在自己一个人的世界里自言自语;或者觉得电视里的人才是真正的听众,能赞成她的观点,还会对她笑,对她说好,对她点头,拍手掌。而子女对老去母亲的那种生病状态也有些无所适从。

吃午饭的时候,端着碗的母亲,手抖得很厉害,抖掉了筷子上的菜。她望着我们,像一个做错事情的孩子一样自言自语:"人老了,一点都不中用了。"并试图弯腰去捡掉在地上的菜。

我立刻用餐巾纸把地上的菜捡起来，放在垃圾桶里。

母亲喜欢自己夹菜，说我们夹的菜不合她的胃口。

母亲没有了牙齿，安上假牙又喊不舒服。她吃得很慢，咀嚼很困难。稀饭或一些菜汁顺着口角流出来，落在衣襟上，领口上，餐桌上。

我熟悉的母亲，样样能干，不仅女人的活精通，男人的活也照样不差。不识字的母亲二十多岁就当上了妇女乡长，后因儿女确实无人照顾，父亲又常年在外，才不得已回到队里。五十多岁到城里，做小生意，也是风风火火，帮着一家人度过无数个冬天。干胡豆在嘴里的嘎嘣声还响在耳旁，转眼，我的母亲，一颗牙齿都没有了。

午饭后，母亲又开始吃一些药片。没多久，就在沙发上打起了盹。我扶母亲到床上躺下，盖上被子，母亲就又进入到一种似睡非睡，似醒非醒的迷糊中。

忙碌过的姐姐，坐在沙发上，开始给我唠嗑：

"你不晓得妈妈有好固执，我常对她说你想吃什么，要什么，我给你买，你想做什么，我帮你做，可是她不听。前段时间，我出门之前还问她中午太阳大，暖和，要不要洗个澡。她说不洗。等我一抬腿离开，马上就独自洗去了。结果呢，倒在卫生间，爬都爬不起来。我刚到门口，就听到她在大声地呻唤（呻吟）。你知道我腰不好，把我腰椎间盘突出的毛病都弄翻了，还是扶不动她，后来还是打电话给二哥，才把她扶起来。她腿也摔了，腰也闪了，好久都动不得，你说是不是整些事情出来嘛。天天说家里有个男的，哪里有啥子男的嘛，你想我是单身，传出去，多不好。要不就是多大声地吼电视，讲那些莫名其妙的故事。还有我闻不得烟味，呛得我直咳嗽，流眼泪，简直没有办法。"

我理解姐姐一个人长期面对母亲时的艰难。

我只能安慰着姐姐，说有间歇性精神病和严重忧郁症的母亲，偶尔会产生幻觉，她说过的话，做过的事，根本记不住。到她这个年岁上，只能由着她想的来，如一个任性的孩子一样。

久病床前无孝子。虽然我们都努力不变成这样，却在长期的相处中，有了各种的不和谐。我们所能做的，就是尽量顺着母亲，维持她的生命，能是一天就是一天。

我回老家时，只要不是特别重要的事情，就尽量待在母亲身边。我让姐姐出去轻松一下，我翻着杂志，静待母亲醒来。

屋子一下安静下来，翻杂志时，关于老，关于孝顺，关于生与死的话题我忽然有了新的思考，有了想写点什么的想法。

下午两点半

下午两点半，母亲第三次醒来后。她慢慢地挪到阳台上，点燃一支烟，双手搭在阳台上，半蹲半站地望着远方。她弯成弓的背影，在这个吹着冷风的下午，那样矮小，那样孤单。

所谓的远方就是楼房与楼房之间的狭小空间带。这样的空间带也正在被一栋栋更高的高楼逐渐地缩小，再缩小。以后眼睛所能看到的，也许就是阳台上下的几十米，几米的范围了。

自从母亲腿不方便，又出了大雨中走丢的事件后，哥姐就把母亲身上的钱都藏了起来，目的只有一个——不让母亲再出门，怕她再走丢。

从此以后，这个只有五十平方米的小屋，就是母亲常年生活的整个空间。除了子女偶尔和她大声说说话外，她再也没有一个伙伴，一个朋友，一个可以说话的人了。

我怕母亲吹风多了感冒，把母亲扶到沙发上坐好，她又点燃了一支烟。

母亲抽烟很厉害,虽然医生再三说得戒烟,对她身体有影响,但是母亲依然故我。每次回家,我让她少抽一点,她总是说把这条抽完了就再也不抽了。我隔几个月回家,她依然对我说,抽了这条咋都不抽了。多次后就会说:"又没有抽你的钱,幸好我还有点钱哦,要是一点都没得,怕是饭都不给我吃了。"

母亲所谓的有点钱,其实就是父亲走后,每个月六百多块的抚恤金。

母亲每月必有的药费在两千左右,全自费,还不算住院和其他的治疗费用。你如果和母亲提钱,她马上说是不是没有钱了嘛,药都吃不起,就是该死了嘛。

医生再三交代得戒烟。姐姐把烟藏起来,母亲为了找烟,把冰箱都扳倒了,自己当然也摔伤了。

可是母亲如果不抽烟,不看电视,不编故事,不渴望那五百万,她大部分一个人在家的日子,又受着病痛的折磨,她该怎样熬过那些漫漫的白天和黑夜,支撑她活下去的意义呢?

母亲又开始给我讲故事,讲我们小时候的事情,她小时候的事情,讲村里的事情,讲庄稼,讲收成,也讲村里的男人和女人们的故事。

作为旧社会和村庄的活载体,这些故事终有一天,将随着母亲的离去而消失。

都说人越老,记性越来越差。但是这些事情,母亲却记得很牢。记得更牢的是她的儿女们的生日,女婿、儿媳、孙子、孙女们的生日,她都记得相当清楚。她还记得我们几兄妹都喜欢吃桃子。

说起桃子我就想起,春天里,桃叶上的露珠,滴答一声落在桃子上，又滴答一声，滑落在泥土里。

"那个时候，穷，过年钱就发你哥每人一斤桃子钱。回来的路上，六一（大哥的小名）说我要留一个桃子回去给妈妈，二娃也说我要留一个桃子回去给妈妈。回来后，只有六一的一个桃子还在，二娃说本来也想留的，可是没有忍住，就吃掉了。你大哥脾气犟，良心还是好。"

我笑着点点头，糊涂的母亲，心如明镜。

"我昨晚看见你爸爸了，他说他最近就来接我一起走，看来我的日子真的不多了。"

空气一下凝固了。

"也许这就是你最后一次看到我了。"

"怎么可能，这话你都说好几年了，这还不是好好的，你还要活很多年呢。"我赶紧说。

"我也不想活了，哎，人老了，没用，这身体，也没用。站也不舒服，坐也不舒服，躺也不舒服，身体天天像有刀子在插着，生不如死的滋味。四妹，对我来说，活着一点意思都没有，还给你们几兄妹增添了很多麻烦。你们几兄妹也照顾我够了，有些嫌弃我了。有的时候，真的想一死了之，但是我又舍不得你们几兄妹的嘛，舍不得我的儿女们。"

母亲的眼睛一下有些湿润了。

她是想表达心中的委屈还是绝望呢。

是意识到自己的生存质量，已经没有多少改善的机会了吗？她是在担心自己未来的生活没有依靠吗？

很多老人，或者因为疾病，或者因为孤独，或者不愿意拖累儿女们，就会想到这条路，甚至走上了这样的路。

但是我们不忍心母亲走这条路，即使母亲强烈要求过，让我们去找医生给她打针，打再也不醒来的针，我们也绝不敢，绝不忍心那样做。

亲情如山呀！更何况，曾经的母亲，对我们来说，就是一座可以依靠的山。

且不说中国是一个讲孝道的国家，也不说安乐死的伦理问题，仅仅为我们以后的心灵不为"不孝"和后悔所吞噬，不为良心所折磨，也不会那样做。只是有时会想，这种只顾自己良心的选择，真的是孝顺，是对母亲好吗？

巴金先生晚年，因为疾病的折磨，也曾要求放弃生不如死的治疗。可他是一个公众人物，没有权利选择自己的死亡方式。琼瑶女士也曾经公开表示如果病到一定的时候，子女一定得放弃治疗。为此她还发表声明书，让全社会来监督她的子女们一定得实现她的愿望。

一个人活着时，常常不能过自己想要的生活，不能自主地决定自己生活的方式，面对困境时，也常常无法抉择自己的生死存亡。

母亲不知道巴金，也不知道琼瑶，但是她一定也常常在活着还是死去的纠结中。

"四妹，我想要一套缎子的寿衣，你帮我买嘛。"

"缎子摸上去细路路的（很细，很软的意思）滑得很，又亮，好看，到那边去也要穿一下缎子。"

我知道母亲小时候穷，没有衣服鞋袜穿，也没有上过学。她特别羡慕那些穿着绸缎的有钱人，身着黑色百褶丝裙的女学生。所以母亲有一定经济基础的时候，立刻买了缎子的单衣、棉衣，黑色的百褶丝裙。

"十二岁时，邻居家买回一块花布，大家都围着摸来摸去，称赞好看,漂亮,我也去凑热闹,想去摸一下,手刚一伸出去,人家就把布拿开了,还说你那么粗糙的手,别把我的布料摸坏了。我背过身子,眼泪就下来了。没有穷过的人,咋知道穷的滋味,穷人,哪有人顾忌你的面子。"

我拨通姐姐的电话,姐姐说待会拿几套缎子的寿衣回来,她随意挑。

"如果我最近死了,你也不要回来了,我也看到你了,让你哥姐把我烧了,挨着你老汉埋了就是。你也不要给我钱了,我用不着,更不要给我买啥子穿的,浪费,我一死,哪个穿嘛。我要死了,你们也不要哭,你们一哭,我心里就会疼,我看不得我的儿女们伤心流眼泪。"

母亲自己却先流下了眼泪。

我知道,母亲生命的冬天已经来临,她的世界,开始大雪纷飞,飘落的雪花开始不融化。

晚上六点半

晚上,几兄妹都到齐了,孙子、孙女、媳妇和女婿们都来了,这是母亲最快乐的时候。她怕饭桌的位置不够,就说喜欢躺床上吃。偶尔我抬起头,会看到母亲望着我们,脸上带着笑,一言不发。

晚饭后不久,有人送来了缎子寿衣。母亲高兴地挑了又挑,却最终只挑得一套满意的。她嫌弃颜色不够鲜亮,针脚不够细密,样式不够好,大小也不合适。在母亲的眼里,那似乎是在挑婚服,而不是寿衣。她想穿得漂漂亮亮的,去另外一个世界见父亲。

晚上十点

我走的时候,母亲睡着了,睡着的母亲,像一片雪花,轻轻沉落到地上。

母亲的今天,就是我们的明天,没有人能逃脱的命运。

冬天的寒风从关好门窗的每一条细缝中挤进来,穿过我的肌肤和骨头,渗透到我的心窝里。

父亲已经离我们而去了,总有一天,母亲也将离我们而去。我想起一句话:父母在,人生还有来处;父母去,人生只剩下归途。我不禁泪湿眼眶。

跳楼以后

一

盛夏的晚上十点,城市的街灯之下。

一个叫玉儿的少女,此时正站在四楼一间屋子的窗户边。屋内,漆黑一片;屋外,霓虹闪烁。

黑暗的屋子里,只有玉儿一人。爷爷奶奶到爸爸的新家商讨玉儿弟弟一岁生日的具体事宜去了。

玉儿理了理散着的长发,拉了拉裙摆,搬来凳子,爬上了窗台。

爸爸妈妈离婚以后,妈妈有了新家,新添了弟弟,爸爸有了新家,也添了弟弟。玉儿就一直和爷爷奶奶住在一起。

玉儿站在了窗台的边上,回头看了看爷爷奶奶的家,黑暗中,她什么也看不见。她又朝妈妈家的方向望去。隔着灯火和无数的街道,她也什么都望不见。最后玉儿的眼睛停留在爸爸家的方向,那里的热闹和笑声,玉儿似乎都看到,听到了。

玉儿忽然伸开双臂,向窗户外的黑暗飞了出去。

玉儿的黑长发飘起来,白色的裙子飘起来,她轻盈的身体在空中飞起,飞向黑暗,飞向她心中的天堂。

二

我在重庆到成都高速公路上接到好朋友琼的电话。玉儿是琼的女儿。琼带着哭腔说:"玉儿跳楼了,从四楼跳下去的,所幸跳下去时,卡在了树杈上,现正在医院抢救,还没脱离生命危险,你有没有熟悉的医生,得想办法抢救玉儿。"

我脑海中快速地搜索,快速地拨打着电话,一番忙碌后,发起了呆。

一个十四岁的少女,到底在她身上发生了什么,才能毅然一跳?那些她爱的美食,漂亮的衣裙,广阔的未来,还有亲人,她通通都不要了吗?

作为琼的好友,我对玉儿并不陌生。

玉儿五岁生日的时候,琼邀请了好些亲朋好友给玉儿过生日。那天的玉儿,穿着漂亮的新衣,那样灿烂,那么可爱。我想象着她长大后的美丽样子。

琼十八岁时生下了玉儿,在玉儿一岁多的时候就离了婚,但离婚不离家。

那时,在琼的眼里,我没有读到多少伤感;在玉儿的眼里,我也没有读到多少忧郁。也许,一个自己都还是孩子的女人,还不知道妈妈的意义;一个五岁的女孩,还不懂什么是忧郁。

而玉儿的忧郁又是什么时候一点一点地种在心田,直到长成了浓密的深林,遮住了阳光的呢?

一粒种子的发芽生长,需要阳光雨露,需要有人持久用心地牵引,才能让它不至于被风吹折,才能让它朝着阳光的一头拔节。

坐在我身边的儿子忙问发生了什么。也是，儿子只比玉儿小一岁左右。我没敢说玉儿跳了楼，只说她生了病，住进了医院。

四十四度的高温，让我在开着空调的飞驰汽车里，胃难受，头疼欲裂。

三

"断链"这个词不知怎的忽然跳了出来，一条长长的链条忽然在中间断了，结果会怎样呢？一个长期被爱滋润着的心忽然断了爱的乳汁又会怎样呢？

琼和老公离婚，复合，又分开，分分合合好几回。当双方都折腾累了，爸爸有了新家，新添了弟弟，妈妈有了新家，也生了弟弟，剩下玉儿，不知所措。

以前爷爷奶奶总埋怨玉儿是个女孩，断了香火，这下有了男孙，自然是欢喜的。

爸爸妈妈、爷爷奶奶的爱，似乎在一段时间内，对玉儿来说，都没了。

没有人去在意玉儿的青春期已经来临，从什么时候开始变得寡言，孤僻，而与青春期一起来临的是那根绷得越来越紧的链条。

我在这里不是要指责谁。写下这些，回忆这些，于跳楼本身已经于事无补，只是想在回忆中思考，希望能有些领悟。

玉儿跳楼后，抱怨，指责，争吵，相互的推诿，像硝烟一样在琼和前夫之间弥漫，甚至爷爷奶奶也加入了战争。当玉儿被送到医院抢救，当玉儿的父亲接到邻居的电话时，硬邦邦的话砸了过去：

"摔死没有？没死，摔成残废看咋办，这个不听话的，死了倒好，先抢救嘛，我马上赶过来。"

爸爸的话矛盾重重。

是邻居发现了卡在树杈上的玉儿，冷静的邻居急忙拨通了120的电话后，又拨通了玉儿爸爸的电话。

一天过去了，玉儿依然在昏迷中。

四

玉儿爸爸接到邻居电话时，玉儿的爷爷奶奶正在儿子家逗小孙子。

爷爷奶奶都是城市郊区的农民。土地被征用后，他们一共分得五套房子。自己留下两套，一套住，一套出租。

不工作，仅靠租金就能简简单单过日子，这在征地农民中很常见。

玉儿爸爸开了家小网吧，赚不了几个钱，妻子生产后在家带孩子，仅靠两套房子的租金过日子，手头自然拮据些。

玉儿的吃穿用度，除了玉儿的妈妈给点，其他的都是爷爷奶奶在承担着，甚至儿子全家的生活，也是爷爷奶奶在帮衬着。

玉儿爷爷已经快七十岁了，还在一家工地打工。

"什么？跳楼？"奶奶的言语中裹着质疑，一下从座位上站了起来。

"这个瓜女子，良心都被狗吃了，一天到晚好吃懒做，我不过说了她几句，她就跳楼，跳嘛，反正我也六十几岁的人了，没有多少心血可供你们耗损了，大的没忙完，小的又离不得，死嘛，大家死了干净，眼不见，心不烦。"

琼给我转述这些的时候，我能想象到她的焦急，无奈还有愤怒。

"不要管她，不争气的东西。"

"你争气，你争气就不会出这样的事情。你关心过她多少？吃饭穿衣都是我在管，还要管你们全家吃饭。都两个孩子的老汉了，一天到晚还没有一个正经事情做，成天和一些不三不四的人在外晃，要是多花点心思在网吧上，在孩子身上，能出这样的事情？你也是个不争气的东西。"玉儿爸爸极不负责任的一句话，轻飘飘就点燃了爷爷的怒火。

是呀，从牙牙学语到长成一个亭亭少女，流逝的光阴里大多都是爷爷奶奶的身影。

两个六十多岁的老人，难道愿意承担起这份责任吗？难道他们不希望像其他老人一样四处旅游，跳广场舞，健身吗？只是他们心里都清楚，要是他们一旦放手，玉儿，还有玉儿爸爸的一家，又该怎么办呢？

眼泪从两位老人的眼里流了出来。所有的担心和委屈，愤懑和怨恨，全都化成了一行行泪。

"我得去医院看看，还得通知她妈一声。"

玉儿的爸爸冲进了夜幕中。

五

如果把少男少女的园地打开一扇门，我们会发现少男少女在青春期做出一些极端行为的例子并不少。

就在玉儿跳楼后的半年后，我忽然接到一位同学从贵州打来的电话。电话中告之，她姐姐的儿子和他的两个同学，在一天之内忽然消失，出走了。

出走的具体时间，出走的交通工具，都无从知晓。晚上，孩子的爷爷奶奶、外公外婆见孩子没有回家，才四处打听。老师告之，下午都没有去上课。家长四处打探无果，才慌了，赶忙给远在外地打工的儿女打电话。儿女也惊慌了，动用自己所有关系和人缘，四处寻找孩子的下落，无果。

直到报警后的第三天，终于等来一个电话："我们在成都，回不来了。"

孩子只说了这一句，就挂断了电话。于是在成都的我接到了同学的电话，托我帮着打听孩子的下落，并给我发来孩子的照片和名字。

从孩子们的照片中，我有些不能相信他们的出走。他们看上去都那么朴实，那么聪慧，那么单纯。

我边打听孩子们的下落，边了解孩子的情况。

孩子们的父母都在外地打工，已经有几年都没有回家了。过年过节的时候，他们会给孩子邮寄新衣，新书包，定时给孩子邮寄钱。孩子们也过着衣食无忧的生活。对于学习成绩，身心健康，父母管得不多，也无暇顾及。生存的压力重于一切，毕竟是为了在城市买房，为以后的生活奠定基础。一切其实都是为了孩子将来着想，想给孩子提供一个相对好点的经济基础。否则，没有新房和钱，以后怕连媳妇都讨不上。

同学在电话中还给我列举了很多现在农村娶媳妇的艰难。

每个人似乎都是为了孩子的将来着想，也都有自己的委屈和苦衷，存在就是合理的。

孩子逃离了，父母们清一色都没有回来，只是托老家的亲戚熟人打听和关注，静待消息。

我知道这些父母的淡定后，有些惊讶，孩子对父母究竟意味着什么，打工赚钱真的有那么重要吗？

"要是万一出事了怎么办？"我对同学父母的态度感到不解。

"出不了什么大事情，三个十四岁的少年在一起，一般出不了大事情，也许是对大城市好奇了，商量好一起去看看稀奇，也许是躲到哪里打游戏去了，钱用光，也就回来了。"

父母侥幸的心理取得了胜利，我的担心宣告失败。

三天以后，孩子们一起回到了老家，原来真的只是去了一个网上认识的朋友家，一起玩游戏。

游戏，有一定的规则，但是对孩子来说，却没有规则。有些网吧因为利益的关系也没有严格遵守十八岁以下者不得入内的规定。有些孩子成天在网吧待着，直到花光身上的每一分钱，被网吧赶出来才会想到回家。

游戏，学校要求父母监管孩子不玩或者少玩，家庭作业需要家长监管签字，心理健康也要求家长时时关注，似乎父母都有三头六臂，每天也不用做其他事情，全都耗在监管孩子的身上。

一切都回归了平静，但孩子们除了对零食、游戏、父母钱的多少有兴趣外，对于人世的一切，似乎都失去了探索和关注的兴趣。

有人建议，可以把孩子送到封闭学校去。这样既不能上网，也不能和社会上的人混在一起，至少，生命的安全是得到保障的，不过多花一些钱而已，而这些钱，对整个孩子的成长是值得的。

的确，这看上去是一个不错的建议，家长和现在读书的学校也都少了担忧，但是这些孩子们真的能像我们所期望的那样，戒掉对网络游戏的深瘾，回到正常的轨道中来吗？他们的成长中，会不会出现更多的断链和空白呢?

　　我同学英子和老公也是在他们儿子半岁时就离开老家到外地打工的。待到儿子高中三年级时才回来，打算陪儿子做好高考前的最后冲刺。

　　儿子自小跟着外公外婆长大，早已有了自己的性格和主张。儿子迷恋游戏，高三依然每晚玩游戏到夜里两点，即使是高考前夕，也照玩不误。尽管英子和老公苦口婆心，可儿子哪还听得进去？

　　儿子很聪明，最终还是考上了重本。当所有的人都认为该松一口气的时候，才在大学待了不到一个月的儿子却要求退学，理由是学校的网速不行，玩游戏不能随心所欲，大学的条件也不怎么好，想退学回老家补习，考一个条件更好些的大学。

　　儿子上大学后，英子和老公又到外地打工去了。儿子的要求，他们除了答应，说理解，还能怎样呢？

　　儿子退学了，进了补习班。

　　"补习啥子哦，是幌子，还不是每天在家打游戏。"外公外婆把电话打给远在深圳打工的英子和老公说。

　　"近些年，我们遇到太多这样的问题少年了，主要还是留守造成的，要从根上解决问题，父母还是要陪伴孩子成长，至少在青春期，父母中至少得有一个陪在身边。"教育专家说。

　　可是，大部分的家长，希望用打工的钱来为孩子们建造美好的未来。沉重的家庭负担和对未来的美好期待，不允许他们放下手中的营生，不允许他们不努力。

　　拿英子的话来说就是："要买房，要生存，要养老人，抚养孩子，还得自己买保险，不出去打工，咋行嘛。"

　　"该咋样就要咋样的，如果真有什么事情，那就是命中注定的。"同学的话响在耳旁。

六

其实少女玉儿原本也是个活泼开朗的女孩。小时候,爷爷奶奶给了她很多的关心和爱,琼虽然离了婚,和玉儿的爸爸分分合合,但一直没有再婚,玉儿也能经常看到自己的妈妈。

琼和老公还为玉儿规划了一个区别于当地农村女孩子的未来:让玉儿去学跳舞和画画,到各地旅游开阔视野,全家人齐心协力省吃俭用,让玉儿读当地最好的小学,初中。

当然玉儿也是有些小聪明,小懒惰,小滑头的,成绩也一直平平。正当大家有些泄气时,初二期中考试,玉儿却给了大家一个惊喜,在同年级近八百名学生中,玉儿一下冲到了年级的前一百。

大家一下松了口气,觉得玉儿终于懂事了,知道努力学习了,这些年的辛苦算是没有白费。

那年的夏天,琼带着玉儿到我家来做客,我还让儿子好好向玉儿学习。看着已经初长成的美丽少女,我打心眼里喜欢,也为琼有这么聪慧漂亮的女儿高兴。

可是才一年过去,我却经常听琼提起玉儿的种种不是:爷爷奶奶的话根本听不进去,问她话,也懒得回答,放学回家就把自己房间的门关上,你要多说她几句,就嫌弃你唠叨,还冲你发脾气。

琼试图打开玉儿的心结。她去看女儿的次数比以前多了很多,也经常给玉儿买吃买穿的。

但琼去看玉儿的时候,玉儿的爷爷奶奶,还有玉儿的爸爸时不时给琼脸色,也有些不好听的话:"随时来看啥子,心疼孩子的话,当初为何非要离开,以为买点吃的用的穿的就行了吗?最好还是离孩子远点,不要把孩子带坏了。"

玉儿开始不接妈妈琼的电话,即使接通,也没有好口气,送去的东西,玉儿拒绝接受,那条玉儿和琼之间的通道,堵塞了。

妈妈,这个多么美的字眼,这个对玉儿来说,最重要的人。在琼和玉儿的爸爸离婚后,在琼有了新的家庭,生下新宝贝后,鸿沟,在彼此心里开始生根发芽。而在玉儿爸爸也组建新的家庭,有了弟弟的时候,玉儿便有了第二次的断链。第一次爸爸妈妈闹矛盾时,玉儿还小,还没有记忆,但这一次,正遇上玉儿青春期的关键时刻。

玉儿也许并不懂什么是断链,也不知道自己究竟缺什么,她只知道自己不快乐,心里有团火。在外人看来,她不缺吃穿,琼离婚时,净身出户,把仅属于自己的一套房子也给了玉儿。

玉儿有什么不满足的呢?

爷爷奶奶带大自己的儿子后,还得带自己的孙女,把孙女带到十三岁时,又得帮忙照顾新出生的孙子,从精力到物质,都得付出,他们难免是有怨言的,也难免会对玉儿有过激的言语。

爷爷奶奶也想不通,他们已经把自己该负责的一代抚养成人,为何第二代的任务却还一股脑儿落在他们的身上?

他们即使忙得像一只陀螺,却依然和儿子儿媳有着磕磕碰碰。添新孙本是件很高兴的事情,但孙子的磕磕碰碰却成了一个个导火线和引爆点,经济的纠纷更是让生活的味道五味杂陈。

玉儿出事的当天晚上,玉儿的爸爸对玉儿的爷爷奶奶说:"一天到晚在干啥子嘛,一个娃儿都管不好。"

一个孩子的成长有多少不确定的因素,只有陪在孩子身边的人才知道。

玉儿的成绩直线下滑时,老师请了家长,说如果不努力学习,上普高恐怕难了,现在国家推行职业高中,普高率越来越低,家长应该努力做好监管工作。

在成绩的好坏是衡量一个学生优劣的年代,玉儿无疑开始被划入了不听话、不懂事的学生行列中。

玉儿明知道成绩下滑迎接自己的将是怎样深重的责罚,但在青春期的玉儿,依然开始迷恋游戏。也许只有在游戏中,在虚幻里,玉儿能找到成就感,找到自己的位置。在游戏中,自己的懒惰好吃,不懂礼貌,成绩不好等无数缺点都被忽略了。

爸爸在电话中回老师:"等她回来,我会给她一个好果子吃。"

一个长期不与孩子在一起,也没有多少教育经验的男子,难免偏激和武断。

爷爷奶奶因为老师电话训斥了孙女,爸爸也专程赶到爷爷奶奶家教训了一通玉儿。见玉儿不以为然的样子,爸爸掉头离开时扔下一句话:"成天只知道好吃懒做,要钱,都这么大了,一点不懂事,还不如弟弟,看我哪天好好收拾你一顿就听话了。"

爸爸也许忘记了,玉儿在弟弟这个年纪,曾和弟弟一样成天叽叽喳喳,活泼可爱。

那天晚上,玉儿就从四楼跳了下去。

七

我在医院见到了浑身打满石膏和牵引的玉儿。我什么都没有问,只是走过去,俯下身子,把手放在她的额头上,拂过她的头发，摸摸她的小脸。她闪着美丽的大眼睛对我微微一笑，瞬间，眼泪湿了我眼眶。

多么美丽的少女，多么有灵气、聪慧的玉儿。

琼在照顾着玉儿，从出事的第二天起，琼就在医院照顾着。玉儿的爸爸偶尔来看看，送点饭，就推说有事情，匆匆离开了。

要开学了，琼在学校的小生意也要开张，琼也急得像热锅上的蚂蚁。琼想让玉儿的爸爸照顾几天，自己先去进货，看看小儿子，把开学先应付过去。为此，琼和玉儿的爸爸，当着玉儿的面，发生了激烈的争执，甚至争吵。

"你们天天都吵着要去赚钱，可是你们给我的买的衣服，全是地摊货，同学们都嘲笑我，叫我地摊王。我都这么大了，想买件自己喜欢，好一点的衣服都不成，有时候，我买卫生巾的钱都没有，你们赚钱为了哪个。"

"我给你钱，你不要的嘛。"琼惊讶。

"爷爷奶奶不准我花你的钱，也不准我和你联系，否则，不给我饭吃。"

玉儿的爷爷奶奶来医院看过玉儿一次，家里有那么多的家务活要做，还得照顾小孙子，分不开身。

暑假，老师打来电话，主要是说保险的事情，还提醒如果以后玉儿继续上学，不要提跳楼的事情，一来怕同学们受到影响，主要是怕其他同学戴着有色眼镜来看待玉儿，都是为玉儿好。

琼送我出来的时候，悄悄对我说："玉儿发现自己喜欢女孩，不喜欢男孩，认为这是一个见不得人的毛病，又认为家人全都抛弃了她，加上那天中午老师批评了她，回家后爷爷奶奶骂了她，她老汉又说要收拾她，就跳了。"

回家的路上，我接到老家一个亲戚的电话，说他们准备到广州去打工,路过成都,想在我们家住一晚。我问孩子怎么办,他们说放在老家,先让爷爷奶奶带着,到广州上班后再说。

我表示反对,他们幽幽叹口气:"你说的道理我们也懂,但是没有办法呀,要是一家人都窝在老家,陪孩子,照顾老人,那就会成为村里最穷的人,我们这样还不是为了全家人的日子好过些。"

"带着孩子一起不行吗?"

"没有户口的嘛,读书要交高价费,我们打工,哪能交得起。"

大部分从农村涌入城市的打工者,这些年来,四处奔走,为生计和户口寻找着出口。好不容易按揭了房子,房奴生活也会让他们不能停下片刻,像沙漠里的骆驼,忍着干渴,驮着种种的包袱,老去。

大城市限制户口的方法,成为一道无法翻越的围墙,让多少打工者望而却步。这户口,为故乡留下多少留守老人、妇女、孩子,同时,也给教育带来了多少难题。

亲戚的孩子正好十岁,很快就进入青春期,我真怕有下一个玉儿的故事重演。

这次十九大,国家提出精准扶贫,提出"房子是用来住的不是用来炒的"等一系列政策后,给未来注入了新的希望。也许当农村脱贫以后,2021年全面达到小康,中国的农民会开始回归土地,城市的户口将会放开,那会让多少亲人团圆呀。

前几天我接到琼的电话,电话中琼告诉我:"玉儿没有考上普高,上了一所职业学校,她的身体基本康复,现在也很珍爱自己的生命,有一点点不舒服就让我送她去医院检查,依然任性和不懂事,管她的哦,只要她健康快乐就好,其他的我也不想了。"

跳楼之后，一切都解决了吗？

后记：一个跳楼的少女，三个逃离的学生，一个迷恋游戏的少年，将一个人，一条线铺成一张社会网络，纬度不仅涉及跳楼者本身，同时对家庭中各个角色，教育者，同龄人和诸多的社会现象做了拷问，以给读者更多的警示和思考。

被病毒"隔离"的日子里

在2020年这个特殊的春节里,我仅以自己一个微小的视角,琐碎地记录了我所看到的,经历的。

——题记

一

2020年1月22日,虽然不时有新型冠状病毒的消息从朋友圈里传来,但我并没有过多在意,依然按原定计划,从成都开车回到了老家县城。

年,春节,对于中国的老百姓来说是一年中的大事。

我是女儿,也是儿媳。多年以来总是在大年三十的前一天赶到母亲家过年,大年三十则在婆婆家团圆。

1月23日,风云突变,武汉封城。新型冠状病毒的消息铺天盖地。

我觉得应该立即买点口罩,以防万一。

那天,县城里还有两家药店可以买到口罩。

二十多块钱一个的N95,我觉着贵,没买。三块五一个的一次性医用口罩,我买了二十个。

1月24日,除夕。做年夜饭,贴春联,挂灯笼,祭祖,一样不落。大家眼里,心里,还都是年的味道。

二

1月25日,2020年大年初一。电视里、手机上,有关疫情变化的新闻频繁更新。我们也意识到,走亲访友,同学会,战友会,这些往年必有的春节节目,今年最好取消。

远在宁波的姑姑一家,今年回来了。表弟打来电话说要来我家拜年时,我们表示了欢迎。

红酒,白酒,醪糟酒,能喝多少就喝多少,喝醉为止。过年,喝的不仅仅是酒,也是心情。

午饭后,朋友圈就有了县城的麻将馆、茶馆,五座以上的饭店都必须要关闭的消息传来。稍后,停止一切宰杀,停止一些交易的指令也相继传开。

"隔壁大娘儿子的四十桌婚酒,都取消了。"

"电影也下档了。"

"灯会也被取消了。"

活动的范围越来越小,只剩下家这个小小的地盘了。

三

待在家里,对我这个年龄的人来说,倒也没什么。往年春节,我大部分时间还是选择陪在卧病在床的母亲身边。可当你被告知,你只能待在家里,且没有其他任何选择的时候,感受就大不一样了。你会有一种被禁锢的感觉,且这种禁锢是你必须要自觉遵守的。

活着，一切才有希望。

中国人向来喜欢热闹。当"热闹"被一种叫作病毒的怪物压住时，不自觉地就滋生出一些反抗来，待不住不说，还烦躁不安。

于是各种搞笑视频和段子就在网上流传开来。其中有一个段子非常有意思："初一一动不动，初二按兵不动，初三纹丝不动，初四岿然不动，初五依然不动，初六原地不动，初七维持不动，何时能动？钟南山说动才能动。"

高手在民间，老百姓的创造力真是不可低估。

其实静下心来想想，有多久没这样安心陪伴过家人了。你今天陪孩子的每一个细节，每一份快乐，和父母说过的每一句话，也许都是后面日子里的甜蜜回忆。

趁此机会，你还可以练练厨艺，体会一下做家务的辛苦。也许以后的日子里，夫妻彼此会少些挑剔，多些理解和体贴。

即便不读书写字画画，写文章，也可以喝喝茶，和朋友们在网上聊聊天，日子一样有滋味。

再说，还有多少人冒着生命危险，一直在"动着"，才能有我们在家的"不动"。

医务工作者，军人，警察，社区人员，志愿者，超市工作人员，有了这些人不辞辛苦的"动着"，才有我们的"不动"。

"不能漏掉一个人，一个一个排查。"

中国有十四亿人口，用脚趾算一算，也能知道这是一个多么庞大的工作量。我身边的同学，有的夫妻两人大年三十都在上班，直到今天，也没有休息过一天。

我们有什么理由如此烦躁，待不住呢？

我长期卧病在床的母亲，除患有各种老年病症外，还有着严重的抑郁症和轻度的精神病，平时都是老家的哥姐在照顾着。趁此机会，我边听着母亲的胡言乱语，边给母亲剪手指甲、脚指甲，洗脚，擦澡，给母亲喂饭喂药。

做这些事情的时候，我心里总有做一次少一次，也许有一天，就再也做不成了的担忧，也体味到哥姐们长期照顾母亲的辛苦。

脑子清楚的时候，母亲便有许多疑问："今年，四妹怎么还没有去成都上班呢？爱打牌的二娃子怎么也没有去打牌了呢，还说天天要上班？孙儿不开学，孙女也不上班？"

四

"口罩文化"这个词悄然在网上流行了起来，2020年春节也被网友们称为"口罩春节"。

戴口罩，老年人总是有些执拗的："我们这里还没有发现病毒感染者的嘛，即便有了，哪那么巧，一会儿不戴，就染上了？"

也是，公公婆婆都七十几岁的人了，这辈子，还没有戴过口罩呢。

没戴过，自然不习惯。

人们对事物的接受过程总是从陌生到熟悉，再到习惯。

如今，年轻人不但自觉戴上了口罩，还苦口婆心地劝说长辈们出门一定戴上，说既是为了自己，也是为了他人。

这些80后、90后、00后，似乎比我们更珍惜生命，也更容易接受新事物。

1月28日，农历正月初四。看来疫情不是一天两天就会结束的样子，我觉得应该再去买点医用口罩来备用。

问遍了整个县城，不管是 N95 还是一次性医用口罩，再无一个口罩可买。

所幸，有家药店告诉我，明早可能有口罩到货，让我早点去。

"可不可以给我留点，我先把钱付了。"

"不行，如果每个人都这样，对不知道这消息的人，就不公平。"

我点头。

"明早几点开门？"

"八点。"

1 月 29 日，农历正月初五，早上七点我就到了药店。

远远的，买口罩的人已经排了好几百米。

看到大家还有序耐心地排队，一时间，我竟然有些感动。

排队的人群中，还不是人人都戴着口罩，也许是因为还有些人没有意识到疫情的严重性，也许是因为没有口罩可戴。

一个穿着皮大衣的女人，提着一个透明塑料袋从药店走了出来。

"那么大一坨，怕有好几百个哦，没有规定每个人只能买好多呀？"

"听说没有数量规定，轮到我，怕都没有了。"

"一个人都买完了，人家戴啥子？够用就行了嘛。"

排了近一个半小时，花费一百二十块，我终于把四十个黑色的一次性医用口罩，捏在了手心里。

我把这四十个黑色口罩迅速做了分配，姐姐一份，儿子姑妈家一份，儿子爷爷奶奶一份，我们自留一份。

五

2月1日,农历正月初八上午,我去超市买了一些生活必需品,为下午回成都做准备。

没有几个人,也没有几辆车的街头,空荡荡的。走过"好香味"包子铺时,我似乎看到了刚出笼的包子,冒着热气。卖包子的老板正高声吆喝着:"包子,刚出笼的肉包子。"

经过"天天见面"面店时,面的味道扑面而来,扑面而来的还有暖暖的阳光,收割的人们,一望无际的田野,风吹麦浪后的缕缕麦香。

"老板,二两牛肉面,多加点蔬菜。"

在"后山豆花",几个人找位置坐下来,一份浑浆豆花,一份凉拌猪耳朵,一份胡豆拌折耳根,再来一个烂肉粉丝,反正,饭店的饭随你添,豆浆随你喝,蘸水随你加。

"小妹,加点豆浆。"一个十七八岁的姑娘,梳着大辫子,稳稳地把你的碗灌满。

我曾如此熟悉的景象,如今都被紧闭的大门取代了。

超市里,货物相当丰富,价格也和平时基本一样。偌大的超市里,还有另外一个顾客。大家彼此之间自觉保持着一定的距离。隔着口罩,我和营业员打着招呼,心里却对他们充满了敬意。因为有了他们,这城市,这里的人们,才有了生活的保障。

县城也确诊了几例新型冠状病毒的消息,突然传来,各种说法如飘飞的柳絮,飞到了全县的十里八乡。

六

疫情就是命令。中南海下令，布阵全民防疫。

整个中国迅速行动起来，人人都是战士，谁也当不了旁观者。

看着一天天攀升的数字，人们在和病毒赛跑，在和时间赛跑，与病魔较量。

"我们必须跑得更快，才能跑赢时间，才能从病毒手里抢回更多的病人。"

武汉，疫情快速蔓延，急需医务人员、急需药物、急需病床、急需救援物资。

人们听到了武汉的呼救声，顿时，大江南北，我，你，他，不计报酬，不论生死，他们用信念按下一个个红手印。

武汉缺什么，全国人民就支援什么。

奔袭的身影，飞驰的汽车，都朝着武汉的方向而去。

一切只为救人！救人！救人！

一个优秀的民族不能没有英雄，一个有希望的民族，不能没有先锋。

物资来了，药物来了，医务工作者一批接着一批奔赴疫区战场。火神山，雷神山，方舱医院，在短短的时间内，就矗立在了武汉。

向病毒发起昼夜进攻的，不仅有科学家、医生、各行业的工作者，还有普通百姓。地点，不分区域；人员，不分年龄。万众一心，众志成城，只因我们必须赢得这场战争。

七

雷神山医院，火神山医院，还有后来的方舱医院，都堪称建造的奇迹。

钟南山，八十多岁的老人，冲在第一线，没日没夜地工作。

成都作家凌仕江，在这次疫情中写下的《红手印》歌曲，传遍了大江南北，振奋人心。

电视上，每天都有感动的事情发生着。

"我后悔当初没有学医，否则，这次我也要冲到前线去。"有同学在朋友圈里发出自己的心声。

面对这场灾难，不同的人有着不同的反响。各种角色也相继粉墨登场。有散布谣言的，有想发灾难财的，有捐资捐款的，还有不顾个人安危的各行各业工作者。灾难面前，考验着每个人的内心。

时间是检验真理的唯一标准。大难面前，流言满天飞时，我们是否更需要保持一份静？

对于我这样普通的老百姓而言，不信谣，不传谣，不跟风，不说没有根据的话，好好待在家里，就是一种贡献了。

八

2月1日，农历正月初八下午，春节假期即将结束，我们从县城开车上了成都的高速路。

路上，车辆极少，关卡处，则必须量体温，登记车牌号、身份证号和有关的个人信息。

当一把测温枪瞄准我额头的时候，我心里竟然有些忐忑。虽然我知道我体温没有异常，但万一呢。

所幸，一切正常，一路畅通无阻地回到了成都。

回到家，立即开窗透气，洗手，洗脸，洗澡，换掉外套，生怕把病毒带到家里来。

疫情在此时超过了我所有的想象，电脑办公，电话会，视频会，成了新的工作模式。

民警一户一户上门，登记户口簿、身份证、联系方式。小区门卫，给小区的每一位住户发了出入证。菜市口，超市口，都有人专门量体温，还要求每个出入的人都必须戴口罩。

2月3日，四川成都青白江区发生5.1级地震。疫情期间，又遭遇地震，成都人民却很幽默：

"来自成都人民的拷问：我们是在家里蹲着还是广场见？"

"出门怕肺炎，在家怕地震，2020，好难！"

九

我忽然觉得自己生病了！咳嗽，头晕，四肢无力，还失眠，心跳加速。是不是糟了？这是有可能的。

春节前夕，天天都有团年饭，那么多人，说不好其中就有人是已经感染了病毒的。

春节回老家的人，情况复杂，也还几乎都没有戴口罩，感染的概率也是有的。

潜伏期特别长的要二十八天，这话，让我坐卧不安。

焦虑、着急、害怕、担忧围着我打转，有几天，我感觉自己要发狂了。

这些我不敢和家里人说，更不想把这些害怕和恐惧带给孩子。

我脾气有些大起来，动不动就要冒火，还想骂人。

专家说，新型冠状病毒的主要特征是咳嗽无痰，发烧。而我咳嗽有痰，不发烧。

向朋友们不经意提起，原来好些人或多或少都有我这些症状。这是为什么呢？

我开始查阅一些相关的资料，才知道我这种现象叫群众应激反应。主要是对外界充满紧张性的一些刺激所引起的反应，包括身体的和心理上的反应。身体方面则有冒汗，失眠，头痛等。心理情绪上则有焦虑，恐惧等。医学上称为 PTSD（创伤后应激障碍），是一种遭遇重大压力后的心理疾病后遗症。

我开始听从一些专家的建议：少看手机，少看链接和信息；多听音乐，喝茶，看书，转移注意力；多幻想疫情后的美好生活。

我的症状慢慢开始缓解，几天后又回归了平静。

疫情后你最想做什么？

大醉一场，不醉不归。

其实我想，灾难过后，人们对生命，对社会，对大自然应有一些新的认识和看法。

+

2月25日，早上出去买菜时，看到街边的店铺大都还是关着的。饭店门上贴着"只提供外卖"的告示，服装店门上也贴着"欢迎网上下单"的通告或"店铺转让"的字条。

这次疫情过后，一些商家会被淘汰，自然也会有一些商家会兴起。

爱人下班回来，问我外面的理发店开门没有，说儿子和他都早该理发了。

"这样也不错嘛，中性，都分不出男女了。"我打趣道。

平时微乎其微的事情，在特殊时期，才觉出它的重要来。

2月29日，二月初七，是全国抗击疫情的第三十七天，武汉封城的第三十六天，国人居家的第三十五天，也是儿子上网课的第十四天，成都无新增病例的第四天，四川无新增病例的第一天。

屋子外，阳光正好，我趴在窗台上，尽量把头向外伸去。有一束太阳光，跌落到我的房间里。在那一束光里，有许多的颗粒四处飘浮着。我恍惚看到了病毒正沾在这些颗粒上，开着冠状鲜艳的花，而冠状的边缘，还长着许多的刺，我刚一伸手，就被刺痛了。

我还闻到了这花的味道，那种死亡的味道。

有人说，世界上最厉害的病毒和细菌是肉眼看不见的，也是你闻不到的。

其实病毒就在我身边，病毒不知道我的存在，但我看到了病毒降临后的结果，那就是许多人在这些病毒中失去了生命。

一阵风吹过，我下意识戴上了口罩，闭上了眼睛，似乎这样就挡住了所有病毒的入侵。

睁开眼，我忽然发现，花盆里的茉莉花，发出了新芽。

当燕子翻飞，风越过树梢，雨落入草根，等到胭脂用尽时，桃花就开了。桃叶上的露珠，滴答一声落在花瓣上，又滴答一声，滑落在泥土里。

十一

3月18日，钟南山院士首次提出"疫情发生在武汉，不等于源头就在武汉"的观点。

3月19日，钟老再次强调了这个观点。

4月8日0点，武汉解封。

从2020年1月23日10时到2020年4月8日0时，时隔七十五天半的武汉，终于解封了。

人流、车流像决堤的洪水，从四面八方涌出。

4月12日，上高二的儿子结束网课，将于4月13日正式开学。

病毒之花，气味越飘越淡，终于，在最美四月天的一个夜晚，开败，凋谢，散尽了。

多年以后，中国历史的档案里也许会这样记录：己亥末，庚子春，中国大地上，新冠病毒肺炎，染者数万。众惶恐，皆闭户，万巷空寂。幸医者无畏，能者竭力，万民同心，终胜。

第三辑 尘世中

在这个吹着风，飘着雨的九月黄昏里，在一棵梧桐树下的长椅上，一个年轻的女人，在她的身上，同时流着泪水和乳汁两条河流。

我相信她是真的

　　我喜欢在九月的细雨中漫步，不撑伞，任由雨丝洒落在我的发梢，或脸庞上。

　　一阵抽泣声从前面传来，时断时续。循声望去，街道拐角处，一个怀抱孩子的女人，正坐在一棵梧桐树下的长椅上哭泣。

　　女人年轻，顶多不超三十岁。她上穿一件无袖棉 T 恤，印花。(那样的印花，是极其容易掉色的那种，洗一次，水里便会有大盆的红，大盆的蓝)。下着一条黑色五分牛仔短裤，紧绷。灰色塑料半高跟凉鞋，陈旧。挎在肩上的皮背包，鼓鼓的，有的地方裂着口子，有的边角掉了外皮。

　　女人腾出一只手，抹着不断流下来的眼泪。瞬间，一道道黑白的沟壑，弄花了那张原本俊俏的脸。

　　女人大声哭起来，那哭声带着压抑后的爆发，无助、失望、悲切。大颗大颗的泪珠，滚落在怀中孩子的小脸上。

　　那是一个一岁左右的孩子，身上依然是短衫短裤。不知道是冷还是饿的缘故，孩子手脚并用，四处乱抓乱蹬，空中便有一道道凌乱的弧线划过。

　　很快孩子更是张开小嘴，大声啼哭起来。

　　女人的哭声，孩子的啼哭声，响彻热闹繁华的街头。

孩子的啼哭声惊醒了女人，她一边轻轻拍打着孩子，一边抽泣着把T恤的底部高高撩起，迅速把乳头塞进了孩子的口中。

孩子使劲地吸吮起母亲的乳汁来。

女人的泪像决堤的洪水，奔涌而出。

在这个吹着风，飘着雨的九月黄昏里，在一棵梧桐树下的长椅上，一个年轻的女人，在她的身上，同时流着泪水和乳汁两条河流。

这是一幅怎样的画面呀！

我的眼睛一下湿润了。我也是母亲，我的孩子也曾如此依偎在我的怀里。

怕泪水夺眶而出，我仰起了头，仰得很高，视线越过梧桐树尖，向高楼望过去。

高楼的一处阳台上，一年轻的女子，正用力擦着阳台上的玻璃。可能是光线的缘故，玻璃看上去干净、透亮。她的旁边，一男子抱着孩子，微笑着站在她身旁，吱吱呀呀地说着什么，女子站起身来，伸出手，摸了摸孩子的脸蛋，笑了。

我迅速地收回了视线。

女人的身旁已经围了好些人。

从她浓浓的外地口音，断续的诉说中大家得知，去年夏天，她的丈夫从省城回到家乡，给她买了漂亮的衣裳，他到地里来帮她干活，他们走过的地方，彩色胶卷记载的笑声就铺满了野外。

秋天的时候，她把丈夫送到了村外，送到了开往省城的火车站。

今年的春天，忽然没有了丈夫的消息，三个月后，她带着孩子，千里迢迢踏上了寻找丈夫的路途，至今杳无消息。

听过故事后的人们，摇着头，叹着气，渐渐消失在女人的视线外。

一对年轻的情侣，打着伞，提着一大袋零食，相拥着走来，路过长椅时，瞥了一眼女人和孩子："又一个骗子，这社会骗子真多。"并顺手把手里只咬了一口的面包扔进了梧桐树旁的垃圾桶里。

女人一下停止了抽泣，她的眼睛，盯着那个垃圾桶，闪耀着欢喜。她看了看怀中的孩子，又看了看垃圾桶，迅速站起，奔向垃圾桶，飞快抓起那个小缺口面包，退回到椅子上。女人三下五除二就吃光了那个面包，并用粘着面包屑的手指去喂怀中的孩子。孩子吸吮着女人的手指，露出了甜甜的微笑。

我翻着自己的钱包。一个老妇人看着我，走过来，提醒我："小心上当，这都是骗子上演的把戏。"

我知道她的提醒一定带着善意，但是我更愿意相信这个女人所说的一切，都是真的。

下跪的女孩

晚饭后散步，是我多年的习惯。

慢悠悠地穿过河边遮天的梧桐林荫道，走到家乐福门口的长椅子边时，我坐了下来。

霓虹灯下，人来人往。跳广场舞的大妈们，随着音乐节奏，正不停地扭动着腰肢。超市外，各种促销的声音此起彼伏。

散步经过这里，我总会在这里小坐一会儿。闹中取静也是一种乐趣。

"阿姨，给点钱吧。"一个怯怯的声音忽然传来。回头，一个五六岁的小女孩站在我的身边。

小女孩圆圆的脸蛋上，有着多日未洗脸的痕迹，脸上没有污垢的地方，却白得发亮。她散着的头发，杂草般蓬乱，伸出的小手，似乎刚掏过煤灰，只有那双漂亮的大眼睛，闪着亮光。

"这些是团伙乞丐，专门有人指使他们来要钱的。"我听到有人小声议论。

报纸上，常有关于乞丐的报道，说有的村子到一定的季节，倾巢出动，全国各地去乞讨，把乞讨作为一种职业，一份事业。报纸上还说有的人白天是乞丐，夜晚西装革履，霓虹灯下，搂着小姐 K 歌。特别可怕的说法是被拐卖来的孩子，被打成残废，恶人强迫他们出来乞讨，而要来的钱，通通都进了头的腰包……种种传说，只为告诫人们，不要轻信，不要上当，保持清醒的头脑，不要轻易抛洒你的同情心。

我以前也经常遇到过小孩子要钱，手里拿着行乞的道具，跟着你跑，拽着你的衣襟，一副不给钱誓不罢休的模样。

可是这小女孩什么乞讨的道具都没有，只有一双摊开的小手。

如果要不到钱，她回去后会不会挨骂，挨饿，甚至挨打？

我抱歉地说："今晚散步，没有带钱。"

闪亮的眼睛黯淡了下去。

小女孩在广场上转了一圈，手上，依然没有一枚硬币。

小女孩瘦小的背影渐渐消失在我的视线里，就如一粒忽然被风吹进眼睛的沙子，眨巴下眼睛，就不见了。

当小女孩频繁出现在超市门口伸出小手的时候，有的人开始好奇探寻。

好奇心是大部分人都有的，而我却不想有这份好奇。不管是什么原因，我想她一定都有着不为人知的伤心事。再说，满足了好奇心的人们又能为小女孩做点什么呢？也许只能重重地叹口气，也许让很久没有潮湿的眼睛湿润一下。

"可怜的孩子，家里只有一个生着重病的父亲，母亲年初跟其他男人跑了，从此毫无消息。"听过她故事的一位老人叹息着说。

但一切，并没有因为这个故事有丝毫的改变。

偶尔会有人关心一下小女孩今天的收入，问问她父亲的情况。

"买点道具嘛。"

"说话软一点，甜一点嘛。"

"像其他要钱的，不给钱不走嘛，实在不行，就跪嘛。"

人们七嘴八舌地帮小女孩出主意。

小女孩的眼里却只有茫然。

当高跟鞋叩响地面时，我看到一个昂着头，卷着发，穿着华丽的女士飘过超市的门口。女士的旁边，小女孩正伸出手，和女士说着什么。

小女孩跟了几步，忽然扑通一声，跪在了冰冷的地上。

虽常见小女孩行乞，但都只是伸手，下跪，还是第一次。

人们停止了走动，周围安静了下来。

女士把一张十元的钞票扔给了小女孩，急忙离开了。

小女孩抓起那张钞票，眼里闪着欣喜。

也许从此以后，小女孩的脚板心再也不能挨着地面，她以一种新的方式开始了行乞之路。

回家的路上，我看到花开得正艳，闻到青草在夜色中吐露的芬芳。我想小女孩今天回去的路上，会不会看到花开，会不会闻到草的清香。她没有当乞丐前，在什么地方生活？如果在乡下，有没有爬过树，偷过鸟蛋？过年过节时，有没有穿着爸爸妈妈买的漂亮花衣裳，欢快地跑在乡间的小路上？

可人们开始嫌弃她跪着的姿势，嫌弃她像抓过煤灰的手，嫌弃她手里多出的道具，甚至嫌弃她漂亮眼睛里闪出的光芒。

光芒渐渐被麻木取代。

她需要新的东西来引起人们的同情心，然而她没有，只是跪在那里，端着道具。

有一段时间，我忙碌了起来，雨又是一天接一天地下。超市门口的故事，故事中的小女孩，慢慢被我淡忘了。

淡忘是一种状态，也是一种常态，关于他人的或者是自己的事情，都会在一段时间之后淡化。

天气晴好，我又开始了散步。小女孩却已经消失在超市的大门口。

关着铺子的屋檐下，摆着夜食的小巷子里，流浪汉聚居的立交桥下，我依然没有找到小女孩的影踪。

她去了哪里呢？

掏垃圾的小男孩

我家窗户的楼下不远处，有四个圆形大口的垃圾桶一字排开。人们除了丢垃圾的时候靠近，平时都是绕着走，不得已路过时，常捂着鼻子："好臭。"

一个小男孩，七八岁的模样，就在那个盛夏的星期六早上，出现在垃圾桶旁。小男孩左手提蛇皮袋，右手拿铁钩。穿着背心短裤的小身子在垃圾桶前伏下去，翻找着矿泉水瓶、纸壳等一切可以变成钱的东西。

我趴在窗台上，看阳台上的花，院子里的树，走来走去的人。隔壁的儿子，在我不断催促下，正很不情愿地穿衣起床。

小男孩的身子不断起伏，垃圾桶被他翻了个遍，蛇皮袋子肿胀起来。

中午，我到外面给儿子买冰激凌。儿子点名要三块五一个的"可爱多"，而五毛一个的棒冰，他不喜欢。

买好冰激凌，我无心流连街上的风景，只想急急回到家去。三十几度的高温，家里的空调二十四小时开着。

路过垃圾桶时，见早上的垃圾已经被垃圾工人收走，垃圾桶里又是新一轮的垃圾。

垃圾桶旁，小男孩正俯下身子。

在小男孩背后不远处，我停下脚步。

小男孩的个子不高，垃圾桶对他来说，有些大，有些深。当翻找到垃圾桶底部时，铁钩够不着了。小男孩就把蛇皮口袋放在地上，小身子压向桶边，整个上身就全部埋进垃圾桶里了，只有那桶沿边上的屁股，高高撅起，两只脚在空中划着一条条不规则的弧线。稍不留神，就会栽倒在地。

从垃圾桶的底部，他翻出还有一小半水的矿泉水瓶子，一朵半开的玫瑰花，一本还很新的《安徒生童话选》。

他把矿泉水瓶和玫瑰花枝放在地上，有玫瑰花朵的一头轻靠在矿泉水瓶上。最后，小男孩拿起了那本《安徒生童话选》。

小男孩撩起背心的底部，擦去书上的水珠，又翻了翻书，才把它晾晒在垃圾桶旁边的石头上。他转过身来，把玫瑰花轻轻拿起，凑近鼻子闻闻，随后，把玫瑰花小心翼翼地放在胸前的布袋里。

我这才发现，小男孩的胸前还吊着一个布口袋。

小男孩抓起那个有一小半水的矿泉水瓶，扭开瓶盖，咕噜一口气喝完，用小手臂擦了擦嘴角，抬头，眯起眼睛，望了望太阳。

白花花的太阳，正烈。

汗，不断从男孩的头上冒出来。

来不及擦去更多的汗水，小男孩又走向另外一个垃圾桶，重复着刚才的动作。

我很想递给他一支三块五的"可爱多"，让他在这样的天，歇口气。

但我怕，我这样的目光和行为会将他的自尊灼伤。

迟疑了下，我转身上了楼梯。

推开家门,一股冷气扑面而来。

"妈妈,你怎么去了那么久,冰激凌呢?"儿子向我伸出手来。

我从窗台望过去,小男孩已经翻找完所有的垃圾。他把书从石头上捡起来,摸摸书皮,拉拉书角,摩挲着书上的图画,小心地把它放在胸前的口袋里,然后提起蛇皮口袋,拿上铁钩,走向小区的大门。

晚饭后,我和儿子出去散步。

垃圾,在桶里又堆成了小山。垃圾桶旁边,没有俯下去的身影。

拉着儿子的手,我们愉快地走在公园的小径上。笑声追着脚印走,流淌在我们周围。

也许,掏垃圾的小男孩累了,他的爸爸妈妈也累了。他们吃过晚饭,也牵着儿子的手,出去散散步。小男孩的妈妈,正把那朵儿子送的玫瑰花,轻轻地凑近鼻子。小男孩,正在给他的爸爸妈妈讲《安徒生童话》里的故事。

夜里,儿子在客厅看电视节目《快乐大本营》,我趴在窗台上看星星。

一个小小的身影,急匆匆径直朝垃圾桶走来。月光下,路灯中,小身影在垃圾桶边,俯下身子。

忙碌一阵,男孩直起腰,抬起头,望向天。

天上,群星闪烁,月儿弯弯。

蛇皮口袋,鼓鼓囊囊,悄悄地立在小男孩的旁边。他拿着铁钩的右手,慢慢地,垂下去。

过了一会儿,小男孩收回凝视夜空的眼睛,把目光又扫向四周。

屋内，灯光明亮，空调呜呜地叫。

小男孩的目光又扫过院子里的树，扫向我窗台上的花。

我立刻躲到窗帘的后面。我怕小男孩发现，有一双眼睛一直在注视着他。

小男孩来自哪里？他的父母是做什么的？在这样热的天，一天三次，在同一处垃圾桶里掏垃圾。他不用读书，不用写作业吗？

路灯下，小男孩默默朝小区门口走去。他把蛇皮口袋搭在肩膀上，小小的肩膀便一高一低起来，原本直直的腰也弯了下去。

回家的路还有多远？小男孩会不会在哪个角落坐下来，歇口气？想着爸妈来接他，给他买上一根五毛的棒冰，就当今天辛苦的奖励。

不管会不会，小男孩试着用纸壳和塑料，用蛇皮口袋和铁钩，用书本和鲜花，将明天的希望筑起。

叫卖声声

"磨刀，磨——剪刀，菜刀，起——菜板儿，磨刀。"

周末的早上，一个嘹亮的叫卖声，时常在巷子里由远及近地响起。

菜市上，叫卖声更是此起彼伏。

"卖鸭蛋，卖翻砂盐蛋，刚出锅的翻砂盐蛋，一块钱一个，卖盐蛋。""豆花儿！胆水豆花！"字字铿锵，质朴天然，直接短促的叫卖声，一听就有川南特有的口音。

"醪糟儿——粉——子醪糟儿——"语调舒缓，带着弯儿的尾音翘起，拖长，川东川北的韵味一览无余。

"凉糕——凉粉——凉皮——"柔婉亲切，顺滑如丝的当然就是成都本地人的特色了。

各地小贩在菜市，亮开了嗓子，叫卖声你追我赶。

"卖——馒头，老面馒头，卖馒头——"

"收——旧家——具——哦——收废——书，废报——纸——"

"收旧冰箱，电视，旧电脑，旧自行车，旧洗衣机。"

小贩们的叫卖是最原始的产品销售模式，也是一种最朴实的广告形式。

这些叫卖声，在我居住的地方，几乎随时，天天都可以听到。

我曾和一个朋友聊起这种现象。朋友很惊讶，说早上从没听到过这样的叫卖声，甚至白天也很少听到过。

也是，朋友住在别墅区，家里有保姆，出入有车，无形中自然与一种叫作"市井"的生活有了界限。

"豆腐脑，凉面，凉皮，豆腐脑……"

下午四点左右，一个男人的声音准时在巷子里由远及近地响起，悠悠地在楼宇中，树缝间，人流中穿梭，飘进周围每一个人的耳朵里。

男人的声音并不大，却有着极强的穿透力，重复着，叠加着，尾音不绝如缕。

男人四十岁左右，中等身材，面皮白净，长相斯文。他天天骑着挂着两个木桶的自行车，慢悠悠地穿行在大街小巷里。

男人的眼睛视力极好，几十米，甚至二百米开外的任何一个角落有人招手，他都能看到，而且很快把自行车停在你身边。男人的耳力绝佳，哪怕已经骑行很远，只要远远地叫上一声："凉面。"他定会转过身来，快速而轻轻地停在你身边。

"凉面一碗。"我愉快地报出自己的需要。

"好的。"

男人迅速地从桶里取出早就准备好的食材，打上齐备的佐料。五年了，他早已熟知我想要的口味，所以并不问我，只是快速地忙碌着，用筷子和匀后，稳稳地递在我手中。

男人熟知每一位老顾客的口味和喜好。

"物价都高了，食材也涨价了，现在每碗涨五毛钱哈。"男人说这话时，腼腆地涨红着脸，似乎是向我提了一个有些不合情理的要求。

熟悉了，我也曾问起他的生活。

男人十年前从乡下来到成都工地上打工，因为工钱不好要，七年前与工头打了一架后，就下决心自己做点小买卖。豆腐脑是他家的家传秘方，凉面凉粉是妻子的手艺。妻子和父母在家负责食材的采购和制作，他主要负责销售。

男人总是尽量在同一个时间点到达同一个地方，加上量足，价钱也不贵，所以生意很不错。

"有一个女儿在七中读高中，租了个房子，妈老汉、娃一起住，房价涨得太快，好不容易刚凑齐买房的钱，房价却又上涨了，赚钱的速度远远跟不上房价的速度哦，唉，不知道哪个时候才能买上房子，不再搬来搬去的。"男人悠悠地说。

"七中？重点班？"

"嗯，孩子读书还可以，是年级前五十名。"

"哇，那是北大清华的料呀！"

"是不是天天在补课呢？"

"补得少，补不起哦，娃娃也知道家里的情况，从没有提过补课的要求，但是很努力，从小到大我们都几乎没有时间管她，都是自己完成作业，自己学。"

"你太幸福了！"想起天天补课，花费一大笔钱，成绩还差的那些孩子，我由衷地说。

"嘿嘿，从这点上说，还可以。"男人腼腆地笑。

"现在农村政策好，没有想过回乡下吗？"

"主要考虑孩子读书，再说这么多年，我们也习惯城市生活了，所以还是想在城里买套房子，城里乡下都有房子，更好。"男人忽然笑了起来。

我点点头，为男人脸上闪现的光芒感动。

"你好像从没有休息过，天天都在到处转，有没有想过自己开个铺子呢?"

"除了过春节那几天,天天都在的。现在生活的压力大,娃要读书,妈老汉年纪越来越大,病痛又多,不敢停下来休息。当然想过开铺子,只是租金高,转让费又贵,暂时只能把它作为未来的目标啰!"男人笑着把"啰"字拖长了说。

有一段时间,我都没有听到过男人的叫卖声了。很多人问起,但无人作答。也许男人已买新房,搬走了;也许,租了铺子,有了新的阵地。男人的女儿说不定已经在北大或者清华上大学,有着美好的未来。

但愿,一切如他所愿!

碰瓷之后

晚饭后,我习惯出门散步。

一辆黑色广本汽车疾驰而来。

一个女人,散着头发,在路上徘徊。

当汽车行进到十字路口时,散着头发的女人忽然朝广本车奔了过去。

尖厉的急刹车声后,女人倒在了车子旁边。

路灯昏暗,树影婆娑。

没有人从广本汽车里走出来查看,没有人停下或快或慢的脚步,也没有其他的车辆停下来探寻究竟,似乎一切都没有发生过。

有争吵声传来,女人的,车里男人的。

借着路灯和星光,隐约可见车里有四个小伙子,个个威武雄壮。

女人在地上呻吟。

车里的小伙子不知道说了句什么,只见散发女人从地上慢慢爬了起来。女人不断用左手摩挲着抓住车门的右手,又用嘴不停地吹裸露的右手臂。

看起来,女人受了伤。

他们在进行交流。女人在车外,小伙子们在车里。

大约三分钟后,车里的小伙子从车门里伸出一只手来。他的手上,是一张百元的大钞。

"足够了吗?"

女人犹豫了下,看了看车里的小伙子,又看了看四周。女人快速抓过那张大钞,松开了抓住车门的右手。

旁边有人嘀咕:"明显是碰瓷,这女人,也够可怜,要不是没有办法,也不会走上这条路。"

我没有去探寻究竟,如果没有能力去改变什么,知道和不知道,又有什么区别呢?

女人看着绝尘而去的广本,继续用左手摩挲着右手臂,又不断用嘴去吹拂右手臂,并试着小心而缓慢地甩动着胳膊。

一会儿,女人慢慢移动着脚步,朝不远处的"宫廷桃酥"店歪歪斜斜地走去。女人的右手,向外拐出正常的距离,不自然地甩动着。

宫廷桃酥店,灯光明亮。我这才看清,这是一个三十多岁的女人。女人的脸色蜡黄,眼神空洞,一件散落不少污迹的白色半袖蝙蝠衫挂在她瘦扁的身上。她时不时用手提一下黑色紧身裤,似乎稍不小心,裤子就会从腰部掉下。

站在宫廷桃酥店的橱窗前,女人仔细地浏览起橱柜里的每一种糕点,还不时咨询柜员一些问题。女人的眼睛里,闪烁着欢喜的光芒,有浅浅的笑从她脸上漾过。

女人几乎是漂亮的、害羞的,当笑容拂过女人脸庞的时候。

我简直难以把刚才发生的事情,联系到橱窗前的女人身上。

女人与其他顾客攀谈起来,脸上一直带着浅浅的笑和谦卑的认真。

顾客总是和女人隔着一段距离，买好东西后又急急忙忙快速离开。顾客离开时，还用手在鼻子前不断拂过，拍打着自己的衣服，似乎要拂去什么气味，拍走什么灰尘。

然而女人毫不在意。

十分钟后，女人挑好了一袋十元的麻圆。女人用左手抓住并托起右边裤兜的底部，右脚尖踮起，身子向右倾斜下不小的幅度，再用向外拐得厉害的右手，咧着嘴，才从裤兜里掏出了那张百元大钞，笑眯眯地递给了柜员。

我这才发现，女人的裤子只有右边有一个裤兜。

柜员找给女人一些零钱。女人接过零钱，数了好几遍，才小心翼翼地放在裤兜里，又拍了拍裤兜，确保钞票的存在。

那张百元大钞就这样变成了几张零钞。

离开宫廷桃酥橱窗大约三米开外，女人又回过头来，看了好几眼，那个装满各式糕点的橱柜。回转头后，女人小心地打开那个装有麻圆的塑料袋，从里面拿出一块，放到鼻子前闻了闻，伸出舌头舔了舔，才把它放到嘴里。

女人的脸上，再次绽开了笑容，很开心很满足的样子。

女人又拿出一块，也放到鼻子前闻了闻，但是没有再放到嘴里，而是小心地又放回到塑料袋里。

女人迎面朝我走来。我赶紧转头，假装看街上的风景。我不想女人知道，有一个人一直在关注她。

女人径直朝一个三轮车小摊走去。

三轮车，俨然是一个流动的小百货店。车上各种商品一应齐备，琳琅满目。

女人的目光停留在那些帽子上，她欢喜地试戴着各种帽子。

还有其他顾客在挑选着商品，老板有些顾不过来了。

女人最后挑选到一顶黑色的棒球棒,戴在头上很合适。她高兴地转着圈,头发飞舞起来。

一个卖花的男子推着车走了过来。女人拿起一朵香水百合花,凑近鼻子,良久,又放了回去。

我一直保持着与女人三米左右的距离。当她的目光碰上我的,我立即转头,装作是一个漫不经心的过客或者是夜色中等待的人。

等我转过头来,女人已经离开三轮车,过了街道,朝远处走去。那顶帽子,正戴在女人的头上。

我不知道女人是否已经付过钱,因为三轮车老板一直在忙碌,隐隐约约的灯光下,老板甚至都没有注意女人的到来和离去。

女人的家里都还有些什么人,麻圆是留给谁吃的?那张大钞,难道是女人计算着,又要熬过多少个日子?一个好好的,长相端庄的女人,为何要选择这样一种方式来赚钱?这是拿命换来的钱,女人怎么能知道,每一次都那么恰到好处?要是车子没有刹住,要是有意外呢?

一切,我都不得而知,只是在星空下,在路灯里,目送着女人的背影渐行渐远。

卖艺的老人

二胡声里,一个失眠的老人坐在地铁入口处旁边,正使劲地拉响他心中的一首首老歌。老人的面前有一个不大的纸盒,纸盒里有些零钱。

来来往往的人们,有的昂头无视走过;有的看了一眼,叹息着默然离开;有的撇嘴,"又是骗子",傲然闪身;也有停驻在不远处,静默地听一小会儿,很小的一会儿,然后走上前来,在盒子里放下一些零钱。

这一切,老人全然不知,他只是一味地低头演奏,动情地拉着动情的歌。老人有时仰面朝天,像是有一段音乐丢失在天空里了;有时咧开嘴,抖动着脸上的肌肉;有时像骑在一匹奔驰在草原的骏马上,整个身体都在起伏。

更多的时候,是木然。

时针一分一分地过,一个小时一个小时地走,盒子里的钱开始多起来。隔一会儿,老人伸出手,在盒子里扒拉一阵,把十元以上的钞票,放进自己左边的衣兜里。

二胡声戛然而止时,老人的全身都松懈了下来。

老人把二胡收好,放在脚边后,从右边的衣兜里摸出一支烟。

公众场所禁止吸烟。老人也许不知道。

老人把烟放在鼻孔，左右移动，使劲吸气，似乎要把烟味全部吸进肺腑里。

一小会儿后，他把烟又放回右边的衣兜里，就那样安静地坐着，不拉二胡，不说话，也不动。

尖厉的汽车喇叭声，熙来攘往的人流，城市的霓虹与繁华，都似乎与老人无关。

隔了一会儿，他又拿起身边的二胡，悠扬的旋律再次清晰传来。

一下午的时光，就这么悄悄地溜走……

华灯初上，一个老太婆，迈着蹒跚的脚步，帮老人把东西收好，然后搀扶着老人，一起消失在地铁口，融入城市的夜色中。

马　克

桂花飘香的早上，我准点在公交站台候车。

一辆公交车停靠在站台。车门一开，趴在梧桐树下的一条狗立马起身，竖耳，昂头，眼睛直盯着车门。车门关闭，狗的视线紧追着车的背影不放。

车一辆辆开来，又开走。狗一次次站起来，又趴下。

一个星期过去了，狗依然候在梧桐树下，只是起身的次数少了，速度也慢了下来。

我对这条狗产生了兴趣，问遍周围的人，都说不认识这条狗，自然也就不知道它的名字。

我试着叫了阿黄、大黄等一些名字，这条狗都置若罔闻。我试着叫了一声"马克"，这条狗立刻抬头望我。我想这条狗曾经的名字读音至少和马克接近，我就给它取了个名字：马克。

马克在站台，是在等它的主人吗？这个站台，是马克走丢的地方？可这些天，马克一直在这里，没见有人来领回，也没见任何的寻狗启事，难道，这是一条被遗弃的狗？

有人给马克吃的，马克伸出鼻子嗅了嗅，鼻头一颤一颤的，看看给它吃食的人，眼睛又望向远方。

看来马克是一条智商不低的狗。

城市常见的宠物狗，我认识一些，马克不是我认识的其中一种。我猜想马克应该不是什么动辄上万的名贵狗，否则主人早着急了。即使主人有钱不在乎，这段时间这么多双眼睛盯着，值钱的马克还能天天候在公交站台？可黄色马克的圆头、长毛、粗尾巴、高身材又不像是乡下土狗，难道是城里人带着宠物狗到乡村，一不留神留下了混血结晶？

如果是这样，那马克应该是在乡村出生，后来随主人才到了城市。

随着农民工大量涌入城市，看家护院的狗狗担负起了守护留守儿童和老人的职责。随着大批农民举家迁入城市，乡下的狗狗们要么独留乡下守着老屋，要么随主人进城，要么在主人离开时被卖给了狗贩子。

留守老屋的狗，随着主人回家的周期越来越长，有的就成了乡下的流浪狗，有的却走了另外一条极端的路。

想起一条叫大黑的狗狗。

大黑是叔叔十二年前抱回家的一条公狗。大黑从进叔叔家门的那天起，就忠于职守，从不怠慢，更和叔叔家结下了深厚的感情。

一年前，叔叔在县城里安了家，大黑则被安排在乡下老家看守老屋。叔叔一个星期或者半个月回乡下一次，给大黑带些吃的。

大黑以前有很多伙伴。记忆中，大黑常带着伙伴，一前一后，奔跑在田野间，滚倒在金色的麦地里，直到夕阳西下，才恋恋不舍地回家。那时，村人常指着或黑或灰或花的狗狗说，嘿，说不好这就是大黑的种。

后来大黑的伙伴们陆续随着主人离开了村庄，当最后一条母狗也在村庄消失后，大黑在村里，一个伴也没有了。

叔叔要离开老屋时，忽然看到大黑趴在车轮前，眼里闪动着泪花。叔叔的儿子费了好多心思才把大黑拉离车子。车子缓缓启动，越来越快，忽然，大黑汪汪几声，箭一样地冲向车子，冲向车轮，顿时脑浆迸裂，横尸当场。

马克算幸运的，随着主人进了城。刚进城的马克，说不好也和刚进城的人一样，很兴奋。

舒适干净的狗舍，比稻草的气味好闻。狗粮也比剩饭剩菜美味。渐渐地，马克懂得了城市的规矩：不能随便出门，不能大声叫唤，不能撒欢，也不能与其他的狗狗交流，看到漂亮的母狗，更不准靠近。

或许马克明白了命运的改变，慢慢也就习惯了新生活，毕竟，有主人在，有吃有喝，日子也蛮不错。

可为什么马克还是会在这里呢？

梅花飘香时，马克依然在梧桐树下。

公交车开过来，马克只是微微睁开眼睛瞄着；车门关时，马克的眼睛也闭上了。

又想起了幺爷家里的小黄狗。有人说小黄狗是愚忠。

幺爷的儿子十岁那年，被淹死了。幺娘和幺爷离婚后，幺爷的脑袋就有了毛病，这么些年，幺爷一个人生活着。

前年，幺爷领养了一条小黄狗。

俗话说：子不嫌弃母丑，狗不嫌弃家穷。是不是所有的子都不嫌弃母丑，我不知道，但小黄狗绝对不嫌弃幺爷家穷。

我上坟时，去过几次幺爷家，只看到歪歪倒倒的房子，生了霉的饭菜。人都这样了，小黄狗的日子会好到哪里去呢？

后来，幺爷住到了十几里外的敬老院。

一天过去了，小黄狗守着老破屋；两天过去了，一个星期，一个月过去了，小黄狗依然守着老破屋。

寒冬，也没有任何东西可吃，小黄狗是如何挨过那些日子的呢？

三个月后，幺爷又偷跑回了老破屋。

小黄狗在门口热情地迎接着幺爷，眼里闪着泪花。

幺爷却把小黄狗卖给了狗肉店老板，卖了一百块钱。

小黄狗在死之前，心里该有着怎样的绝望和痛苦呀。

小黄狗的痛苦来源于想把自己当人，有着人疼爱和信任，还有忠诚和希望。可小黄狗没有明白自己毕竟只是一条狗，只能以狗的方式苟活于世。

马克是不是也像小黄狗一样，把自己当人了呢？

好些人给马克带吃的，一根骨头，一块面包，一些狗粮，马克开始了它的新生活。可马克是从什么时候开始熟悉了站台这些人的气息，并接受了这些好意的呢？我并不清楚。

看着马克吃食，我心里想起了大黑，还有小黄。

天那么冷，夜里，马克住在什么地方呢？有人告诉我，小区车库守车的大爷，在地下车库用旧棉絮为马克做了个窝。

即便如此，马克的精神却越来越差，肚子时而是瘪的，时而又鼓胀。马克瘦了，皮松毛懈，眼睛也失去了刚见时的神采，偶尔眼里还透着冷漠，常耷拉着脑袋，趴在梧桐树下，眯着眼睛打瞌睡。

菜籽花黄时，马克却忽然消失了。

有人告诉我，那天，有个妇人带着一只漂亮的金毛犬妹妹从这里经过，马克看到后，直接冲了过去。妇人厉声呵斥着马克，拉着金毛快走。可马克紧追不放，金毛也试图挣脱妇人的控制，一副想和马克亲近的模样。疯狂中,金毛抓破了妇人的衣服。

妇人恼了,拿出手机打电话。不一会儿,来了几个手拿棍棒的人,马克倒在了血泊中。

"看嘛,就是那里。"店员指着离梧桐树不远的一个地方。

"那个妇人说马克是癞蛤蟆想吃天鹅肉,金毛一个月吃的口粮、穿的衣服,还有定期的保养,都要上千,还说她自己身上被金毛抓破的衣服都价值好几大千。"

我忽然涌上一股自卑感。

"那女的还说,没有主人的一条流浪狗,就该拿命来抵。"

"马克满身是血,还朝梧桐树下爬,马克还指望着它的主人忽然出现来救它呢,可是没有爬两步,就死了。死的时候,它的两只眼睛还朝着公交车驶来的方向。"

公交车一辆辆呼啸而过,从车门的缝隙里,马克看到车内的那些人,是不是都是扁的呢?

马克死了。

尖锐的汽车喇叭声划过城市的街道,那是天堂迎接马克的礼炮。

缺缺的红楼一梦

一

槐花飘香,办公室旁边院子里,午饭后晒太阳的人们,正一字跟一字,一句压一句,用声音垒墙。

"看,院墙边有只猫。"娅娅的声音忽地从墙中跳出来,灌入大家的耳朵里。

顺着娅娅手指的方向,那只小白猫就这样出现在了人们的视线中。

接连几天,小白猫都在院子里出现。大家就一致认为:这肯定是一只流浪猫。

"流浪"两个字一划过心尖,心马上变得柔软起来。

"这么小点点就在外面流浪,好可怜哦,还这么瘦小,老鼠都抓不稳吧,你们看,肚子都是瘪的。"

可这只小白猫,在院子里自在地活着。

娅娅把家里剩下的半袋猫粮,放在围墙边一个不知道何时废弃的盘子里。

小白猫看了看娅娅,慢慢走近盘子,却只闻了闻,就走开了。

也许流浪的日子,让猫变得比人类更加多疑。

"我们走远些,小白猫就会吃了。"娅娅家曾养过猫,有经验。凭着经验,娅娅还知道这是一只女生猫。

大家纷纷离开。

五分钟过去了,小白猫慢慢走到盘子前,很小心地舔了舔。瞬间,大口吃起来,盘子很快就见了底。

小白猫吃猫粮了,大家欢呼雀跃。

几天下来,娅娅发现,这只小白猫的眼睛虽然又大又圆,还很亮,但是有点像我们俗称的"边花"。

"有缺陷就叫她缺缺,怎样?"

大家纷纷赞同。

"缺缺!"有人叫了一声,小白猫竖起耳朵和尾巴,机敏地喵了一声,满眼疑惑。

"这些长毛的,听不懂人话,多叫几次,就懂了。"

有人蹲下身去抚摸缺缺。缺缺的身子就抖,腿也抖,毛也抖。也许,还从没有一个人抚摸过它呢。

"缺缺,开饭了。"有人边叫着缺缺,边把猫粮放在盘子里。小白猫意识到是在叫它,耳朵一耸,尾巴一摇,感觉身体的某个部位被叫醒。

原来缺缺是自己的名字,小白猫很快认下了自己的名字。

有时候人们看不到缺缺,就在院子里大声喊几声"缺缺",没多久,缺缺就蹿到了人面前。

半袋猫粮还有好些,已有人买来预备上了。还把最初发现缺缺的娅娅和跟缺缺最亲近的西西认作猫妈。

偶尔大家忘记喂食了,缺缺就会跑到办公室门口喵喵叫,还用爪子敲门,提示着自己还没有吃饭呢。听到喵喵声,有人就会扯着嗓子:"当妈的,女儿在叫你们了呢。"

人们说,缺缺简直都成精了。

二

不知道是哪一天,院里多了一只如当初缺缺一样瘦小的小黄猫。当缺缺听到小黄猫弱弱的声音向天上飘去,又从天上落下来时,缺缺认下了这个伙伴。

缺缺以先入为主的理由,认为这片院子是自己的地盘。虽然没有赶小黄猫走,但是盘子里的猫粮,缺缺没有吃够之前,是不准小黄猫动一颗的。大家便嬉笑着:缺缺以前也是这么弱小,现在壮得都可以欺负小黄猫妹妹了。

桂花开时,桂花的香气把所有的味道都盖住了。人们渐渐发现,缺缺一下胖了好多,腰肥肚圆。

"怀孕了。"娅娅肯定地说。

"孕妇需要加强营养,从现在起,不仅要让缺缺吃饱吃好,还得让缺缺有住的地方,天都开始冷了,没有窝,会冻死。"

猫妈妈娅娅把家里的超豪华猫窝拿来放在院子里,缺缺便有了新家。有人买了一箱猫罐头,只给缺缺吃。

怀孕的缺缺住在宽敞漂亮的新家里,每天吃着罐头。在园子里散步时,还有小黄猫跟上跟下。缺缺见人就喵喵叫,声音非常温柔,看到人们走近,缺缺就用脑袋蹭,用舌头舔人们的裤腿,表达着与人的亲近。

一天,猫罐头刚好吃完了,还没有来得及买。娅娅就在盘子里放了些猫粮。缺缺只闻了闻,对着喂食的娅娅,喵喵了几声,就走开了。这喵喵声,似在无声抗议:"今天怎么不是罐头?"

桂花谢的时候，桂花树似乎也不存在了。树叶满天飞舞时，秋天过去，冬天就要来了。

人们天天观察缺缺，猜想着它的产期。产期越近，一些话题，开始出现在大家的口中：

"听说猫的繁殖能力相当强呢，缺缺要是生了一窝小猫，小猫以后再生无数的小猫，小猫再生猫，可怎么是好，那么多的猫，怎么养得起，再说，猫身上的细菌也多得很。"

"把风放出去，看谁要猫，就送了，或者干脆卖掉了事。"大家意见终于一致时，缺缺的产期也到了。

梅花香满院的一个早上，冻得瑟瑟发抖的我们得知，缺缺在昨天夜里产下了三只小猫。

大家呼啦一下全跑出了办公室。

小黄猫守候在猫窝外，喵喵叫。似在报喜，又似在阻止人们靠近猫窝。有人就用手机拍下温馨的一幕，缺缺的怀里有了三只小猫。

大家叽叽喳喳，兴奋了一早上。

新开的罐头，就放在猫窝边，缺缺吃了个够。小黄猫，守在猫窝边，怜爱地看着缺缺独自吃得很香。

三

几天过去，大家的兴奋劲过去了，手头的工作也多了起来。罐头吃完了，没人再给；猫粮没了，没人再买；缺缺看到人们走过，依然喵喵叫，蹭大家的裤腿，围着裤腿打转。

"走开，我忙得很。"人们快速走掉。

缺缺用爪子敲办公室的门，没有回音。缺缺就缩着脑袋，试图从扁扁的门缝往里挤。

门，对缺缺来说，太重了，它只能从门缝里喵喵着往里瞧。

没有回应。

那个早上，一只老鼠半残的尸体摆在盘子边时，忙碌的人们才意识到，已经有好多天，没有人给正在坐月子的缺缺吃的了。

"肯定是小黄猫干的，小黄猫太残忍了，竟然杀生，老鼠好可怜哦。"有人为老鼠愤愤不平。

缺缺整天忙着照顾小猫，驱赶一切存在的危险。

小猫顽皮，爬远了，缺缺就用嘴把小猫含回来放在身边。

小猫会慢慢跑了，如一个刚学走路的孩子一样，跑着跑着，一个大跟头，就沾上了一身土，四处张望一番，爬起来，一抖，灰尘荡起，似是就抖掉了跌倒的尴尬。

"我发现有一只小猫特别像缺缺，颜色、四肢、眼睛都像。我朋友想要一只猫，我就送这一只给她。"

西西相中了三只中的一只。

怎么抓小猫，成了摆在大家眼前最重要的问题。缺缺和小黄猫一直轮流守在窝边，很难接近。

"只要把缺缺和小黄猫引离猫窝就好办了，猫窝和盘子有二三十米的距离，把猫罐头放在盘子里，趁着缺缺和小黄猫去吃时，就去抓窝里的小猫。"有人提出建议。

罐头打开了，猫粮也端来了。缺缺和小黄猫真是饿坏了，一盒罐头很快就见了底。吃完罐头回来的缺缺，发现少了一只小猫，着急地四处找寻。窝前窝后，房前，院落，树下，草丛都找遍了，也没有找到。

焦躁很明显地装在缺缺的眼睛里了，对着小黄猫不停地叫，还跑到西西的面前，喵喵叫，似在向西西求救。

随后几天，缺缺都郁郁寡欢，守着猫窝，寸步不离，也不准任何人靠近它的领地和窝里的小猫。

　　抚平一只猫的悲伤要多久？有人说是一个星期。

　　一个星期过去了，又有人相中了剩下两只中的一只。

　　故伎重施。

　　当有人扔罐头到猫窝外时，缺缺下意识地跑了过去。瞬间，有人抓起一只小猫就跑。小猫的喵喵声让缺缺回过头来，眼睁睁地看着小猫被抓走了。

　　住在院子附近的人说，缺缺叫了一晚上。

　　我很想知道缺缺喊叫的内容，可是我听不懂。

　　认识或不认识的人，只要到猫窝边，缺缺就弓起背，圆睁着眼睛，从喉咙里发出干涩的低吼声。

　　经验，给了缺缺警惕。

　　当最后一只小猫也被人抓走时，缺缺疯了一般。它的肚子里仿佛有一团火，正熊熊燃烧着，连周围的空气也像要被点着一样。

　　有人看中了缺缺。

　　当缺缺凄厉的叫声不停地响彻院子时，我看到有人正用手抓住缺缺头上的毛，向上提，缺缺整个身子就悬空了，只剩下四肢在空中扑腾。

　　"抓猫时不要让猫看见，否则不好。"有人小声说着。

　　缺缺努力扭过头来，发现抓自己的就是天天给自己饭吃的人。

　　缺缺有点不敢相信，胡乱蹬着，一直蹬。缺缺也许在想，一定是抓猫人弄错了，它是缺缺呀。

　　可是头上的毛发越来越紧，缺缺感到无法呼吸，头和身子似

245

乎一下失去了联系，叫声也一下弱了下去。同时，痛从缺缺的头部开始，传递到背，腿，肚子，屁股，尾巴。

缺缺忽然小便失禁了，液体滴落在抓猫人的裤腿和鞋袜上。

浑浑噩噩中，缺缺被放到了一个笼子里。

等待着缺缺的，又是什么呢？

小黄猫的叫声比院子的围墙还高，一下高到云霄里去了。

再后来，小黄猫也不见了。

人类唐突地介入，并没有征得一只猫的同意。如果缺缺和小黄猫没有被人们注意到，它们的命运又会是怎样的呢？

第四辑 偶记

"明天"这个词,天天挂在嘴边,累!为这个词,我开始瘦身。

书非"偷"不能读也

我出生在二十世纪七十年代的农村,最初的阅读是从眼睛和耳朵开始的。

桃花开了,当老师的父亲就教我背"桃花依旧笑春风";看到鹅在水里慢悠悠地游,就教我背"白毛浮绿水";被鸟儿闹醒的早上,就教我背"处处闻啼鸟"——父亲看到啥就教我背啥。

土墙堂屋的正中间,是毛泽东诗词《重上井冈山》的彩色画片。父亲除了教我背诵,还教我唱这首诗词。一唱到"三十八年过去,弹指一挥间"的"弹指"时,我就用食指和拇指弹一下,好像三十八年就一下弹过去了。唱到"世上无难事,只要肯登攀"的"攀"字时,我的小拳头就慢慢朝上举,做攀登状,还故意把攀字的音拉得很长。

上小学后,我识字了。那时没有任何课外读物,我就开始读墙壁上糊的报纸。站在地上能看到的报纸很快就看完了。蚊帐后面的、高处的报纸却无法看到。

好奇心促使我有一天把蚊帐从草席子下扯出来,小脑袋从蚊帐下方钻过去,趴在或者站在谷草上看。

"爸爸,罩子(蚊帐)背后的报纸上有裹着白头巾的陈永贵,报纸上的玉米比我们生产队的大好多呢。"

父亲微笑着,拿去我头上的谷草。

高处看不到的,就搬一条高板凳,站在板凳上看。父亲除了有问必答外,还总是帮我扶凳子。

我十岁那年的夏天,偶然发现平时一直上锁的柜子半开着,排列得整整齐齐的书挤满了我的眼睛。随意翻开一本,书里到处都是勾画的线条和铅笔注解。

这在当时的农村,是罕见的。

"很多年才存下这些书,你还小,看这些书不合适,等你长大了再看。"

黄生有"书非借不能读也",我却是"书非偷不能读也"。

《童年》《在人间》《钢铁是怎样炼成的》《官场现形记》《虹》,还有繁体的四大名著等都是我偷来藏好,趁着割草时,在山坡上囫囵吞枣地读完或猜完的。

那时觉得保尔·柯察金的生活太苦了,以后的日子不管多苦多累,只要一想起他,挺一挺,也就过来了。

我十四岁时,基本把柜子里的书都偷读遍了。不是说我多喜欢那些书,只因为那时没有其他的选择。而我"偷书"次次得手,现在想来,父亲应该是知道的,只是故意不拆穿我而已。

我在镇上读初中时,有个七十多岁的晏老太在镇上开了个杂货店。店门口的六根绳子上挂满了小人书。学校食堂一份素菜是一角,荤菜三角钱(一般两周吃一回),而借阅一本小人书则需要两分钱。

下午放学后,我通常揣着省下的菜钱,直接朝杂货店跑去。

《七剑下天山》《鲁提辖拳打镇关西》《西门庆》等小人书也是这时看的。

二十世纪九十年代初,图书一夜之间似乎就丰富了起来。但对于我来说，买新书还是一种奢侈。

学校不远处有个论斤卖的旧书仓库。周日，几个同学就相邀去旧书仓库，买上一大堆旧书回来读。琼瑶、雪米莉的言情小说，金庸、梁羽生、古龙的武侠小说都是我们当时最爱看的。

这里的读书，和传统意义上为升学、为任务而读书的读书，是有差异的，是"无用"读书。

工作后一段时间，书已多得随处可得，我却很长一段时间少读书了。偶尔读一下，也是带着"目的性""有用性"的被动读书。

有了孩子后，《卡尔威特的教育》《哈佛女孩刘亦婷》等有关教育方面的书倒是读了一些。

儿子稍大一点，每晚都拿出《安徒生童话》《婴儿画报》等图书或绘本，闹着我给他讲故事。看着儿子的小手，还有亮亮的眼睛随着我的讲解在纸面上挪动，我感到从没有过的快乐和幸福。

而今，我又开始了"无用读书"，并在其中找到了无穷的乐趣。

在我看来，阅读不仅是生活的内容，也是生活的方式。一个人的知识构成，价值观念，审美情趣，大多来自阅读。而纸质的阅读，是一种营养的浸润和渗透，能把一个人的心气和气质熏染出来。

互联网时代，也是信息爆炸的时代。一切讲的是一个"快"字。而快字后面的知识大都是零散的，碎片化的，更多的则是表面化的噱头和笑料。

但新媒体阅读已是一种趋势，也深受读者的喜爱。只要统筹利用好碎片时间，依然可以进行有效的快乐阅读。

饭后，刷刷视频，看看微信，玩玩博客，浏览网页，也是一种放松。

最近"听书"成为获取信息的另外一种重要方式。保持对新事物好奇心的老年人，也加入这个行列中来。似乎一夜之间，就进入了全民阅读的时代，只是载体从纸质转移到了新媒体。

就我个人而言，还是更喜欢纸质阅读，喜欢纸质阅读时的那种仪式感，喜欢被图书重重包围的感觉。

泡上一杯茶，慵懒地靠在沙发上，打开一本好书。你开始与书中的人，与作者，像朋友一样开始了交流，攀谈。有时候，看到精彩处，你坐不住了，得停下来，得站起来走走，或者闭上眼睛，深呼吸，消化一下内容，也缓解一下情绪，才能继续读。

这样的阅读，也是悦读，是一种幸福的衍生，一种美的享受，更有思想和智慧的火光闪现。

爱情的样子

我在乡间的小路上随性地走着,只为静静地走在夕阳的霞光里。

当我走到一片树林的时候,夜幕已经降临。我的身体在夜色中模糊起来。

这是二十世纪八十年代末,一个很普通的初夏傍晚。

虽然这树林我熟悉得如同我的手指,但夜色中,我还是怕的,我得回家。我转身正要朝家的方向走时,一阵细碎的脚步声,迎我而来。

蹲下身子,我就成了夜色中的一个小土堆。

脚步在我面前不远的一棵大树边停住。借着微弱的月色,我看到了两个黑黑的身影。

"坐会儿吧。"有男青年的声音响起。

的确,在大树的旁边,有一块并不很平整,但能坐下两个人的石头。

"等一下,石头上有灰。"有拍打的声音传过来。

我能见到的是他们的背影。

两个黑影靠得越来越近,最后变成了一个大黑背影。

我大气都不敢出。

"这些天你都躲着不见我,我做任何事情都没有心思,再不见你,我都要发疯了。"

"妈老汉不准的嘛。"女子的声音,轻轻划过夜色。

"我知道你妈老汉还是嫌弃我家穷。但是你看到的,土地下户后,我们家的光景也是一天比一天好了。你上次看中的新衣服,还有你想要的纯毛线,我都会想办法买给你。等我把我家的土墙换成砖墙,盖上小青瓦,就让你风风光光地嫁过来,让你的姐妹们都嫉妒你,你要相信我,我肯定做得到。"

"我信。"

两个身影又成了一个。

通过声音,我知道他们是谁和谁。那年,男孩二十三岁,女孩十九岁。

当他们离开的时候,脚步也变得轻盈起来。似乎,已经是富有的人正踩在曾经贫瘠的土地上。

那年,我还只是个读初中的少女。

妈妈说,如果一个男人,给了女人承诺,还规划了未来,就是真的对这个女人好了。

多年来,我一直保持晚饭后散步的习惯。

冬天,说来就来,我穿着厚厚的棉衣,戴着帽子和围巾,依然感到有冷气不停地往身体里渗。

沿着城市的河边公园,我在路灯的微光中优哉游哉地走着。

"我该上班去了,你回吧,天冷。"男人的声音,一下从公园的暗处低低钻到我耳朵里来。

"你白天已做了两份工,晚上还去打工,好累嘛。今晚确实太冷了,就请个假,和我一起回家嘛。"

"我年轻,没事,多打几份工,多赚点钱。"

"你又不让我去上班，压力都在你一个人身上，我心里头不好受。"女人温柔的声音，我尖起耳朵，才好不容易听清楚。

"我是男人嘛。你身体弱，现在安心调养，好些了再说上班的事情。现在房价一天比一天高，晚了怕是更买不起，你都跟着我在城市里漂了几年了，到处租房，四处搬家，遭罪。早一天买房，也早一天安顿下来。"

"买房，哪那么容易哦。"女人叹口气。

"一切，有我在的嘛，不怕，房子会有的，面包也会有的。"

我心里想，男人在说这话时，是不是拥抱着女人的呢，应该是的，一定是的。

"跟着你，不怕。"

两个黑影走到了路灯的昏暗下。女人的右手，从男人的左臂弯里抽了出来。男人一下又捉住了女人的双手，不停地揉搓着，边搓边朝那双手上不停地哈气。男人似乎要把自己全部的热量都给眼前的女人。从穿着打扮来看，他们来自外乡的某个乡村。

"天冷，就把烤火炉开起嘛，别担心电费。困了就早点睡，不要等我。小心感冒，快回去吧。"男人终于放开了女人的手。

"晓得，我等你回来，路上小心。"

他们的手各自都放在了自己的衣兜里。转身，朝不同的方向走去。

"我是男人，一切，有我在的嘛，不怕。"男人简单的话，一定温暖了女人的整个心房。

四十岁一过，爱情这个话题，已很少谈起。而此刻，爱情悠地从生活的混沌中跳出来，让我又清晰地看到。

前几天，老家来电话。我有一伯伯在很平常的一天，没有任何预兆，忽然就去了天堂。这本没有什么稀奇。一个八十多岁的老人去世，是自然死亡。奇怪的是，比伯伯小十岁，身体还硬朗的伯娘却开始吃很少的饭，生了病也不愿意配合医生治疗，三个多月后，也就随伯伯而去了。

听到这消息，我妈妈当时就重重叹口气：哎！这对人，说不定下辈子还是要做夫妻的。

下辈子还做不做夫妻，谁也不知道，而白头到老，永远相伴相随，其实就是我妈妈眼中的爱情了。

伯伯和伯娘都是普通的乡下人，且是父母包办的婚姻。小时候的记忆里，走路时，总是伯伯在前，伯娘在后，中间还隔着一小段距离。偶尔也吵架，且吵得凶，可是从不见他们彼此在外人面前用难听的话说对方的不是，更少指责对方。他们把四个孩子养大，并给四个孩子都成了家，不管多苦多难，都相守着。

已到中年的我，今天重新凝视这些普通的时候，我又相信这就是爱情了。

大街上的手拉手，电影院的窃窃私语，夜晚的辗转反侧，快餐厅互相抹去嘴角油滴的甜蜜，默默的陪伴，静静的牵挂……一刻或者永久，都是爱情的质地。

世界上总有那么一个人，用眼神就能探索和交流。你想与之对话，会心疼，想依赖，愿与之相伴到老。

爱情其实没那么复杂，爱情就是爱情，它纯粹到爱情只是爱情，而不是任何其他的东西。它可以存在于一定的形式中，比如家庭；也可以不存在于任何形式，比如某刻的怦然心动。它是一盏烛光，仅仅温暖两个人的心房。

当暮色开始降临

城市的灯火,一盏盏亮起来,夜幕开始降临。

月亮,顺着草尖,攀着树梢,悄悄地往上爬。有那么短暂的一刻,月亮卡在了树杈上。晚归的鸟儿鸣叫着使劲挥舞着翅膀,才终于越过最高的楼宇,站在了天空上。

站上天空的月亮,俯视着灯火中的城市。它望见了川流不息的车流人流,望见了回家的匆匆脚步,厨房里叮叮当当的女人,走在墙角下的猫,还有窗户前,我静立的身影。

男孩和女孩,手拉着手,从小区外走来,走到灯光和月亮都不容易挤进去的树荫下。微光里,男孩用右手掏着衣兜,又用左手掏着衣兜,似乎在寻找着什么。

最后男孩从左衣兜里掏出一只手来,又从右衣兜里掏出一只手来,再把两只手放在自己的身后,该完成的都完成了。

我看到了青春。

夜,浓了一些,月亮又爬高一点。

隔壁的房间里,一个女人的尖叫声,忽然响起。

我猜想着她尖叫的原因。半小时后,却见她和一个男人轻盈地走在院子里。她的左手,放在男人的右手臂弯里。他们笑着,低头说着什么,女人一下羞红了脸,小手轻落在男人的身上,笑声散落在月光里。

　　风吹过来，柔软，刚好能抚动她的头发，舞动她白色的纱裙。她突然把手从男人的臂弯里抽离出来，弯下腰去，弯在大朵大朵的红玫瑰前。

　　红红的玫瑰开得正艳，映照着她绯红的脸。

　　我看到了流金的岁月。

　　一只狗，站在树下，抬头朝树上看。它的眼睛里，一只猫在树上，忽上忽下，忽下忽上，有一丝紧张和犹豫，而狗的眼睛，专注，还有得意。它们就那样彼此望着，僵持着。

　　一只小老鼠，惊慌着从树前跑过，狗的前爪立刻趴下，猫弓起背，起伏着春天的风。

　　小老鼠，无意间成了那个解铃人。

　　对面的阳台上，一个女人正看着我。她是不是在想：那个女人为何站在窗边那么久？她在想些什么呢？

　　我一直在看风景，不小心一下成了别人眼中的风景。

　　而现在我该想一想：她会怎样去想，我想了些什么？

　　白发，像丝丝月光，分散着爬上生命的树梢。手当梳子，有几根黑的，白的，为再也回不到生命的枝丫，叹息。

　　夜色里，有花的芬芳路过。

　　花儿，在该开花时开花，该凋谢时凋谢，不问春夏，不问秋冬，不问出处。

　　当跳起的高度越来越低，字开始在眼中模糊，长出第一根白发，一些人和事叠起来又悄悄消失……渐渐矮下去的生活里，体检表里的不正常值开始攀升。

　　夜，笼罩了整个大地。

异地恋

身高一米六五的桃子，短发。并不很白的圆脸，干净。一双不算大的眼睛，灵动。

强子，桃子的同班同学，一米七八，白净，斯文，英俊，喜欢安静地望窗外。

那天，从运动场回来的桃子，红着脸，喘着气，坐在座位上高声大气地与同学们高谈阔论时，强子安静地从教室外走了进来。从树缝间漏过的阳光，照在他白净的脸上，英气勃勃。

"就在那一刻，我一下就爱上了他，是属于一见钟情的那种感觉。"桃子激动地对我说。

这真出乎我的意料。前几天，桃子还振振有词：读书期间，绝不谈恋爱。一转眼，却说爱上强子，连喜欢都跳过，直接说爱了。

桃子是敢说敢做的人。写情书，发纸条，邀见面，很快，强子就投降缴械，他们谈恋爱的消息，在校园里的每个角落，沸沸扬扬地传开了。

高三，学习很紧张，桃子为考大学努力地准备着。强子成绩不好，想放弃学业，去亲戚所在的大城市打工，学技术。桃子却极不赞成，认为考大学才是唯一的出路，也怕强子一走，就再也见不到了。

两人发生了激烈的争执，见强子去意已定，桃子就咬着牙说："走吧，走了就不要回来，异地恋，没有好结果的。"

平时温顺的强子这回却发了脾气，掷地有声吼道："异地恋怎么啦，我认定你了，我们就谈它一场轰轰烈烈的异地恋。"

强子离开了学校，到了深圳，桃子的心，被掏空了。

强子在深圳一家公司做学徒，开始了打工的生活，赚到的钱不多，第一个月工资就给桃子买了条漂亮的裙子，那裙子飘在校园内外，成了一道靓丽的风景。

那年的高考，桃子却意外名落孙山。

心灰意冷的桃子，不想读书了，嚷着要去打工，找强子。强子却不同意，说打工太辛苦，鼓励桃子复读一年，定能考上大学，还愣愣地说：如果不复读就分手。

复读一年的桃子，考上了理想的大学。正当强子为桃子高兴时，桃子的父亲却意外出了车祸。强子听说后，不顾老板"回去就不要再回来了"的话，毅然踏上了开往桃子家的火车。

所有的人都劝桃子要坚强，要勇敢时，强子赶到的一刹那，就把桃子揽在怀里："我回来了，想哭就尽情地哭吧，有什么事情我帮你扛着。"

桃子在成都上大学，强子依旧回深圳打工。

强子经常给桃子快递吃的来，桃子说："这么吃下去，要胖成猪。"强子说："不怕，太瘦了身体会不好，容易生病，再说，我又不嫌弃你胖，怕什么？"

259

桃子马上问："那你爱我吗？"

"当然。"

"我要你说爱我。"桃子撒娇。

强子只嘿嘿地笑，实在磨不过桃子，就会说："爱，爱，爱。"桃子就笑得弯下了腰。

桃子问强子："我长发好看还是短发漂亮？"强子说："没见过你长发的样子，短发很漂亮，我喜欢。"

桃子就开始留长发，强子便邮寄过来许多发饰，一时，桃子的头上五彩斑斓起来。

桃子喜欢吃水蜜桃，强子就拜托老家亲戚给留一株最大最好的，等水蜜桃成熟时，邮寄到了桃子读书的学校。

有一天晚上，强子给桃子电话，一直打不通，第二天立马赶过来。才知道桃子忽发疾病，被同学们送到了医院，手机落在了寝室里。强子就在医院照顾，直到桃子出院。走时对她室友们说："桃子身体不是很好，我又经常不在她身边，只好拜托各位多照顾她一点。"惹得室友们眼眶红了，都说桃子交了好运，有这帅的男友，还这么会照顾人。

谁说异地恋就是爱情的天敌，只是没有遇到对的那个人。

五一放假，强子带桃子回家见父母，回去之前，强子对父母说起桃子时，把桃子夸上了天，还说这辈子非桃子不娶。

强子的妈妈把家里所有的好东西都端了出来，不停让桃子吃，临走的时候，又拉着桃子的手："我一直想要个闺女，要是你不嫌弃，你就是我闺女，以后强子要是敢欺侮你，看我怎么收拾他。"

桃子感动，强子嘿嘿地笑。

强子虽然极少说爱,却用行动诠释了什么才是爱情。

桃子对母亲说起强子的时候,母亲极力反对。桃子就给家人滔滔不绝地讲强子,讲强子的家人,讲得眉飞色舞,唇干舌燥。听完桃子的讲述,母亲说:"带他来家里吧,让我们见见。"

暑假的时候,强子随桃子见到了未来的丈母娘,还有桃子的妹妹。

吃过晚饭后,桃子的母亲把桃子和强子叫到身边,对强子说:"桃子脾气不怎么好,现在是在谈恋爱,你能忍,可婚姻是一辈子的事情,你能忍多久?再说,桃子自小家里惯着,没有吃什么苦,你现在工作不稳定,以后两地分居,会有很多的不适和矛盾,可要认真考虑一下。"

强子拉着桃子的手:"我们在一起都几年了。脾气不好,是我惯的;异地,对我们来说不是问题。我早已经和家里讲过桃子,家里很赞成。桃子毕业以后在哪里,我就在哪里。只要你们同意,我就买房子,钱,家里给我准备了一些,这些年,我也存了一些,在成都买个房子,也差不多了。我一定会对桃子好,以后会更好。妹妹还小,以后我和桃子共同来抚养,我是独生子,以后我就把她当亲妹妹一样,把你当我妈一样赡养。"

桃子哭得一塌糊涂,妈妈也红了眼睛。

从桃子读大学开始,强子就给桃子钱花,自己却节约着每一分钱,为的是有一天能买上属于桃子和强子的房子,让桃子过上安稳的生活。

肯为你花钱的男人不一定是爱你的男人,但舍不得为你花钱的男人,一定是不爱你的男人。

桃子大学毕业后,在一家国企找到一份不错的工作。强子来到桃子所在的城市,开始了新的打拼。毕业那年,他们买了写有两个人名字的房子,举行了一场热闹的婚礼。

如今几年过去了,桃子的工作顺顺当当,强子开了一家装饰公司,生意已是风生水起。他们的儿子,已经五岁,调皮可爱。今年计划买一个大房子,把双方的老人接过来一起生活。

我们耳朵听到的,眼睛看到的,是太多异地恋失败的例子。也常常感叹异地恋有多么艰辛和不容易,但是当我听朋友讲述这个故事时,心里悄悄说:只因遇见了对的那个人。

异地,从来都不是爱情失败的原因。如果分手,只因还不够爱。

如此安静

烧一壶水，洗好茶杯，沏上茶。

茶在开水中慢慢地软，慢慢地绿，静静地开枝散叶。茶花，采茶姑娘便在翩跹上升的茶气中，循着茶香，悄然而至。

没有电话，没有信息，也没有微信的提示音。

树上的叶子刚一动，风就来了。风不知道我的存在，不管不顾地吹着我的身体，撩起我的衣裙和头发。

时间天天从我身边走过，只是我从来没有看到过时间。阳台上一直有花在绽放，但我从来没有听到过绽放的声音。

这一刻，世界多么安静。

索性，躺在沙发上，四肢随意摆放。眯上眼，任由大脑空白。什么工作，家庭，爱情，不想。未来，快乐，幸福，不想。

任由思绪像一片云，想飘到哪就飘到哪；或像一匹马，想跑多远就跑多远；更像一阵风，想怎么刮就怎么刮。

风中，云中，你就在我眼前，不说话，像春天里的一粒种子，无声地发芽，开枝散叶。也像二月春风里的剪刀，一不小心就修剪了我的妩媚。

这滋味，这感觉，我得慢慢体会。

一个人默默地走在路上时，什么都不要想，只要一想，脚下的路就会变长,思绪就会长上翅膀。只随意浏览周围的风景,看落叶飘飞,橱窗变换,听鸟儿鸣叫,小贩吆喝。

只观看,不思考。思考令人气喘。

明天这个词,天天挂在嘴边,累!为这个词,我开始瘦身。

如果还安静不下来,请你看我是如何在这个下午,把一杯茶喝光的。

退休以后

阳台上，一张藤编的小圆桌，一把两边都有扶手的逍遥木椅。

报纸，书，茶杯，收音机，烟灰缸，在小圆桌上静立。你坐在木椅上，把眼睛眯成一条缝，隔着围墙，望围墙外的高楼，还有比高楼更高的天空。

你望见了什么？高楼，天空，花，草？也许只是习惯望着，眼里什么都有，又什么都没有。你望着它们，它们也望着你。

你在想什么？生活中每一个能想起的人，或者曾经发生过的事？也许谁也没有想，也什么事都没有想。

你端起茶杯，茶气便弥漫了你的脸。你轻轻地吹气，小心地喝了一小口，又放回小圆桌上，随手把报纸拿起，拧开了收音机的开关。

报纸在你手中翻过来，又颠过去。很快，你又把它放回了圆桌上。

收音机里在播放着什么，你似乎没有在意，只是想开着，想屋内有声音。

有时候，你会把电视、电脑、收音机等有声音的物件都一一打开，屋内一下就热闹了起来，到处是人的说话声。似乎，有了这些声音，这些物件，你就有了伴。

你常常一个人，不声不响地面对和打发退休后的日子。

尖厉的刹车声穿透玻璃，渗入你的耳朵里。有那么一刻，你觉得自己就像是一辆跑旧的汽车，正行驶在越来越快的下坡路上，而下坡的速度，全由心境而定。

你燃起一支烟，又开始浏览报纸。一支烟后，你又点燃了一支。

你就那样坐在那张椅子上，如一壶水坐在炉子上。

报纸上有桃花怒放的照片，还有桃树下人们的笑脸。你想起一个朋友。他曾经多次邀请你去他的桃园看看，可你一直没有时间去。那时，你还没有退休，还在台上扮演着成功者的角色。前几天，你拨通了朋友的电话，说桃子成熟的时候，一定去他那儿尝尝。你以为朋友一直在那里等你，桃园一直在那等着你。

后来你却再没有收到朋友邀请的讯息。

你继续静静地坐在那张两边都有扶手的椅子上，好比一块石头待在水底。其实，待在水底的石头，远比坐在椅子上的你沉稳。

水底的石头依然是石头，正如一个多余的人，他依然是人，可是石头，却没有一点多余的样子，也没有多余的忧伤。

现在，你不想台上的日子。可总有些其他的往事不经意就会跳出来，直往你脑袋里灌。那些比这城市的柏油路还要坚硬的打拼日子；黑暗中像一块烧红的铁，猛地被戳进冷水里的感觉；还有因为害怕，像小蜗牛一样用壳把自己包裹的岁月。

曾经，登门的人络绎不绝，你恨不得逃到山里，享受片刻的宁静。而今，只要有一声蝉鸣或者一缕鸽哨，就会让你激动半天，你甚至张开双臂想要接受任何扑进你怀抱的人或者东西，哪怕一只猫。

但大部分时间,你只能在有阳光照进来的扶手椅子上打盹。看鸽子穿梭在楼宇,看石缝中潮湿的青苔,被风吹开的花,还有那些草,绿了又黄,黄了再绿。

院里的花,开得正艳。院子的围墙上,爬满了绿藤,这些绿藤,似乎刚从西边过来,又好像正朝着东边赶去,你静静地望着这些,就觉得是一件有意思的事情。

你的手,触摸到一张照片,那是一个姑娘的照片。姑娘送你照片时,正好十八岁,她的脸,比绽放的桃花还要好看。你们手拉着手,走在开满花的桃树下。春天的风,像吹拂桃花一样地吹拂着你们。

姑娘穿着印着桃花的纱裙,如同把薄如轻纱的爱情和命运也穿在了身上。

那时的你们是多么快乐呀,桃花和风不知道,阳光和未来也不知道。

直到有一天,说分手的话刺中了你的心,你忧伤地看着她穿着那条印着桃花的纱裙,坐上了一辆豪车,绝尘而去。

你在心里暗暗发誓:以后一定要出人头地。

你娶了上司的女儿,慢慢成为别人眼中的成功者。

如今,你摩挲照片,似乎摩挲到了她的脸,听到了她的笑声,你禁不住也笑了。笑与笑之间,并没有惊动任何人。你甚至都忘记,她已经离开你好多年,已经离开了这个世界好多年了,在那个残阳如血的黄昏,她拿着你送的照片,在那个富丽堂皇的别墅里,提前见到了上帝。

你就这样笑着,眼睛闭上,进入了一种似睡非睡的状态。当你从这状态中醒来,你想起该去买菜了,给自己做一顿心仪午餐的时间就要到了。

下雨的时候

七月的成都,闷热。蒸了几天的桑拿,今天午后,暴雨忽至。

急促的雨点,打在屋顶上,啪啪作响;掉在地上,掷地有声;如若遇到一个小水坑,水花、涟漪就全都齐了。

雨,从屋檐上飞落,形成一道道或大或小的雨帘。风一吹,雨帘歪歪斜斜,还被风吹出许多的洞来。隔着挡不了风,又遮不住光的雨帘,雨帘下逃出的雨丝,眼前的景物一下都变得朦朦胧胧、若隐若现起来,活生生一幅浓淡相宜的中国画。

我索性闭上眼睛,仰起头,任风推着雨丝,飘落在我的脸上、身上、发上,还有我伸出的手心上。

哗哗的雨声中,世界安静了下来。一切的喧嚣都被淹没在雨声里,这世界仿佛只剩下了雨和我自己。这时的我,什么都可以想,也什么都可以不想,就觉得是一个自由的人了。

手机铃声骤起,一个曾经爱听雨的朋友打来电话,分享她的心情。她忽然叹口气:"不知道他现在过得怎样了?"

一下想起她曾经给我讲过的雨中故事。

那年,你们相约在公园,雨却说来就来。你们在雨中慌慌张张地跑,嘻嘻哈哈地笑,还唱起了:"我们俩并肩撑着一把小雨伞，虽然雨下得越来越大，只要你来帮助我，我来帮助你，能够在一起，我也没关系……"

跑累了，笑累了，唱累了，你们就躲在屋檐下，看雨中的花草，奔跑的人们，哗哗的流水。

他的手抓住你的手时，你的脸腾地红了。

还有一次，下着细雨，你们相约到古镇去玩。古镇，青石路，石板桥，老房子，房子瓦片上的青苔，青苔间长出的草，还有昏黄的路灯，一眼望到尽头的小街。因为不是周末，行人稀稀疏疏。门槛里，狗在打盹，猫在舔爪子，店员在看手机。

你们就那样，撑着一把伞，踏着轻盈的脚步，沿着泛着光的石头街面，从小街的尽头走来。雨丝从你们的伞下钻进来，飞落在你散着的发上，他伞外的肩膀上。

你们就那样来回地走着，说着心里的话。似乎，就这样说着，走着，就会是一辈子。

你在雨天给我讲你们的故事时，我在热气腾腾的茶气中为你祝福。

一段时间后，只要一下雨，你就会说："烦得很，这雨，没完没了的。"

我知道，雨中的故事没有走到你想要去的地方。

我说："雨不扰人，人自恼之。"

你笑，但有淡淡的忧伤写在你的眉眼间。

亲爱的，别想了，雨里雨外，全在自己心情，何不来我这里坐一会儿，喝一壶茶。

一下午的时光

沏上一杯茶,新绿,嫩芽,净水,透明的杯子。浮沉,竖立,像杯子里慢慢长出一棵新苗。叶子舒展开来,如同重新回到茶树上,回到沾满露珠有阳光的清晨,回到缥缈的薄雾中。

音乐随节奏缓缓流动,但看不到,摸不着。只能用耳朵听,用心去感悟。觉得好,可再听一遍或者很多遍,生命却不能重来。

藏歌,悠扬,高亢。天籁之音后是蓝蓝的天,雪山散落的高原,鲜艳的格桑花。风在吹拂,经幡在飘动。那唇角间时有时无的微笑,清澈的眼睛,还有流水一样的月光……

凳子,静静地任我和朋友坐在上面,听我和朋友在说话,准确地说是听朋友在讲她的故事。

朋友说话声音缓缓的,低沉,不夸张。娓娓道来,没有大喜也没有大悲,仿佛在讲一个和她完全不相干的故事。

两株绿萝在生长,延伸出来的新叶,无依无靠。

这时候朋友讲到了她初恋的那个男孩子,说他就是个书呆子,爱书胜过爱女人。我浅浅地笑,眼前便有了一段美好的时光,时光里那个羞涩的男孩子。

后来朋友又说起伤害过她的那些男人,还有现在喜欢的一个男人,一个家庭外的男人,一个完全不可能属于自己的男人。

我以为朋友会激动,或者伤感,然而没有。讲述中的朋友,脸上淡淡的表情让我觉出一种异常的美丽。

夜,无声无响而来。街上,人来车往,灯火一盏一盏亮起来。

我们继续聊天,吃苹果,柚子。

桌子上的苹果核,柚子皮,茶,杯子,还有一下午的时光,静得像梦的一个片段……

春天里的那些遇见

我上班的单位,紧挨着公园。午饭后,我习惯到公园里走走。

春天的公园里,掉过头来是满眼的绿,掉过头去是满树的花,水涟涟的湖里,都似乎要冒出许多绿芽来。

一个有阳光的午后,我避开赏春的人群,独自向公园的外围走去。外围的有些地方,还展露着原始的野性。

一个女孩,三四岁的样子,牵着一位三十岁左右妇人的手,迎着我的方向走来。小女孩忽然挣脱妇人的手,朝院墙的一个角落跑去。

"妈妈,这里有一棵小桃树,还开着花呢。"

我顺着女孩的声音望过去,可不是,院墙的角落里,有一棵小小的桃树,正开着粉色的花。

小女孩兴奋地对妈妈说着什么,还伸出手,掐了一朵桃花,插在自己的头发上。小女孩的天真无邪,胖胖的小手,红红的脸蛋,把那个阳光中的角落,都染上了甜美。

一瞬间,我忽然想做一朵挑花,别在小女孩的头发上。

后来,我到公园外围,到那个角落,总会不由自主地停下脚步,想起那个女孩。

清明放假，去了一个叫"易园"的园子。园子里的书画牌匾，怪石绿柳，小桥流水，让人目不暇接。

一个小水塘边，几棵樱花树斜着身子，努力争着伸向小塘的中心。这个时节，樱花已凋零大部分。大量花瓣飘落在水上，集成一大片的粉红，把水塘里的水都染成了粉色。

我摆好姿势等待相机快门的咔嚓声，不经意，瞥见一朵小小的黄花，期期艾艾地开在我的脚边。

可能是受了草的欺负，小黄花有些瘦骨伶仃。樱花树下，绿草丛中，一点也不惹眼，也极容易被人忽略掉。但在春天这个万物争艳的季节，依然拼着最大的努力，不管不顾地怒放了。

三月，面对满眼恣意开放的花，我竟有些无视。那些天，我低落的心情没有因为春天的到来而阳光灿烂。

一只鸟儿的鸣叫，那么清脆，忽地就在我耳旁响起。它一下就叫在了我的心上。我四下张望，右边不远处的一棵梨花树枝上，一只我叫不出名字的鸟儿，顶着圆圆的小脑袋，正用尖尖的嘴撮几下树枝，又用眼睛盯着我不停地鸣叫。

我不是没有看过名贵漂亮的鸟儿，也不是没听过鸟的婉转啼鸣。只是，那一刻，我感觉到那一声声鸟鸣，是为我而鸣叫的，单单是为了我。它就像一束阳光，照亮了我的幽暗，刻在了我春天的记忆里。

一个青山绿水中长大的朋友，在大城市已经拼了四年。挤公交，赶地铁，骑共享单车，住只放得下一张床的单间出租屋。方便面是她的主食，偶尔吃顿炒菜，已经是打牙祭。她常给我说，一睡着就会梦到麦田，家门口的那些树，倚在树上往外望的老妈。梦醒来后，依然画好精致的妆容，精精神神地去上班。给家里发信息：吃住都好，勿念，老板说我灵醒，又积极主动，是公司关注的对象。"关注"两个字,让所有的辛苦都不算辛苦,让所有的期盼都有了着落。

春天本身就赋予了世界色彩,希望,未来。

大自然的春,固然很美,我觉得生命的律动更显春的精神气。

在大人腿间荡秋千的孩子、奔跑在路上的学生、溜冰的学员、牵手的老人、相拥着的情侣、边走边吃早餐的上班族……春天里,有多少这样的遇见?这样的遇见,是爱是暖,充满了春的生机。

春天过去,花儿会凋谢,鸟儿也会飞走,然而每一朵凋谢的花,每一只飞走的鸟,每一个认真生活的人,都是掌握了自己命运的人。

人生的每一次遇见,都是生命中值得欢喜的事情。

活着就好

二十多年前的一个深秋，我在外地读书，两三个月才能回家一次。

有几天我总是坐卧不安，静不下心来做任何事情，索性请假回家，却在半路上就得到噩耗，我亲爱的爸爸在我坐上大巴车的那一刻，离开了这个世界。

任凭我千呼万唤，泪水溃堤，跪破膝盖，也终挽不回他的生命了。第一次，我真正了解到死亡，感受到死亡带来的痛苦：和我们所爱的人停止了一切交流，想做和来不及做的事情不能继续再做，肉体在人们的视线中彻底消失，和曾经的世界隔绝开来，一切欲望皆不能得到，一切得到的皆不能再享。

2008年的汶川大地震，把多少人带离了这个世界，又有多少个家庭分崩离析。

我有一位好友，地震前几天还和我一起吃饭。谈笑间，说起她的愿望是好好呵护肚子里的宝宝，做一个名副其实的女人，每天写日志，记录孩子的点点滴滴，做一个好妈妈。几天后却香消玉殒，连同肚子里的小生命。

记忆里的拥抱，同行的身影，握过的手，表情丰富的面孔和清脆的笑声，随着那轰然倒塌声被埋进了深深的地下，永远消失在了这个世界的尽头。

通常我们置身他人的痛苦之外，无法去体会当事者的沉痛心情，感受他们的恐惧和无助。

死亡，对每个人来说，都是未知的。没有人会给你传达死亡的经验，更没有人会向你描述死亡后的世界是鲜花还是无边的黑暗。我们畏惧死亡的来临，因为它代表着所有的消失，生命，情爱，权利，知识，地位，荣耀，金钱，财富……

死亡不是老人的专利。天灾人祸，癌症恶疾，每天都在上演着。生命的长短没有人可以计算出来，明天起来能否呼吸到新鲜的空气，谁也不敢给你保证，这就是人们惧怕死亡，也是死亡让人不安的最直接原因。

我在暖暖的阳光下安静地读书，喝茶。儿子在他屋子里写作业。老公在和朋友打电话，商量着到哪里去度周末。

我忽然有些不安起来，惧怕这样的幸福有一天会远离，我能把握的幸福还有多少？

我起身到儿子的房间，推开门，微笑着走到儿子身边，摸摸他的头。儿子回过头来，冲我一笑。

"妈妈，我快做完了，做完后我可以玩会儿电脑吗？"

我点点头。儿子欢呼雀跃起来，并抱住了我。我也紧紧抱住儿子，生怕他一下就从我眼前不见了。

看着孩子纯真的眼神，我特别想给他爱，因为爱会止息。我也想对这些年来一直照顾和爱着我的人，说声谢谢，担心有一天会来不及说，心生遗憾。

理想和愿望每个人都有，活着，让人才有达成的机会。

活着是美好的，有什么愿望和理想就去实现吧。人生有多长，没有人能知道。

我心中的理想房子

一直以来，我都想有个这样的栖身之所。

位置最好是在一个有山有水，有淳朴民风和民族特色建筑的小镇旁边。山，秀一些，有青青小草，庄稼覆盖即可；水，清一点，有涓涓溪流常年流过山脚就行。

有一条可通汽车的平整公路，把房子与外面的世界连接起来。

房子的结构最好为木质结构，有宽宽的大门，矮矮的门槛，高大的房梁，敞亮的阶沿。

房子的地板一样为木质地板，粗糙些没有关系，只要是原木的就好。

房子不在多，四间即可，三间正房一字排开，中为堂屋，堂屋左右为卧室，偏房为厨房。

房间摆件以自然环保为主，简洁实用为上，忌讳塑料，繁杂，花哨。

现代化的水、电、气，以及电视网络是必需的，污水处理系统也得是现代化的。我可不想再被柴火烟熏得眼泪直流，更不想这房子有异味渗入。

现在该说说园子了。

房子的前面得有个园子,这是重点。有喇叭花和蔷薇花爬满围着园子的栅栏。园子里可种上玫瑰、月季、菊花等花卉。花无须太多太密,也不须名贵,一年四季有花香飘出就好。

花草,有花就有草。花卉间隙里的那些野草不必拔除,让它们恣意生长,存在。

这么些年来,虽一直受到省城的渲染浸润,骨子里却依然喜欢朴实无华、清清淡淡的东西。偶见山坡野地里一朵小野花,一株蒲公英,一根丝茅草,或者悬崖边开得泛滥的七里香,都会让我欣喜。如见一素颜的女子,长发披肩,身着素净的棉衣棉裙,恬恬静静地走在人流中,总能让我回首,微笑。

园子里,还可以栽上几棵桃树、梨树,或者桂花、蜡梅等,与花形成错落有致、参差不齐的景致。春夏秋冬,应各有不同风景在眼前。

我曾到龙泉看过桃花,到新津看过梨花,到幸福梅林赏过梅花,前不久,又看了热播电视剧《三生三世十里桃花》。看的时候,我就幻想着自己正衣袂飘飘地走在桃园里、梨花下、梅林间的模样,连心尖上都溢满了快乐。

园子里得有块空地,空地的上方用紫藤、海棠或者三角梅搭成自然遮阴凉棚。花架下的地面用砖块砌成,用来隔离泥土和灰尘。砖块的下面因为是泥土,砖块的缝隙间,就会有嫩绿的小草、小花探头探脑地冒出来。

有太阳,有风,无雨的天,花架下,一把竹编藤椅,一张小圆桌,一杯茶或者咖啡,一份报纸或者一本书,就完成了全部的摆设。

躺在藤椅上,手脚想怎么摆放就怎么摆放,舒适是最要紧的。看书看报,或者和家人闲聊,更或者什么都不做,什么都不说，就那样看蓝天，看露珠从叶尖上滚落，蝴蝶在花间飞舞，鸟儿在枝头跳跃，火烧云染红了半边天，一只土狗安静地经过栅栏，猫悄悄地弓起背。

看得累了，说得不想说了，就着微微的风，暖暖的阳光，闭上眼睛，在花架下打会儿盹。

只想慢下来，静下来，用心聆听大自然的声音，做一个安静的看客。

如有三五好友来访，园子便热闹起来。大家围在一起，泡上热腾腾的茶，慵懒地坐在藤椅里闲聊。大家想怎么说就怎么说，想怎样侃就怎样侃，即使讲的是天方夜谭，也不打紧，你爱听就听，不想听就随意走动。反正空气中弥漫着的青草、泥土、花香、瓜果的味道，正直往你的鼻孔里钻；满眼的绿，青青的绿，直往你的眼睛里扑。

如有雅兴，弹琴，唱歌，舞蹈，朗诵，随你高兴。琴不一定要弹得一流，唱歌也允许篡改小部分歌词，像黄牛那样唱也无妨。我的地盘，没有规矩就是规矩，无须谁来评判，说三道四，开心就好。

如果你喜欢钓鱼，你还可以拿上渔具，到河边垂钓。钓鱼全在心情和乐趣，所以渔具不必高大上，有竿，有线，有钩就行。不想钓鱼了，就下到河里，搬开石头，看螃蟹从石头下面惊慌地爬出，看小鱼小虾四处乱窜。

累了，就坐在河边的石头上，看远方，看蓝天，看庄稼的长势，看河边的芦苇随风摆动，燕子轻轻掠过水面。

有了房子，有了园子，住在房子里的人自然才是最关键的。

我现在胆子小，早没有了年轻时面对歹徒的无畏豪气，也没有了深夜一个人独处乡下的勇气。现在的我，怕深夜一个人待在房间里，怕一个人走夜路。我既怕妖魔鬼怪，也怕强盗野兽，更怕人世险恶，总之，变成了一个胆小鬼，所以我身边得有个喜欢我的人护着我，陪着我。

我开始老去，随着时间的流逝，会越来越老，更希望有个可心的人，牵手在夕阳下，一起聊天，一起散步，一起慢慢变老。

你看到这里，一定会说我矫情。是的，女人，有时候是会矫情一点，我得承认自己的矫情。

吃饭就不用说了，从农家买来的蔬菜，水果，家禽，保证是你在大城市吃不到的新鲜，环保。

那时，如果老妈还在，我会陪着她，让她看我脸上绽开幸福的笑容，看我安静地看书做家务，看我为她忙前忙后，也让我看着她像花朵一般凋零。

那时，如果孩子们喜欢，大可在闲暇之余带上他的一家子回到这里来，看小孩子们快乐地奔跑，吃老妈为他们做的饭菜，领略一下与城市完全不同的风景，给身心都放个假。

有人说，这样的居所与生活，谁都想有，但对于老百姓来说，只能是远山的瀑布，可望而不可即了。

是的，对我来说，目前也只是一场梦。可有梦总比无梦好，说不好，哪天梦就变成现实了呢？

天天在梦中，也欢喜。

第五辑

行 走

就在这时,身着旗袍的女子从这处款款而来。当高跟鞋叩响老街的路面,那曼妙的身姿,如弱柳扶风,一路摇曳着昔日的风情,让人一下有了穿越的错觉。

三道堰的慢生活

三道堰是成都平原上唯一有两河并流,且已有一千多年历史的水乡古镇,素有"古蜀水乡"之称,是历史上有名的水陆码头和商贸之地。

城镇建筑以亲水性为主题,临水而筑。古镇的青瓦、白墙、飞檐、小桥、流水、欲滴的翠柳,形成了川西水乡的独特风景。一切有生命的或没生命的事物都渗透着岁月的质感,以褪尽纤尘的沧桑诉说历史的风云突变,营造出一种恍惚与迷离的氛围。

就在这时,身着旗袍的女子从远处款款而来,当高跟鞋叩响老街的路面,那曼妙的身姿,如弱柳扶风,一路摇曳着昔日的风情,让人一下有了穿越的错觉。

旗袍对女子永远有着曲线与美的诱惑,而行走在三道堰这样的古镇,对一个女子而言,最应景的穿着莫过于旗袍了。

这些穿旗袍的女子,其实大部分是都市上班族。她们每天身着合体职业装,行色匆匆,穿梭在高楼大厦间。但是,只要一换上旗袍,穿上高跟鞋,脚步马上就慢了下来。

慢下来的这些旗袍女子,暂时都有了闲散之心。街边小摊随处品尝各种小吃,不紧不慢地逛遍古镇的一条条街道,一家家店铺,不为真要买点什么,只为体会在古镇逛街的乐趣。偶尔和店主闲话几句，讨价还价。店主并不特别热情，也一样慢吞吞地答，没有那副着急赚钱的模样，有的只是慢条斯理的从容。

慢生活的节奏，就是古镇三道堰的主旋律。

白鹭、垂杨、鸟语、花香一路跌落在眉间。那满眼的绿，似一方碧绿的翡翠，恰一团柔滑的锦缎。香樟、杨柳等各种树的气味，混着各种花儿的芬芳，在风中，丝丝飘至我们的肺腑，深深吸上一口，满心满肺都舒展开来。

静静地漫步在古镇的河边，阳光穿透浓密的树叶，洒在河边的回廊上，斑斑驳驳。随着紧一步慢三步的节奏，人的身上便五彩晃动起来。

走得累了，就在河边寻一茶馆，坐下来，喝上一杯茶。柳树下，回廊里，茶馆一家挨着一家，恭候着人们的光临。藤椅，绿柳，陈旧的围栏，回廊上挂着的一盏盏红灯笼，河边的流水，就是一幅流动的图画。

身着旗袍的女子从图画中翩然而至，缓坐下，轻举杯，细闻香，慢品饮，几多痴语，画入眼，茶入喉，美入心。

品茗的时光美好又缓慢，美得像天上缓缓流动的云彩，慢得像在女子旗袍上一针一线绣花。

在三道堰喝茶，特别适合喝老茶，如普洱。老茶有时间的记忆，有岁月的芬芳。而三道堰也是有一千多年历史的古镇，气场与老茶很契合。三道堰古镇的苏醒，如茶在开水的冲泡中慢慢苏醒，绽放，涅槃。

每一个茶人心中其实都住着一段历史，住着高山流水，春夏秋冬。所以身上就有了清逸的茶气，有了那份淡然和从容。而从容淡然的茶人总是动作慢，说话也慢，生活自然就慢了下来。

所以，茶与旗袍，旗袍与古镇，无疑是相得益彰的。

此时，阳光几米，在柳树间来回移动。操着各种方言的人们来到这里，闲谈，品茗，静想，遐思。

想起木心的《从前慢》中的一些句子：从前的日色变得慢，车，马，邮件都慢，一生只够爱一个人。

心瞬间融化，融化在温暖芬芳的茶气中，融化在旗袍女子的婀娜中，也融化在古镇的慢节奏里。我甚至恍然觉得自己回到了前世，在三道堰的哪所深宅大院里，身着旗袍，读书，习字，泡茶，养花。又或许在水边，戏水，浣纱。

洱海上的小伙子

2014年的夏天，洱海出现在我眼前时，我一下就蒙了。

没有海滩，没有椰子树，也没有一望无际。洱海更像是一个躺在苍山怀抱中，带着天然、原始野趣的静湖。

我脑海中从来没有过这样的海，也没有想象过这样的洱海。

海给我的固有印象是碧绿的海水，松软的沙滩，蓝天，海鸟，凉棚，比基尼，一波接一波的海浪，呜呜的汽笛声。

而洱海，彻底扰乱了我对海的概念，颠覆了我之前对洱海的所有想象。

云南十五日游，我们陷入了蝴蝶泉没有蝴蝶，天天变着各种花样的购物陷阱里。

当导游告诉我们，游洱海，必须要坐游船，只有在游船上，才能领略洱海真正的魅力时，我第一反应是：这也许又是变相的收费陷阱。

千里迢迢寻洱海，既来之则安之，坐游船去。

风，撩起长发，鼓起衣裙。站在高高的游船上，苍山怀抱里的洱海，没有飘零的落叶，没有生活垃圾，只有阳光静静地洒在洱海上，闪着亮光。亮光中，飞翔的鸟儿，时而在船头，时而在船尾，时而清晰在眼前，时而模糊成远方的一个点。

我就是在洱海的游船上见到那个小伙子的。

游船在洱海上走一个来回，需要几个小时。当游客从奔跑着四处拍照的兴奋中变得疲乏时，当滔滔不绝变得安静时，当周围的景色慢慢在眼中变得单调时，人们就会渴望看到一些新的东西来满足眼睛。表演，作为一种展示地方文化，民族风情的形式，就应运而生了。

我坐在表演大厅最靠前的位置，等待节目的开始。

环视，是我们常有的习惯，人们在一个陌生的环境里，通常会用环视来熟悉环境，感受自己的存在。

小伙子就是在我的环视中映入眼帘的。

小伙子侧着身子站在大厅的角落里，留给观众一个侧着的背影。从背影看，他身高应在一米八五左右，背有点单薄，但很宽。身上的彝族民族服装，鲜艳夺目。他手里抱着一把月琴，正轻轻地拨弄着。

观众，交头接耳，叽叽喳喳。等待演出的人员，有的在休息，有的在说笑。小伙子，独自在那个角落里，专心地拨弄着琴弦，有些孤单。

音乐响起，他转过身来，我一下惊在那里，这是一个多么俊美的小伙子啊！

他不是电视上的小鲜肉，他的五官是彝人的端正，大气，俊朗。他的脸上没有笑容，但能看到田野的清新，早晨的阳光。

我惊诧于他只是游船上的一个表演者，我觉得他应该有更大的舞台。

主持人简单的开场白后，四男四女开始一起表演彝族舞蹈，他是四个小伙子中的一个。

六个小伙子一起表演月琴，他是六个人中的一个。

后来又是男女混合，边弹边舞边唱，他的位置时而在前，时而在后，他是他们中的一个。

开始到最后，他都只是一个普通的表演者，一个集体的融入，一个小点缀。

衣袂飘飘，五彩斑斓。在观众的笑声和掌声中，他和他的团队一起被淹没了。

听说，这样的表演，每隔四十五分钟就有一次。

我一开始以为他会是一种应付的态度，反正游客一批批来，又一批批走，反正这个表演是免费提供给游客的。

但他表演得很认真，是表演中最认真的那一个。

小伙子似乎已经习惯和接受了这样的安排，让青春的激情在习惯中悄然绽放。

不期然，小伙子的眼光遇到我的，再遇到我的，还是遇到我的，他感受到我在注意他，竟然有些羞涩地别开了脸。当他的目光再次遇到我的时，他笑了。他的笑，如田野中春天的花，开得很灿烂。

如果你要问我，那天表演的节目叫什么名字，洱海留给我的又是什么印象，我会说："我只记得那个小伙子的样子，还有他的笑容。"

五年后，我骑车经过成都天府广场，等红绿灯。

一个小伙子，骑一辆单车，从我右手边，擦肩而过。因为小伙子外形出众，我不禁多看了一眼。就是这一眼，我立刻确定，这小伙子和游船上的小伙子，是一个人。

但愿，他有了更好的舞台！

北京的太阳和月亮

一

四十年来，我未曾想过，与北京的第一次相遇，是以参加一次散文年会这样的方式。

二〇一六年十二月十八日下午四点半，从成都飞往北京的航班因为成都雾霾天气，在改签和延误后，晚上十点才在双流机场正式起飞。十九号凌晨一点，当空中小姐甜美的声音响起，我知道，北京快到了。

人已到，而心似乎还没有到，思绪仍在对北京的想象中翻滚。《我爱北京天安门》《北京的桥》《北京欢迎你》一路伴随我走到今天。北京烤鸭，冰糖葫芦，胡同，天安门，故宫，鸟巢，北京大学，清华大学等这些固有的印象如一张张名片，已在我头脑中镶嵌。

从机窗口望出去，黑，扑面而来。灯火，星星点灯般闪耀在高楼低宇间，将山川和城市的轮廓隐约勾勒。

北京是什么形状？夜色中，北京没有形状。而北京的灯火是什么形状？灯火从不同角落溢出，向远处流泻，又隐映在更深的夜色中。

二

十九日的凌晨一点半,我随着涌动的人流,登上了首都机场开往海淀区公主坟的机场大巴。侄女本要来机场接我,但想到太晚,她住得离机场又远,就婉拒了她的好意。毕竟,我也是在省城待了十几年的人了,还会走丢不成?

大巴车在凌晨两点半停在了马甸桥。我招手叫出租车时,耳边响起出门时先生的话:北京是全国最安全、治安最好的城市。

我的普通话带着地道的川普味,怕北京人听不懂,就把截屏下来的地址指给出租车司机看。他点头,看了眼我身边鼓鼓囊囊的旅行包,随即问我从哪里来,来北京做什么,我诚实作答。一问一答间,我一低头,计价表上已显示四十九块九。

什么?才一两分钟的时间,就四十九块九?

侄女给我交代过:"马甸桥到你住的酒店,就一个起步价十三块,晚上不超二十块,顶天三十块。"

一分钟后,计价表已经跳到七十九块九,我心里一下明白过来:遇上黑车了。

我想拍下一些东西,却被司机捏住手,生疼。

我这才转过身子,司机黑青的脸上,长长的刀疤赫然在目。

窗外,车一辆辆从我身边疾驰飞过。

要是司机直接把我拉到什么地方,陌生的城市里,这样的一个深夜,我该如何是好?

我随便拨通了一个电话。电话里刚喂了一声,我就劈头盖脸地埋怨,还说我马上就要到约定的地方了,让对方开警车来接我。对方还没有说上一句话,明白是怎么一回事时,我已经挂断了电话。

　　也许电话那端认为接到一通骚扰电话或者遇上了一个疯子。

　　我心里只希望，警察、警车这样的字眼，有一定的威慑力。

　　司机转过头来，凶狠的目光掠过我的脸。一种冷飕飕的寒意瞬间从我脊背升起。

　　隔着车窗，我向街边十几米外的一男子挥手。计价表上显示是九十九块九，而司机说，夜里，还得加收十块。我递给他一百一十块，匆忙下了车，向那个男子奔去。

　　"宾馆还挺豪华，钱少了。"我听到司机叽咕着。

　　那个男子，其实我并不认识，他只是北京街头最随意的一个陌生人。

　　北京，我刚到，就给了我一下马威，这是我始料未及的，也是我万千想象中所没有的插曲。

三

　　当我步入中国散文年会颁奖现场时，满满一屋子的作者和嘉宾，是出乎我意料的。

　　我原以为，来的作者不会多，颁奖嘉宾也不会多，更多的应是噱头。大家的脸上都写着兴奋和期待，交头接耳地熟悉着身边的人，议论着今天的年会。

　　当梁晓声、叶延滨、巴根、刘庆邦等一批全国知名作家走进会场时，场内顿时喧嚣热闹起来。人们争相与他们握手、照相、索要签名，送上自己的文字书籍，记下他们的联系方式，力图给有名的作家们留下一个深刻的印象。

　　大多数的文学爱好者在文学这条路上都走得并不顺畅和通

达，他们需要一些肯定和鼓励，因此，我并不鄙夷这些人的热情和做法。

梁晓声，全国知名作家，开年会前，正好读到他的《兄弟》一文。当他积极配合热情作者的签名拍照时，我看到的却是他苍白的脸，发抖的手，细如蚊的声。后来得知他生了病，刚做完手术不久，我一下就愣在了那里。

透过他极度虚弱的身体，力透纸背的文字，我似乎看到了他以前的故事，了解到他的现在。

"你真的有那样一位兄弟吗？"我轻声问。

"是的，今天年会完后我还得去医院看他，照顾他。"梁老师肯定地答。

我真想拥抱他一下，想把最美最好的词汇送给他，想给他最真的祝福，祝福他像一个普通的人那样，拥有健康，亲情，温暖和幸福。

在众多知名作家的点评下，尹武平将军的散文集《人生记忆》研讨会拉开了序幕。中央人民广播电台晓晏等朗诵家们的朗诵，把年会推上了一个又一个高潮。

二〇一六年，中国散文年会，取得了圆满的成功。

北京插曲给我带来的郁闷心情一扫而光，对即将开始的北京之行，充满了期待。

四

这就是故宫？这就是人们眼中神秘莫测的故宫博物院？

站在故宫的午门前，故宫的历史，泛着幽深而华润的光，在我脑海中如打开的书，一页一页地翻过。

故宫又名紫禁城，是明清两代的皇宫。它气势雄伟，豪华壮丽，是中国古代建筑艺术的精华，是世界文化的遗产。

静静漫步在故宫里，伴随着感应器对故宫的解说，故宫神秘的面纱以它独有的方式徐徐在我们面前揭开。威武的石狮，雕花的门窗，玲珑的飞檐，玉石的台阶，张牙舞爪的飞龙，无不显示出当初的气派与辉煌。

帝都遗存的斑驳在脚下掠过，一寸又一寸地被磨平。

多少西方人正从这些不言不语的建筑上，看到古老中国的文明，曾经是多么辉煌，又是多么内敛。

站在高高的玉石台阶上，历代文武百官上早朝的盛景，大臣们忙碌的身影，宫女太监们急匆匆的脚步，以及三宫六院，七十二妃嫔的宫斗，以及那些政变，像在我眼前款款展开的一幅幅画卷。所有的人，所有的一切都只是为了一个人服务时，我看到了帝王权力的至高无上与生活的极度奢华，"万岁"的声音似乎就在耳边乍然响起。

如今，门钉上的金漆剥落，大宫门上的朱红淡了，昔日的浮华铅尘都淹没在了一片喧嚣中。

黑压压的游客挤在太和殿开放的窗口，没头没脑地向内张望，伸出扭曲的手，企图多少沾上些龙气。

故宫是很宽大的，它占地七十二万平方米，有大小宫殿七十多座，九千多个房间。曾经，故宫大得能装整个天下，国土上所有的人，都必须听从皇帝在龙椅上发出的指令。

故宫又是极其狭小的，小得中华大地只有故宫那一小片天空可以让皇帝眺望。我隐约看到康熙大帝在月上柳梢时的唏嘘，找不到一个人可以说会知心话时的孤独。

阳光像金色的潮水从天空倾斜而来，洒在彩绘流丹的飞檐上，呈现出一种金属的质感和庄严的气氛。

故宫，让我在回想中强化了历史感，在凝思中校正了生命观。

古人不曾见今月，今月曾经照古人。

古人今人若流水，共看明月皆如此。

但我必须要向故宫致以最庄严的敬礼，因为岁月的洗礼与磨砺，历史便成了故宫最厚实的包浆，饱满而润泽，衬托出它物质体量之外的灵魂与精神，也折射着中华民族的荣耀与光辉，从一个侧面映现出泱泱大国曾经鲜活的立体。

晚上，梦中有女子来到我床边，似乎在与我攀谈。我努力想睁开眼睛，眼睛似有千斤之重。我想喊，喊不出声。我使尽全身力气想要翻身爬起，却动弹不得。

手机铃声骤响，我一下从梦中惊醒，回想刚才的情景，不禁惊骇不已，心有余悸。

吃早饭的时候，侄女问起我，昨夜可有做梦。我把梦中之事说给她听，侄女告诉我，她第一次游故宫回来的那晚，做了一个和我大致相同的梦。她还告诉我，第一次游故宫回来的人，大部分人都会遇到相似的情景。

故宫，对我而言，就更加神秘莫测了。

五

拉开窗帘，天亮了，却只有白茫茫的一片，远处的山，近处的楼房，街道，车辆，店招，通通笼罩在白色的雾霾里。天气预报说，北京当天的污染指数四百五十四。

别的地方将天亮称为破晓，而北京的早上，没有破的痕迹，它只是虚幻着，朦胧着。红绿灯交替闪现，路灯勾勒出城市的轮廓依稀可辨。汽车尖厉的喇叭声夹杂着各种声音从窗户的缝隙里渗入，声声入耳。宽阔的街道像开闸放水，各种车辆像浪一样涌过来，又涌过去。

我将头靠在窗户上，似乎就将耳朵和眼睛贴在了城市的心脏。城市的街头，疲惫的人们从楼宇格子间出发，在干燥的、密布雾霾的空气里散开，坐上各自的交通工具，又消失在另外的楼宇间，格子里。

屋内，暖气很足，我穿着睡裙，望向窗外。我深知在这样一个早上的安闲是多么难得。如果在成都，我与他们一样，早已奔走在上班的路上。北京的早上和成都没有什么本质上大的不同。

戴着口罩上班，打卡签到，开会，接送孩子上学，和客户约谈，去医院排队。忙碌的都市人总是赶时间，抢节奏。

在北京的行程即将结束。我与北京，就像遇到一个人还没有好好说几句话，就将急匆匆做告别。

匆忙中，我去了颐和园、圆明园、天安门、水立方、鸟巢，路过了清华大学、北京大学。在全聚德烤鸭店吃北京最地道的烤鸭，在北京的胡同，吃最地道的冰糖葫芦、炸酱面，我试着全方位去了解北京，触摸到印象中北京的味道。

华灯初上，我站在老舍茶楼前，曾经居住在这个城市的沈从文、梁思成、王世襄、鲁迅、朱自清、胡适……一去不复返了。

如今的北京，似乎已经缺少了一股本来有的文人气息，缺少了老北京人那种闲适宽松的生活情趣。时间之手正在陆陆续续地抽去北京精神大厦的梁和柱。北京还是那个北京吗？北京味道会不会开始变得暧昧，浑浊？

有人说，故宫还在，北海还在，这些地方救了北京，使北京与纽约、东京区分开来。只要有文化浸染，天长日久，新一拨兼具学养与人格的大师就会如雨后的春笋般冒出来。

但愿如此。

夜色中，我站在了天安门楼前，长安街繁华、宽敞。

一墙之隔的故宫，在此时，宁静得似乎了无生息，两个世界，三生轮回。只有故宫里的那些古树，那些鸟儿，见证了千年的沧海桑田。

六

侄女说，你该选择春天或者秋天来北京，那时的北京最美，到处姹紫嫣红，桃红柳绿，或者果实累累，银杏金黄，而冬天到北京，河水已经结冰，树上已无一片绿叶，天空也只有雾霾。

而我想说，亲爱的，冬天的北京我赋予了它无限的想象。凋零的树枝上，我看到了绿树繁花的春天；结冰的河流上，我听到了河水解冻后的歌唱；雾霾的朦胧里，我看到了蓝天和白云。而眼前的北京，屋内的暖气，是一个南方女子想要对北方的了解。

历史的厚重与冬天的北京那样契合。

冬天的北京蕴藏着春天的气息。

散落在青山绿水中的藏寨

从成都出发,到达黑水县后,连绵不绝的山峦间,一座座藏家旧寨遗址就那样在山坡上悄悄地映入我们的眼帘。

对于走近藏区的人们,那些藏家的新寨你也许见过,可那些散落在青山绿水间的藏家碉楼旧寨呢?

蓝天白云下,那些碉楼旧寨,与周围高峻的山峰,险峭的崖石,碧绿的植物浑然天成,在阳光下熠熠发光。

当我以一种仰望的姿态凝视这些石头建筑时,一瞬间,却被它毋庸置疑的威仪所惊到。那被薄雾缭绕的碉楼旧寨似乎正慢慢离开地面,悬浮在空中,从历史的光阴里,穿过战争,穿过动荡,穿过刀光剑影,缓缓向我们飘过来。

碉楼,是古代历史的遗存,是动荡和战争的记忆,它存留在时光的深处。

也许很多年前,有人因为躲避战乱,偶然路过这里,惊喜这里的土、花、水、山……于是,就在这里搭棚,修寨,放牧,垦荒,播种。后来娶妻生子,子孙后代越来越多,作为藏族的一个分支,嘉绒藏族就慢慢形成了。有了人的地方,自然就有了烟火,有了贫富,有了土司。

人的欲望总是越来越大的,膨胀起来的欲望在清朝乾隆年间达到了一个峰值。朝廷与土司之间的矛盾似乎只有通过战争才能解决。

据史料记载，乾隆年间，朝廷仅仅征服大小金川的土司就用了十年，耗资高达七千万两白银。山高路远自然是其中的一个原因，还有一个重要的原因就是寨子上大大小小，每家每户都有的碉楼。

碉楼无疑是抵御征服者最有力的屏障。

碉楼原本只是寨子的一部分，每一户人家都会修一座碉楼，平时如普通房屋一般用途。而当战争爆发时，碉楼就在飞扬的箭头中幻化成一个个战争的阵地。碉楼之间互相呼应，形成一座座坚实的堡垒。

碉楼易守难攻，成了朝廷难以攻克的最大障碍之一。今天我们看到的碉楼，大部分是清朝乾隆年间朝廷和土司之间的战争遗址，还有地震后的民寨旧址。

岁月沉淀中，硝烟是碉楼最浓的味道，弥漫着征战杀戮的血腥，令人背脊发凉。

中华人民共和国成立后，确定了尊重民族信仰，宗教自由的方针政策，才让这些碉楼以隐退的姿态，成为一处遗址，一处风景。

碉楼的隐退意味着家园的和平。当战争从生活中远离，碉楼就化身为历史和文化的象征，以遗址的方式出现在旅人的相机里。

因为时间的关系，我们错过了名气越来越大的色尔古藏寨。色尔古是藏语，意为"盛产黄金的地方"。有人称之为"东方的古堡""川西北的小布达拉宫"，川西高原藏族文化的活化石。

正当我们惋惜之时，飞驰的汽车把我们带到了羊茸·哈德藏寨。当地人称之为"冬巴嘎",意为神仙居住的地方。羊茸·哈德藏寨依山势,傍猛河而建,为碉楼式新寨。

碉楼新寨用片石和黄泥调浆砌墙,一般为三层,饰以红、黄、白三色主调藏式修饰。每户人家的门上方都镶嵌着一块方形石板,刻绘着色彩鲜艳的图腾及文字。

连绵不绝的青山,与绿树成荫的藏寨相偎相依,显得别致又清新。阳光下,一座座藏家小楼明亮,温暖。清爽的气息承载着一种安定祥和。

我随意地走进一户藏族人民的家里。客厅地板、墙壁和天花板全是用桑拉板装成。除了正面电视墙上雕刻复杂的柜子和四周摆放的藏绣沙发,还透着一股浓浓的藏家风格外,其他地方的装饰已加入了许多现代的汉元素。

这寨子的主人,一位五十多岁的卓玛告诉我,这样装修是为了发展旅游业,如果全部采用藏家风格装修,游客也许会住不习惯。看来,在已经成为旅游景区的羊茸·哈德藏寨,想看见原汁原味的藏家装饰,已经是不大可能的事情了。

随着黑水县对旅游开发力度的加大,藏家传统的生活方式正不断地发生着变化,原来种植青稞的土地变成了盘山公路。政府更是把以往分散经营的民宿聚集在一起,全部实现标准化管理,还设计打造了民俗体验、特色美食、土特产超市等一系列旅游服务。

羊茸·哈德藏寨已经成为一个以推崇藏民族文化为主题,引导游人体味古朴、自然的藏家田园生活,享受藏族风情的特色藏寨。很多游人也喜欢住在有碉楼,有历史文化的藏族民宿里。

越来越受到人们关注的碉楼藏寨,终有一天会走向世界。

晚上,我们就在民宿中享受晚餐。藏家的火锅,醇香的青稞酒，独具风味的酸菜面块、荞面烧馍、洋芋糍粑、大块的牛肉……把我的肚子撑得溜圆。

我信步朝外走去，格桑花的清香夹着泥土的味道扑鼻而来，秋千上孩子们的欢笑声此起彼伏。

一位六十多岁的卓玛，正站在高高碉楼上凝视着远方的背景，不经意撞入我的视线。

卓玛的身上，除了女性的温柔外，还散发出一种阳刚的，健康的力量，她蓬勃饱满的身体里，是丰盈而洁净的灵魂。

卓玛在望什么呢？

我顺着卓玛眼睛的方向望过去，远处是青山，还有青山下的盘山公路。

这次我们进寨，一路上很少见到年轻人。难道，这里的年轻人也都到外地打工去了？难道这位碉楼上的卓玛是在思念远方的游子？

晚霞中，那飘扬的经幡，翻飞的头饰，手中的佛珠，凝望的身影，盛开的格桑花，定格成一幅生动的油画。

在大和谐的背景下，藏族人民是幸运的，他们在文明交汇点找到了一种新的平衡，生活自然是越来越好。从卓玛说起这些变化的表情和话语中，藏族同胞对党对政府怀有深厚的感恩之情。

隐退的碉楼也是幸运的，这里的人和往事，碉楼和寨子，都很美。

七月，行走在达古冰山

三百万年，无数次轮回，我和达古冰山，终于在今年的七月相遇。

七月的成都，高温持续，热字当头。有朋友来成都只住了一晚，就飞速逃离，还扔下这样一句话："街上的热风，会把我的脸烫伤，我就像蒸笼里的一只烤鸭，成都的夏天，不适合我这彩云之南的姑娘来。"

七月的达古冰山，凉，诱惑着我。

雪山，我是见过的。盛夏的雪山，少见雪，即使有，也只是零星点缀。冰山，我虽没有目睹过，但心里不免嘀咕：北方的山已少雪可寻，在四川这样的纬度，距离成都仅仅二百六十公里的黑水达古冰山，盛夏的七月，还能有多少冰雪可寻呢？

七月十八号的早上八点半，省散文学会采风团准时从成都向达古冰山进发。出发时，炎热和烦躁这条丝巾，一直围在我的脖子上。

当汽车穿过茂县，到达飞虹桥后，左行，沿岷江支流猛河而上，很快就到了黑水。

猛河清澈，水的颜色很深，所以猛河也叫黑河、黑水。后来河流流经的两岸区域，也都统称为黑水了。

一过黑水县城，山高起来，天蓝起来，植被也多了起来。沿岸的杨树、柳树以及山坡上高高矮矮的树木，细细密密的植物，挤成一幅生机勃勃的景象。当空气中水雾散发出的清凉扑面而来时，脖子上的丝巾，我悄悄收了起来。

　　豁然间，写着"红军桥"的藏式木桥就那样不经意地出现在眼前。导游告诉我们，二万五千里长征时，当红军翻越了夹金山、梦笔山、亚克夏山，到达黑水县时，就到达了达古冰山现在所在的景区。

　　历史的车轮碾过岁月，汽车的车轮压过红军桥。激荡在心中的不仅是那段历史，还有万千的思绪：如果没有长征，没有那些大大小小的脚印和牺牲，我当何时来到这里？现在红军桥已成为一种纪念，一处景点，我又该以何种心态去对待？

　　时光以一种奇特的方式，把这些思绪定格成一张张明信片，在我眼前不断地晃动。

　　听说秋天的红军峡彩林，美得一塌糊涂。石桥，长廊，彩林，仿佛就是被哪位粗心的画家随手安放在了山水的沙盘中。

　　凉爽了，困意就来了，昏昏沉沉中，车子戛然停在羊茸·哈德藏寨。羊茸·哈德，当地人称之为"冬巴嘎"，意为神仙居住的地方。它依山势傍猛河而建，为碉楼式新寨。

　　在一所寨子大门前，我们邂逅了一位老奶奶（卓玛）。

　　盛夏，她脚上依然穿着高帮黑皮鞋，紧身花长裤扎在条纹的长棉袜里，又被紫红色的长裙盖住。厚厚的黑色棉T恤外罩着一件夹棉的无袖外套，白发被利索地收拢在黑色头巾里。见我们一行人在拍她，脸上没有惊慌，也没有躲闪，反而索性就在寨子大门前的石头上坐了下来，任我们拍照，一点都没有大山深处老人的那种忸怩。这让我想起了山的宽厚，从容，恬淡。

老奶奶背后的寨门紧闭着，也未见还有其他任何年轻的藏族同胞。难道，老奶奶也是一位留守老人？

格桑花和各种小野花，悄悄绽放在寨子的周围。又肥又嫩的蕨，正探头探脑地从阳光下钻出来。那刻在石头上的神秘文字，转动的经筒，精美的雕楼，高高的佛塔，佛塔下的寨子，寨子前的老奶奶，老奶奶身边的拐杖，手中的佛珠，在风中，在阳光下，铺展成一幅充满着生命质感的油画。

我忽地想起了老家的妈妈，大概也是老奶奶这样的年纪，此时正在川南城市钢筋水泥的酷热中，在疾病的折磨中苦熬日子。

一时间，眼前的老奶奶幻化成了我妈妈的样子，我不禁发起了呆。

城市正在以一种肉眼无法察觉的速度疯长，而疯长的城市背后，却有着人们不易察觉的衰落和孤独。

这是一片神奇的土地，在七月盛夏的清凉中，正徐徐为我们揭开它神秘的面纱。

有人说，在鸿运坡踩过红石，就会带来一生的好运。我们一行带着踩过红石的好心情来到了金猴海。

金猴海不是海，也许很多年前曾经是海，现在是一个湖泊了。

我试着掬起一捧清凉的湖水，喝了一小口，那甜丝丝的凉，凉悠悠的甜，直透心窝。我又捧起一捧，擦洗着脸上久居都市的污秽和这一路的风尘。

湖边，齐刷刷绿了的草漫进我的眼睛。水喂养着草，草染绿了水。

笑声，欢呼声，拍照的咔嚓声，像汩汩远流的猛河，流淌进草原的每一个角落。格桑花，从时间的深处探出头来，张望着我们这些远方的客人。

如果说草原是一件漂亮的衣衫,那么,难有比格桑花更好的纽扣。

此刻,喧嚣的城市远了,快节奏的工作和生活也远了。我只想在湖边的草地上,格桑花旁,靠着石头坐下来,就着软软的风,暖暖的阳光,打会儿盹。

傍晚时分,我们到达达古冰山脚下,吃饭休息。第二天,我们坐观光车游览达古冰山景区。

达古的原意是深沟。上达古、中达古和下达古三个藏寨因地势的高低,散落在这条高山峡谷深沟上。我们即将要去的就是雪山群中的达古雪山主峰和洛格斯神山。

仅仅十几分钟,据说是目前为止世界上海拔最高的缆车就将我们载到了洛格斯神山山顶上。换句话说,只需要短短的十几分钟,你就站在了海拔四千八百六十米的山峰之上。

刚出缆车门,一股寒气扑面而来,我不禁打了个寒战。我裹了裹牛仔外套,拉了拉长裙,依然寒气逼人。

我没有想到这个季节,山顶上还有这么深这么多的雪。导游告诉我们,我们看到的白是雪,覆盖在深深雪堆下面的才是冰,全年只有八月最热的时候,雪全部化去后,才能见到冰山的真正面目。

淡淡的云雾包裹了我们。抓一把,一丝湿润在手,伸开手,如一缕轻烟而去。风过入怀,全身如通了电流一般,浅浅的痛,酥酥的痒。

站在山顶之上,天那么近,云那么近。似乎,我一伸手,就可以触摸到。天空很蓝,蓝得让人怀疑它的真实,蓝得让人想流泪。云很白,雪很白,白得很纯净,晴空被这种白洗净了,人的心灵也似乎在那一瞬间被这种白洗净了。

我在被白主宰的高山之巅伸开双臂，大口呼吸着清新的空气，享受着阳光的抚摸，雪风的轻吻。天地之间，那一刻，似乎都是我的了。

瞭望台外，千山竞立，层层叠叠，山外有山，与天相连的地方，还是山。"江山如此多娇"的美景，"指点江山，激扬文字"的气魄，"问苍茫大地，谁主沉浮"的气概，站在群山之巅，你就领略得更为到位，才知道这文字的美妙了。

美妙的还有雪山上的云端咖啡厅。海拔四千八百六十米的咖啡厅，在你心中会是什么样子？如果你和你的爱人，在这云端咖啡厅宽大的观景窗边坐下来，点上两杯滚烫的咖啡。小屋内，香气缭绕，热气蒸腾。小屋外，冰雪世界，银装素裹。相视一笑。一幅画，一个故事，就定格在回忆中了。说不好你们一下就有了在这里生活，生儿育女，生老病死的想法。

有人说，达古冰山的美景是属于全世界的，我们将保护好雪线，不让它再融化，甚至该想办法恢复冰山原来的面貌，让我们一睹冰山的风采。

据说很多年前，冰山终年白雪皑皑，寸草不生。然而只有冰雪的世界，是寂寞的。冰山因站得高，自然就看得远。冰山看到了远处的田野，村庄，城市，是那么有生气，而冰山脚下却因为缺少水源，荒芜一片。犹豫纠结一番后，冰山决定借助夏季的阳光，粉身碎骨地融化。一夜之间，哗哗声起，雪水从山坡上流下，汇集成溪流、湖泊，又流向远方。

雪水流经的地方，庄稼开始呼啦啦地疯长。小草铆足劲地喝着融化的雪水，在风中给大地披上绿色的衣衫。当饥肠辘辘的动物们啃食着小草的身体时，小草望着冰山，幸福地笑了。

雪水流进了田野，藏族同胞脸上就有了希望的目光；缺水的人们把水小心地收藏在缸子里；孩子们在原野上自由奔跑，笑声都传到了冰山的耳朵里了。

冰山看到这些，听到这些，感到一种前所未有的幸福。这种幸福是冰山融化之前，在山顶上和神与天空一起受人膜拜而从没感受到的。冰山为自己的选择感到骄傲和自豪，快乐得就像要飞起来。

冰山没有翅膀，达古的冰山也不会飞。当冰山融化成雪水顺着山势流淌时，就有了飞翔的快乐。

有人说，春天漫山遍野的杜鹃花，秋天的彩林，冬天的雪景，都是不可不看的美景。我再次回头遥望达古冰山，心里默念：有机会，我一定还来领略你不同季节的风情，带上我的爱人。

后　记

　　一人、一茶、一书、一椅,世界安静了下来。

　　曾经的一些人、事、景就在茶气的缭绕中开始涌现。刚开始时,还大都是模糊和零碎的。慢慢地,一些人和事逐渐从雾气中冒出来,铺展成一幅一幅的画卷。

　　这本散文集,以认识彭家湾开篇,拉开了书写乡村的序幕,也拉动了乡愁。

　　我在乡下长大,并在那里度过了我的童年和少年时光。虽然我已经在城市定居多年,骨子里却依然流淌着乡村的血液。

　　村庄在时光中慢慢变成了一块透明的玻璃。人和事,在透明中任意穿过,交出光明,也交出黑暗。

　　前两年,回了趟老家,又重新爬了一回坡,遇到一些人,看到了村庄的现状。我知道,乡村回不去了,我也回不去了。

　　我只能试图用一些文字,把回忆和片段拼接成属于自己的大美时光。对于那个生我养我的村庄,我所能回馈的,好像只有这些了。

　　我行走在城市的街头,每天总有许多的人撞入我的眼帘。有时候,我会心生感触,会跟着那些触动,去探寻他们的秘密。因为我相信，每个人都是带着使命来到人世间的，即便是捡垃圾的人，也都有自己鲜明的印记。这些印记，有美好的、善良的、高大的一面，也有人性自私的、贪婪的一面。我一件件记下来，陆续成了"尘世中"这个篇章。

我们总是会被忽然见到的美所感动。"爱"这个字，也常常划过我们的心尖。我会从善良、诚实的人脸上，看到那种柔和的光。也能从恋爱者的眼睛里，找到爱情的光芒。我把这种一闪而过的火花，迅速做了记载，生怕慢一点，这火花就不见了。

我想，人们都会有这样的时候，都会有激动得不能自已，不得不说点什么的时候。

童年的记忆、青春期的困惑、爱情的甜蜜、生活的艰难、中年的责任，还有生老病死，是一个写作者怎么也绕不过去的话题。对读者来说，也是一个绕不开的阅读题材。但愿，在这本书里，你看到了我身边的人和有关他们的故事，也看到了你们自己没有讲出来的故事。

人生，不如意十之八九，但总有一些美好的时光，留在记忆的深处。这些美好时光，也许只是微光，人生却因为有了这些微光而变得美好。有了这些美好，我们才有了继续前行的动力和勇气，并为此获得力量。放大这些美好，是一种必要的生活态度。

本书中的每一篇文章，不管是沉重还是轻松，都有那么一小段的时光很美好，值得在心底珍藏，所以书名为"大美时光"。

情字，贯穿整本书。美好时光，散落在每一篇文章中。如果你读后，对曾经的人和事，有了哪怕一点点新的认识、理解、感悟和思考；对人生与未来的生活，有了一种新的态度，这本书就有了它的价值。

我相信缘分，觉得行走在人世间，你遇到的事情，见到的人，看到的风景，都是和你有缘的。如果你碰巧看到了这本书，又试着翻开了它，看到了这篇后记，还有你想要读的一篇文章，我和你之间，就有了一段缘分的开始。